GANZ TIEF DRIN

Ein *Liebe am Spielfeldrand* Football-Roman, Buch 3

von
VIRNA DEPAUL

Ganz tief drin
Copyright © 2018 by Virna DePaul

EINLEITUNG

Ruby O'Brien, NFL Agentin extraordinaire, lebt ihr Leben nach drei einfachen Regeln:

#1 – Gehe niemals mit einem Klienten aus.
#2 – Schlafe niemals mit einem Klienten.
#3 – Verliebe dich niemals in einen Klienten.

Das Problem ist nur, dass sie nicht mit Alec LeBrun gerechnet hat.

Alec, der mehr als selbstbewusste und talentierte Tight End der Savannah Bootleggers, bittet Ruby immer wieder um ein Date, und niemand ist geschockter als Ruby selbst, als sie schließlich ja sagt. Doch weniger als vierundzwanzig Stunden später ist er mit einer anderen verlobt. Lektion gelernt. Zwei Monate später ist Alec wieder Single. Er wird zum Publicity-Alptraum und hat beinahe permanente Überwachung nötig. Jetzt muss Ruby Alec helfen, seinen Ruf als Bad Boy loszuwerden und dabei ihr eigenes Herz beschützen.

Alec hat Ruby seit Monaten aus der Ferne beobachtet, lange bevor er sich mit seiner Ex, dieser Lügnerin, verlobt hat. Jetzt ist er wieder frei, um der einzigen Frau den Hof zu machen, die er je wirklich wollte. Ruby ist intelligent, schön, und unglaublich professionell, und er will sie mit einem Hunger, den er noch nie erlebt hat. Zu dumm, dass Ruby glaubt, dass er sich immer noch nach einer anderen verzehrt. Da bleibt ihm nur eines übrig: Ihr zu beweisen, dass sie sich irrt. Ihrer beider Karrieren zu gefährden ist nicht Teil seines Plans, doch er weigert sich auch, nach ihren Regeln zu spielen – nicht, wenn die zur Folge hätten, dass er die Frau, die er liebt, verliert.

Kann Alex Ruby davon überzeugen, dass man manchmal alles riskieren muss, um Liebe zu finden? Und wird Ruby akzeptieren, dass sie nicht seine zweite Wahl ist, sondern die einzige Frau die er will? Und zwar für immer.

KAPITEL EINS

Ruby O'Brien zückte kurz ihren Presseausweis am Wachhäuschen des Stadions, bevor sie auf den überfüllten Parkplatz der Savannah Bootleggers einbog. Sie fuhr in die für sie reservierte Parkbox, stellte den Motor aus, legte ihren Kopf aufs Lenkrad und lauschte den missmutigen Bootleggers Fans, die nach einer unerwarteten Niederlage zu ihren Autos zurückkehrten.

Kein Wunder, dass Alec schlechter Laune war.

Die Niederlage mitten in der Saison, die kürzliche Trennung von seiner Ex-Verlobten Colleen, die Tatsache, dass sein eigener Teamkollege ihn offenbar mit beidem aufzog ... Da bekäme jeder schlechte Laune, aber leider spielten die Gründe für Alecs Stimmung im Moment überhaupt keine Rolle.

Er musste sich zusammenreißen.

Ja, er machte einiges durch, aber immerhin hatte er eine Wahl. Und als begehrter Tight End in der Welt des Profifootballs die Wahl zu haben, bedeutete alles.

Seine Wahl hatte ihn in letzter Zeit verändert. Der charmante, ganz seinem Beruf hingegebene Mann, den sie gekannt hatte, hatte sich zum Schlechten hin in einen Schatten seiner selbst verwandelt. Seit Wochen nun schon schwankte Alec zwischen seinem üblichen schelmischen, lockeren Ich und einem jähzornigen Hulk, der nichts als Ärger machte. Der Kerl gefährdete nicht nur sein eigenes Image, sondern das der gesamten Bootleggers-Franchise. Ganz zu schweigen von der Werbeagentur ihres Vaters, O'Brian PR. Noch ein Fehltritt auf Alecs Seite, und der Vertrag mit dem Team würde möglicherweise nicht verlängert werden.

Das durfte nicht passieren. Nicht unter ihrer Ägide.

Sie musste Tacheles mit ihm reden, und zwar jetzt.

Als Ruby sich auf den Weg zur Umkleide der Bootleggers machte, war sie vollständig auf ihre Aufgabe konzentriert. Sie zog den Saum ihres kurzen Rocks etwas hinunter. Sie war gerade bei einem Date gewesen, als ihr Vater sie mit seinem verzweifelten Anruf Alecs wegen gestört und dringend aufgefordert hatte, „dieses launenhafte Arschloch unter Kontrolle zu bringen!" Sie hatte keine Zeit mehr gehabt sich umzuziehen. Während sie also sonst gestärkte, geknöpfte Blusen und ein dunkles Kostüm zur Arbeit trug, hatte sie nun ein verführerisch knappes schwarzes Kleid und Riemchenstilettos an, und ihr Haar hing in feurigen Wellen herab. Nicht gerade wie sie bei einem Klienten auftauchen wollte, schon gar nicht bei Alec, dem Typen, für den sie schon seit Monaten schwärmte.

Vom ersten Moment ihrer Begegnung an hatte sie sich zu ihm hingezogen gefühlt, doch er war zwar freundlich gewesen, hatte sogar mit ihr geflirtet, aber er hatte nie angedeutet, dass das auf Gegenseitigkeit beruhte. Dann, vor zwei Monaten, als er mit seiner Cheerleader-Freundin Colleen Schluss gemacht hatte, hatte er mit ihr ausgehen wollen, mehrmals. Und was hatte sie getan? Sie hatte schließlich nachgegeben, trotz der Tatsache, dass sie *niemals* mit Klienten ausging, denn damit verstieße sie gegen ihre eigenen Regeln, ja, das, aber viel schlimmer: sie verstieße gegen die Geschäftsbedingungen ihres Vaters. Letztendlich hatte es nichts gemacht. Zu dem Date war es nie gekommen. Stattdessen brachten es sämtliche Medien am nächsten Tag – Alec und Colleen hatten sich verlobt und wollten Anfang Oktober heiraten.

Würde man sagen, dass ihr Herz brach, bevor es überhaupt einmal losgelassen worden war, wäre eine Untertreibung. *Schnee von gestern*, dachte Ruby. Diese schwache Ruby gab es nun nicht mehr, und sie war wieder die Frau, die sie immer gewesen war. Die professionelle Ruby. Die rücksichtslose Ruby. Ruby, die nie unvernünftig war und deren Herz sich nicht brechen ließ. *Und auf geht's...*

Als sie die Doppeltür aufstieß war es wie immer: laut, grell, chaotisch und penetrant nach Schweiß und Körperspray riechend. Ruby marschierte zwischen dem Rudel Spieler hindurch und behielt ihre imaginären Scheuklappen auf. *Du siehst dir nicht die nackten Spieler an. Nicht hinsehen, nicht hinsehen, nicht hinsehen...*

Einen Moment lang legte sich Stille über den Raum, dann folgten ein paar leise Pfiffe. Ein in die länge gezogenes „Verdammmmt." Großartig. Sie hatten sie ins Visier genommen. Sie hätte sich doch etwas anderes anziehen sollen. Was soll's. Dafür war es jetzt zu spät. Ihr Gang wurde etwas unsicherer, und Röte hatte sich auf ihre Wangen gelegt, kurz bevor die Pfiffe aufhörten.

„Hey, Red, wurde auch Zeit." Martinez, der Wide Receiver der LSU, der nicht einmal eine einfache Strecke laufen konnte, um sein Leben zu retten, dafür aber den Ball mit seinem kleinen Finger fing, rief ihr von seinem Spind aus zu: „Uuuuh, LeBrun bekommt Ärger. Schaut mal wie angepisst sie ist. Autsch!", heulte er.

Sie seufzte erleichtert, dass die Kerle sich nicht über ihr sexy Kleid lustig machten. Über Alec, schon, aber damit konnte sie leben. Sie sah in seine Richtung, bemühte sich, den Blick oben zu behalten, und winkte Martinez zu. „Sei froh, dass ich nicht deinetwegen hier bin", sagte Ruby mit einem schelmischen Grinsen.

Mehrere Jungs lachten leise. Anscheinend waren sowohl der Quarterback Kyle Young, als auch der Wide Receiver Heath Dawson, Alecs beiden beste Freunde, ebenso abwesend wie Connors, der Spieler, mit dem Alec sich angelegt hatte. Waren sie mit ihm im Sanitätsraum? Ruby hatte Richard James, Connors' Manager schon geschrieben und wollte ihn nach ihrem Gespräch mit Alec treffen. Und Young und Dawson? Die waren wahrscheinlich schon abgehauen, um ihre Freundinnen zu treffen. Beide Männer waren vor kurzem der Liebe ihres

Lebens begegnet, und während sie im Unterschied zu Alec ihre Footballkarriere nicht darunter leiden ließen, sorgten sie dafür, dass die Frauen in ihrem Leben gleich viel Aufmerksamkeit bekamen.

„Wir haben dich beim Spiel heute Abend vermisst, Red. Wir haben uns so daran gewöhnt, dass du auf der Tribüne bist, aber scheinbar hattest du was Besseres vor." das kam von Plough, dem Linksaußen Lineman aus Ohio State, der seine Hände oben halten sollte, sonst würde er den Rest der Saison den Arsch versohlt bekommen. „Ich glaube, du hast recht, Martinez. Sie sieht nicht allzu glücklich aus. Umwerfend, aber nicht glücklich."

„Hey, Red, warum kommst du eigentlich nie, um uns zu sehen? Immer nur LeBrun, LeBrun, LeBrun." Das war Hewitt, der neue Quarterback, den die Bootleggers in der ersten Saison aus Stanford rekrutiert hatten. Beschränkter als ein Sack voll Ziegel, aber im Grunde ein netter Kerl, der Alec immer wunderbare Spirals zuwarf.

„Weil er der einzige ist, der eine Maßregelung nötig hat, meine Herren." Ihre Gedanken drifteten etwas ab, als sie an die verschiedenen Möglichkeiten dachte, wie sie *wünschte*, Alec für sein Fehlverhalten maßregeln zu können. In einer anderen Welt, einem anderen Leben, in dem Publicity-Manager und Klienten einander zur Strafe nach dem Spiel flachlegten.

Schluss jetzt, Ruby. Reiß dich zusammen. Alec hat dich nur um eine Verabredung gebeten, weil er einen Lückenbüßer für Colleen brauchte, als sie sich Ende des Sommers zum ersten Mal getrennt haben. Sobald er die

Gelegenheit hatte, sie zurückzubekommen, hatte er Ruby nicht schnell genug vergessen können. Verdammt, sie hatten hinterher nicht einmal darüber gesprochen, dass er sie um eine Verabredung gebeten und sie zugestimmt hatte – als sie ihn das nächste Mal gesehen hatte, hatte sie ihm einfach zu seiner Verlobung gratuliert. Und auch wenn er angespannt gewirkt hatte, als wollte er noch etwas sagen, hatte er letztendlich bloß „Danke dir, Ruby" gesagt und war verschwunden.

Es hatte weh getan. Wie Sau. Doch Ruby war groß darin, über solche Dinge hinwegzukommen, und das hatte sie getan. Kinn hoch und all das. Sie hätte ohnehin nie einem solchen Date zustimmen dürfen.

Vorbei am Johlen und Rufen, vorbei an dem Geglotze auf ihren Hintern (sie wusste, dass sie es taten, auch wenn sie ihre Augen stur geradeaus richteten), vorbei an den nicht so cleveren Witzeleien gelangte Ruby zum Sanitätsraum, wo sie durch den billigen, verbogenen Paravent einen Mann auf einem Untersuchungstisch erspähen konnte. Er hatte ihr den Rücken zugewandt, während der Teamarzt ihm einen Tupfer auf die Wange drückte. Diesen starken Rücken würde sie überall erkennen – die gewölbte Oberfläche seiner Muskeln, die Breite seiner Schultern, die Weite seiner Deltamuskeln, die Dicke seiner Arme, die sich *niemals* je um sie legen würden. Da war er – Alec LeBrun in seinem ganzen heißen schmutzigen Glanz.

Zeit, ihn in seine Schranken zu weisen.

Doch da wandte Dr. Kelstrom (den alle nur Dr. K

nannten) sich von Alec ab und eröffnete ihr den Blick auf seine erschöpfte, auf den Tisch gekauerte Gestalt. So wie er beide Hände über Gesicht und Schultern strich, jede Linie seines Körpers niedergeschlagen, war ihr klar, dass sie nicht so herzlos sein konnte. *Verflixt, der Typ brauchte Mitleid keine Standpauke,* dachte sie.

Als er seinen Kopf ein wenig drehte, erhaschte sie einen Blick auf sein Profil und schnappte nach Luft. Nicht weil Alecs linkes Auge geschwollen und rings um die Bandage blutunterlaufen war, die etwas abdeckte, das sicherlich eine üble Platzwunde war. Nicht weil seine Unterlippe – was für ein schöner Mund – aufgeplatzt war.

Sondern weil sein gesamtes Sein Schmerz ausstrahlte.

Und der Widerhall begann ihre Brust einzuschnüren.

Trotz der Tatsache, dass Alec wahrscheinlich um Colleen trauerte – davon konnte man getrost ausgehen, wenn man das Timing ihrer Trennung und Alecs Verhalten in letzter Zeit bedachte – wünschte Ruby sich, sie hätte ihn trösten können. Nicht als seine Agentin, sondern als Frau. Einfach ihre Arme um ihn legen und ihm sagen, dass alles wieder gut wird.

Doch sie durfte ihren dummen Fantasien nicht nachgeben. Sie war hier, um Alecs Karriere zu unterstützen und sonst nichts. Sie konnte mit ihm sprechen, sich überlegen, was in seinem Kopf und seinem Herzen vor sich ging, doch nur, um damit ihren Job zu erledigen. Nach einem langen, tiefen Atemzug, drückte Ruby die Tür auf.

Alec richtete sich auf, seine Schultern versteiften sich.

„Ist sie das?", fragte er und warf einen Blick über die Schulter. Sein melodramatischer Tonfall verriet Ruby, dass, trotz des Schmerzes, den sie selbst vor wenigen Sekunden auf seinem Gesicht wahrgenommen hatte, er vorhatte, die Sache ganz cool abzutun.

Mögen die Spiele beginnen…

Dr. K zwinkerte Ruby zu, dann wandte er sich zurück an Alec. „Sie ist es."

„Sieht sie wütend aus?"

Ruby verschränkte die Arme.

Dr. K sah Ruby an, versuchte, ihren Ausdruck einzuschätzen. „Puh. Und wie!"

„Schlimmer als letzte Woche, als ich mit dem Cheerleader von den Eagles einen Freudensalsa in der Endzone aufgeführt habe und dafür einen Punkteabzug kassiert habe?"

Ruby verdrehte die Augen.

„Oh ja. Viel, viel schlimmer als da, Mr. LeBrun", sagte Dr. K in ernstem Tonfall.

Der riesige Mann mit den Grübchen, der auf dem Behandlungstisch saß, erschauderte. „Schlimmer als vor zwei Wochen, als ich die Probefahrt mit dem Ferrari vor dem großen Spiel ein wenig zu sehr ausgedehnt habe?"

Ruby stieß ungeduldig den Atem aus. Das hatte sie ja fast vergessen. Der Kerl war bei einer Probefahrt nach Miami gefahren. Von Savannah aus. Georgia. Nach Miami!

Dr. K. nickte. „Allerdings. Ich würde sagen fünfhundertmal so schlimm wie da." Der Arzt zog seine

Handschuhe aus und warf sie in den Müll. Er warf auch die Verbandspackung weg und klopfte Alec auf die Schulter, dann gab er Ruby seinen gewohnten freundschaftlichen Kuss auf jede Wange. „Mach ihm die Hölle heiß", flüsterte er.

Ruby kräuselte die Lippen zu einem Lächeln. „Sie wissen doch, dass ich das immer tue, Dr. K. Connors?"

„Wunden sind schon versorgt, und er bespricht sich im Moment mit seinem Agenten."

„Sieht er so schlimm wie Alec hier aus?"

Dr. K verzog das Gesicht und zuckte die Schultern, das hieß, Connors sah besonders schlimm aus.

Na großartig.

Dr. K huschte aus dem Behandlungsraum. Sobald sie allein waren, ging Ruby zu Alec, ihre Absätze klackerten auf dem Linoleumboden. Sie ging um den Tisch herum, sodass sie schließlich ihrem angeschlagenen Ziel vis-à-vis gegenüber stand. Sie öffnete den Mund, um etwas zu sagen, doch sie erstarrte, als Alecs Augen sich weiteten, über sie wanderten und dann noch weiter wurden. „Verdammt, Mädel. Ich weiß, das hier bedeutet dir eine Menge, aber du hättest dich doch für mich nicht so auftakeln müssen."

Sie presste die Lippen aufeinander. „Ich habe mich nicht für Sie herausgeputzt, Mr. LeBrun. Ich komme gerade von ... woanders." Sie verkniff sich die Wahrheit, da sie fürchtete, damit alle möglichen indiskreten Fragen heraufzubeschwören, und ehrlich gesagt ging ihn ihr Date überhaupt nichts an.

„Ein Date?" Er ließ dieses hübsche Lächeln sehen, das, das alle Damen um den Verstand brachte. Das, das heute Abend so überhaupt keine Wirkung auf sie hatte. Größtenteils. Na ja, ansatzweise. „Komm schon, mir kannst du es doch erzählen."

Sie überhörte die Frage. „Könntest du mir vielleicht erklären, wie es zu einer Rauferei mit Connors kommen konnte? Du hast in zehn Minuten eine Pressekonferenz, und da wirst du etwas sagen müssen."

„Du warst auf einem Date, stimmt's?" Sein Lächeln wurde etwas schwächer. War er wütend, weil sie auf einem Date gewesen war? Denn dazu hätte er kein Recht, nachdem er eine Chance bei ihr gehabt und sie dann verpatzt hatte!

„Wenn ich deine Frage beantworte, wirst du dann auch meine beantworten?"

Seine Augen waren kaum noch zu sehen, so sehr strahlte er. „Mir hat schon immer deine Art gefallen, Abmachungen zu treffen, Red. Ja, das werde ich."

„Na schön. Ja, ich hatte ein Date. Wohlgemerkt hatte. Doch jetzt bin ich hier. Und muss mich um ein großes Baby kümmern, das irgendwie immer wieder Ärger machen muss."

„Von einem Baby weiß ich nichts", sagte er und sprang von dem Tisch, schwebte über ihr mit seinen imposanten zwei Metern. „Aber der Teil mit dem „groß", der stimmte." Und wieder dieses Lächeln.

Ruby sah weg, biss sich auf die Unterlippe. Sie konnte ihn nicht direkt ansehen, vor allem nicht, wenn er halbnackt war, sein Unterkörper nur in ein Handtuch gehüllt. Sie wühlte in ihrer Aktentasche nach einem Block und einem Stift, vor allem, damit ihre Augen eine Ablenkung hatten. „Jetzt bist du dran, LeBrun. Spucks aus. Wie ist es zu dem Kampf gekommen? Darfst die Frau nicht lieben, die du gerne lieben würdest, und deswegen zettelst du gleich einen Krieg an – und jetzt sogar schon mit deinen eigenen Teamkollegen?"

Er blitzte sie finster an.

Autsch. Das ging vielleicht etwas unter die Gürtellinie, doch wenn er es ihr mit ihrem Date so schwierig hatte machen müssen, dann konnte sie das auch mit seiner Trennung tun.

„Hör zu, Red, ich weiß, die Sache war etwas ... merkwürdig. Ich weiß, ich habe hier und da ein paar verrückte Dinge getan. Aber es tut mir nicht leid, dass ich Connors geschlagen habe. Der Scheißkerl hat es verdient."

„Womit? Was hat er denn getan?", fragte Ruby.

„Was gab's zum Abendessen? Lobster? Filet Mignon?"

„Warum musst du nur so kompliziert sein?"

„Und warum musst du mich ausfragen?", konterte Alec und lehnte sich an den Schrank direkt vor ihr.

Es war ihr unangenehm, ihn so in ihrer Nähe zu haben, deswegen ging sie beiseite und setzte sich auf einen Stuhl, tat so als hätte sie das ohnehin vorgehabt. „Weil es mein Job ist herauszufinden, warum du in der Öffentlichkeit ausrastest, Alec. Und jetzt beantworte meine Frage", forderte sie.

Er fuhr sich mit den Händen durch die Haare, und sie fielen zur Seite. „Okay, tut mir leid."

„Du siehst nicht aus als täte es dir leid. Du siehst so aus als wolltest du mir meinen Job so schwierig wie möglich machen. Ich weiß du bist wütend wegen der ... *Sache* ...mit Colleen. Aber das ist keine Art damit umzugehen."

Als sie Colleens Namen erwähnte, wurde Alecs Ausdruck gleich leer. Sie starrten einander an. Und während die Sekunden verstrichen, fragte sie sich, ob sie gerade so eine Art Anfall erlitten hatte und sich die pure Lust und das beinahe unkontrollierbare Verlangen, das in seinen Augen aufblitzte, nur einbildete.

Trauerte er nun um seine geplatzte Verlobung oder nicht?

Als klar war, dass er nichts sagen würde, atmete Ruby ein und rollte endlich ihren Stuhl näher zu ihm. Er duftete frisch geduscht, nach Seife, Shampoo und einfach lecker. *Gott steh mir bei.* „Alec, jeder hat so seine Hochs und Tiefs, aber, dein gebrochenes Herz mal beiseite, diese öffentlichen Auftritte müssen ein Ende haben."

Alecs Kiefermuskel verkrampfte sich. „Du weißt überhaupt nicht, wovon du redest."

Sie hob eine Braue. „Tue ich nicht?"

„Nein. Du denkst, dass ja, aber du weißt nichts."

„Gut, dann erzähl es mir. Du hast dich also nicht mit Connors angelegt, weil er dich wegen Colleen aufgezogen hat? Das ist nämlich das Gerücht, das mir zu Ohren gekommen ist."

Alec schloss frustriert die Augen. „Ruby…"

Sie richtete ihren Rücken auf und klatschte in die Hände. „Okay, hör zu. Der wahre Grund ist unerheblich. Egal, was du gerade durchmachst – und es tut mir leid, dass du das tust, Alec, ganz ehrlich – wir müssen uns jetzt darauf konzentrieren, wie wir verhindern, dass deine Karriere implodiert. Das hat oberste Priorität. Verstanden?"

Alec starrte sie an als müsste er sich verkneifen, etwas zu sagen, dann veränderte er sich langsam, als die Anspannung seinen Körper verließ. Das charmante Lächeln tauchte wieder auf. Dieses große, breite Lächeln und diese perfekten weißen Zähne. Verdammt soll er sein. *Verdammt.* Er sah sie unter seinen langen Wimpern hervor an, unter denen, mit denen er umzugehen verstand wie ein Zauberer mit seinem Zauberstab.

Ruby, widerstehe!

„Hör zu, Red, ich wurde in einen kleinen Streit verwickelt, das ist alles. Mach da keine größere Sache draus. Fans lieben solchen Scheiß auch, das weißt du doch."

„In der World Wrestling Federation vielleicht, aber nicht in der NFL."

Dieses entwaffnende Grinsen breitete sich wieder auf seinem Gesicht aus. Er biss an, schüttelte dann jedoch den Kopf und unterdrückte ein leises Lachen. „Oh Mann!"

Ihr Blut begann zu kochen. „Das war's also? Du meinst, du kannst alles mit deinem Charme lösen? Einfach das alte Lächeln aufsetzen, und alles ist verziehen?"

Alec rieb sich den Nacken. „Ein wenig Charme hat noch niemandem geschadet, Ma'am."

Ruby runzelte die Stirn. „Sag nicht Ma'am zu mir, LeBrun."

„Dann sag du nicht LeBrun zu mir." Der vorwurfsvolle Blick, den er ihr zuwarf, hätte genauso gut ein saftiger Schlag auf den Hintern sein können. Ein grobes Packen ihrer Hände, ein Umdrehen ihres Körpers an die Wand, während er jede Wölbung ihres Körpers mit seinen massiven Sportlerhänden befühlte.

Ruby wischte sich eine Schweißperle von der Stirn.

Sie riss ihren Blick von ihm los und öffnete ihren Kugelschreiber. „Genug jetzt. Wir müssen uns auf die Presse vorbereiten. Wir müssen uns etwas zurechtlegen, weswegen du mit deinem eigenen Teamkollegen gekämpft hast."

„Möchtest du hinterher zu Abend essen?"

Im Ernst?? Er bat sie mit ihm auszugehen, während sie in einer Krise steckten? Er wünschte sich wohl verzweifelt Aufmerksamkeit. *Ignorieren!* „Hab schon gegessen." Sie ließ ihn abblitzen, entschlossen, das hier zu überstehen. „Wir wissen, dass sie als allererstes nach dem Streit mit Connors fragen werden. Es hat überhaupt keinen Zweck, um den heißen Brei herumzureden, das wird es nur in die Länge ziehen."

„Wo habt ihr gegessen?"

„Bei Bertonis", sagte sie rasch. „Okay, mit einem ‚Es wird nicht wieder geschehen, das war nur ein einziger hitziger Moment' ist es nicht getan, da das schon das dritte

Mal in ebenso vielen Wochen war."

„Mit Brotstangen und Salat? Mit wem warst du da?"

Ruby versuchte, sich darauf zu konzentrieren, wie ihr Stift sich über das Papier bewegte, auf die Worte, die kommen würden, nicht nur in der Zeitung, auch in Livemitschnitten im Frühstücksradio morgen früh. Sie widerstand der Versuchung, ihm in die Augen zu sehen. „Mit meinem Date. Kannst du dich bitte konzentrieren? Könntest du dich mal für zwei Minuten konzentrieren? Dein öffentliches Image steht auf dem Spiel, Alec."

„Wer war es?"

„Bitte?"

„Mit wem bist du ausgegangen? Ich bin neugierig, mit welcher Sorte Mann du dich wohl triffst, wenn man bedenkt, wie ich hab ackern müssen, um ein Ja aus dir herauszubekommen."

Sie knallte den Stift hinunter und starrte ihn wütend an. „Ah, ja, der Punkt ist nur, *dass* ich Ja gesagt habe. Und du dagegen hast es abgeblasen. Warum noch mal? Ach, ja, weil du dich am nächsten Tag *verlobt* hast." *Du hast mich für den nuttigsten aller Cheerleader wie eine heiße Kartoffel fallen lassen. Nett, Alec, wirklich nett.* „Können wir jetzt das Thema wechseln?"

Verdammt, sie hatte sich ihm geöffnet. Man merkte ihr ihre Verbitterung an, und jetzt konnte er mit Leichtigkeit sehen, wie sie das angepisst hatte. Er stand auf und griff nach ihr. „Ruby –"

„Nein!" Sie wich zurück.

„Ich kann das erklären."

Der richtige Zeitpunkt dafür ist lange verstrichen, hätte sie beinahe gesagt. „Da gibt es nichts zu erklären. Es hätte nie passieren dürfen. Du bist mein Klient. Ich bin deine Agentin. Eine, die gerade Gefahr läuft, ihren Job zu verlieren, denn mein Vater hat den Eindruck, dass ich mit einem heißen Eisen wie dir nicht klar komme."

„Hat er das gesagt?" Für eine Sekunde tauchte so etwas wie Bedauern in Alecs Gesicht auf. Beinahe wie echte Reue für die vielen Dummheiten. „Es tut mir so leid. Ich habe mich wie ein Arsch benommen, das weiß ich. Aber ich werde den ganzen Dreck wieder hinkriegen, das verspreche ich."

„Das *musst* du." Sie starrte ihn an und ließ das auf sich wirken. „Denn wenn nicht, dann bin ich arbeitslos, du könntest deinen Vertrag für das nächste Jahr verlieren und die Firma meines Vaters den ihren. Das hier ist kein Scherz. Es ist an der Zeit, mit dem Scheiß aufzuhören. Ist das klar ... Mr. LeBrun?"

Wenn ihn das nicht erreichte, dann könnte nichts das schaffen.

„Ja, ist klar." Er verschränkte die Arme vor der Brust, wodurch seine Arme noch kräftiger wirkten, und, heilige Scheiße, selbst auf seinen Venen waren Venen.

„Gut." Sie zwang sich, auf ihre Notizen hinabzuschauen, obwohl alles auf dem Zettel für sie nur verschwommen zu sehen war. „Also, zu dieser Pressekonferenz ... du und Connors, ihr müsst einmütig da auftauchen. Zeig Reue, schüttle Hände und all das. Dann sehen die Reporter, dass es nur eine kleine

Meinungsverschiedenheit war. Ich muss noch Connors'
Agenten finden und sicherstellen, dass Connors
mitmacht."

Sie machte großes Aufhebens darum, ihre Sachen
zusammen zu sammeln, einzupacken und so zu tun, als
machte es ihr nichts, dass er sie mit diesem nicht zu
interpretierenden Ausdruck im Gesicht anstarrte. Doch es
machte ihr was, und in ihrer Brust flatterte etwas, das sie
nicht erklären konnte. Warum nur – wenn Ruby doch
definitiv wusste, dass Alec nicht gut für sie war – reagierte
ihr Körper genau gegensätzlich zu ihrem Gehirn?

Alec beugte sich vor zu ihr. Sie konnte seine
Herzensgüte aus einer Meile Entfernung riechen. Ihr Hirn
zauberte Bilder hervor, wie er seine Arme um sie legte,
wie ihre Hände über diesen stromlinienförmigen
umwerfenden Rücken strichen, ihre Fingerspitzen über
seine Muskeln hüpften. Bei seinem Duft wurde ihr ganz
schwindelig, und sie presste ihre Schenkel vor
schmerzhaftem Verlangen zusammen.

Er ergriff ihre Hand, die, die damit beschäftigt war,
ihre Tasche mit dem Reißverschluss zu verschließen,
bevor der große böse Wolf ihr ihre Süßigkeiten aus dem
Korb klauen konnte. „Hast du viel gelacht?"

Sie zog ihre Hand aus seiner. „Was meinst du?"

„Bei deinem Date. Hast du gelacht, gelächelt, hat er
sich wunderbar gefühlt, oder hast du ihn auch in die
Mangel genommen, wie mich eben?"

„Mir reicht's." Ruby stand so abrupt auf, dass der
Stuhl sich drehend von ihr wegrollte und krachend gegen

die Wand schlug.

„Mir hat es nämlich schon irgendwie gefallen, Ruby. Das muss ich schon zugeben. Das war heiß."

„Du bist unmöglich." Sie riss ihre Notizen vom Block und drückte sie ihm an die Brust. Sie ließ nicht zu, dass sie die Brustmuskeln unter ihrer Handfläche spürte. Stattdessen ging sie. „Halt dich an das Skript. Und trag bitte den Anzug, den ich dir bestellt habe. Den, in dem du wie ein verantwortungsbewusster Mann aussiehst und nicht wie ein Kind, das sich nur allzu gerne auf dem Spielplatz rauft."

Als sie seinen Gesichtsausdruck sah, fühlte sie sich beinahe schlecht, weil sie das gesagt hatte. Doch dann erinnerte sie sich an ihr Date. Auch wenn es so langweilig gewesen war, dass es sie fast um den Verstand gebracht hätte, und sie fast froh gewesen war, dass ihr Vater angerufen und ihr damit eine Ausrede gegeben hatte, frühzeitig abzuhauen, war es immer noch Alecs Schuld, dass sie mal wieder ihre Freizeit hatte drangeben müssen, um sich um diese Angelegenheit zu kümmern. Was das anging, hätte *er* sich entschuldigen müssen.

Doch diese muskulösen Schenkel, die trainierten Bauchmuskeln und die breiten Schultern hatten nicht die geringste Absicht sich zu entschuldigen. „Pass auf, Red. Ich hatte einen harten Tag. Nenn mich noch einmal Kind und..."

„Und was?"

„Das möchtest du nicht wissen", erwiderte er. „Ich weiß, dass du mich ein wenig verarschen musst wegen der

Sache, die ich gemacht habe, aber ich warne dich, du übertreibst es gerade mit dieser Mamaschimpftour. Ich habe gesagt, dass ich alles gerade biegen werde. Versprochen ist versprochen."

„Stimmt das auch?"

„Ja, das stimmt. Vielleicht sehe ich so aus als wäre mir alles scheißegal, aber wenn ich etwas verspreche, dann halte ich mich auch daran." Sie sah seinen Augen an, dass er es todernst meinte. Und doch, sie hatte es einfach schon zu oft gehört.

Ruby schnaubte. „Das hast du beim letzten Mal auch schon gesagt, Alec. Von dir kommen immer nur leere Worte, keine Handlung. Ich seh dich dann da draußen." An der Tür wandte sie sich um, ganz zufrieden damit, wie sie mit der Unterhaltung fertig geworden war. Standhaft, nicht zu schwach, resolut. Gute Arbeit, lobte sie sich selbst.

Doch etwas hatte sie wohl gesagt, das etwas in ihm ausgelöst hatte.

„Ach, äh, Ruby...", sagte er gedehnt mit eindeutig warnendem Unterton.

Sie verlangsamte ihren Schritt, um sich umzudrehen und zu sehen, ob sein Gesicht etwas verriet.

„Ich bin immer fürs Handeln, Ruby. Nun kennen wir uns schon so lange, und du hast immer noch nicht die leiseste Ahnung, wer ich eigentlich bin. Das sollten wir ändern, meinst du nicht?" Und dann tat er etwas Unvorstellbares. Er ließ das Handtuch fallen und entblößte den ganzen Alec LeBrun und kam direkt auf sie zu.

Seine Haut glänzte.

Seine Muskeln zuckten.

Sein bestes Stück begrüßte sie. Und schwoll.

Und hüpfte.

Nein, ein Kind war er nicht. HEILIGE. SCHEISSE.

Er blieb stehen, die Hände in die Hüfte gestemmt, ließ sie sich sattsehen, bevor er an ihr vorbeirauschte und den Sanitätsraum verließ.

Ruby schluckte den Kloß in ihrem Hals hinunter und versuchte zu atmen. Ein einziger Atemzug wäre schon gut. Sauerstoff war ihr Freund. Doch sie konnte nicht sprechen, konnte nicht das letzte Wort haben. Verdammter Alec. Er wusste, welchen Effekt seine Einlage auf sie hatte, schon allein deshalb, weil er sie dabei erwischte, wie sie sich umdrehte und auf seinen Hintern starrte, als er den Flur entlang ging.

Sein Grinsen war nicht mehr das eines Klugscheißers, es war anzüglich.

Damit stand es 6 : 0 für Alec LeBrun.

KAPITEL ZWEI

Alec sah auf den Anzug, der in seinem Spind hing, noch in Folie von der Reinigung. Den, von dem Ruby gesagt hatte, er sähe darin aus wie ein verantwortungsbewusster Mann – um besser sein unverantwortliches Verhalten erklären zu können, warum er Connors einen Arschtritt verpasst hatte, als er ihn wegen einer Frau aufgezogen hatte. Nein, nicht Colleens wegen. Nach der offiziellen Verlobung und der ebenso offiziellen Trennung hätte er das ja kommen sehen.

Nein, Connors hatte ihn mit *Ruby* aufgezogen.

„Du hast heute echt scheiße gespielt, LeBrun. Was war, hast du daran gedacht, endlich die Agentin des Teams ficken zu können, jetzt, wo Colleen von der Bildfläche verschwunden ist? Kann ich dir nicht zum Vorwurf machen. Sie ist höllisch heiß, und ich wette, sie ist auch noch wahnsinnig lebhaft im Bett. Weiß man ja, wie Rothaarige so sind."

Dieser Scheißkerl.

Alec hatte den ganzen letzten Monat über, seitdem Colleen ihn so verarscht hatte, kurz vorm Explodieren gestanden. Jetzt war er sie endlich los, aber dass er ihretwegen seine Chance bei Ruby verpasst hatte, brannte immer noch, und Connors dämlichen Kommentare hatten ihn wieder daran erinnert. Außerdem *hatte* er wirklich scheiße gespielt, und als Connors in der Umkleide wie ein Wichser drauflos geplappert hatte, war Alec nur allzu bereit gewesen zu kämpfen. Er hatte voller Zorn ausgeholt, und er hätte Connors gerne jeden einzelnen Knochen seines Gesichts gebrochen. Connors hatte Alec abgewehrt, doch Alec hatte es geschafft, seine Faust auf dessen Nase zu befördern.

Blut floss, Knochen krachten.

Es waren mehrere Teamkollegen nötig gewesen, die beiden auseinander zu bringen, während sie sich weiterhin wütend anstarrten und sich Schimpfwörter an den Kopf warfen, während ihr Brustkorb sich heftig hob und senkte und ihre Gesichter bluteten. Der Coach hätte beinahe einen Schlaganfall gehabt, als er ihnen darauf die Ärsche aufriss, doch Alec hatte ihn kaum wahrgenommen. Er war immer noch zu wütend über das gewesen, was Connors gesagt hatte.

Niemand sprach so über Ruby. Wenn eine Frau tabu war und Respekt verdiente in dieser verrückten Welt des Profifootballs, dann war sie es. Connors, dem Alecs Gefühle für sie offenbar nicht entgangen waren, hätte das wissen müssen. Aber *wie* hatte er es herausgefunden?

Alec hatte bloß seinen besten Freunden im Team (und

in seinem Leben), Heath und Kyle, von seinen Gefühlen für Ruby erzählt, und die hatten geschworen, nichts auszuplaudern. Sie waren abgesehen von Colleen außerdem die einzigen Menschen, die wussten, weshalb Alec keine vierundzwanzig Stunden, nachdem er Ruby um eine Verabredung gebeten hatte, Colleen einen Antrag gemacht hatte: Colleen hatte behauptet, sie sei schwanger.

Wie erwartet hatte ihn das verunsichert. Nicht nur weil die Aussicht, unerwartet Vater zu werden, ihn zu Tode geängstigt hatte – was, wenn sich herausstellte, dass er genauso ein fürchterlicher Vater war wie sein eigener? – sondern hauptsächlich weil er gleich gewusst hatte, dass er das Richtige tun musste, und das hieß, sich von jeder Chance bei Ruby verabschieden und sich stattdessen dauerhaft an Colleen binden, einer Frau, mit der er geschlafen hatte, weil sie umwerfend und gut im Bett war, doch für die er nie tiefere Gefühle hatte entwickeln können, ganz egal wie sehr er sich auch bemüht hatte, dafür zu sorgen, dass die Dinge zwischen ihnen funktionierten. Also hatte er getan, was er für das Richtige hielt. Er hatte ihr einen Antrag gemacht. Er hatte Colleen bei sich einziehen lassen und den Hochzeitstermin auf Anfang Oktober festgelegt, nur zwei Monate später. Doch letztendlich hatte er es nicht durchziehen können.

So sehr diese ungewollte Schwangerschaft ihn auch geschockt hatte, Alec hatte sich ganz schnell in sein ungeborenes Kind verliebt. Doch ihm war klar geworden, dass, wenn er Colleen aus Pflichtgefühl heiratete, er dem Kind damit nicht die Art Familie bieten würde, in der er es gerne aufwachsen sehen würde. Deswegen hatte er vor einigen Wochen, nur zwei Wochen vor der geplanten Hochzeit, Colleen mitgeteilt, dass er sie nicht heiraten könne, aber bereit sei, sich mit um die Erziehung zu kümmern. Sie war aufgebracht gewesen und hatte die Wahrheit gestanden – kein Baby. Es war alles bloß eine Falle gewesen.

Alec war wieder einmal auf den Boden der Tatsachen zurückgeworfen worden – dieses Mal von der Trauer über den Verlust eines Kindes, das es nie gegeben hatte. Auch über den Verlust der Gelegenheit, beweisen zu können, dass er tatsächlich ein guter Vater sein könnte, anders als sein eigener. Seine Gefühle hatten ihn aufgefressen, hatten ihn mehr trinken lassen als je zuvor, hatten dafür gesorgt, dass er sich auf nichts mehr hatte konzentrieren können.

Doch es war an der Zeit, sich am Riemen zu reißen. Das Trinken, das Kämpfen – all das hatte zu enden. Nicht nur für seine Karriere, sondern für Rubys.

Ruby.

Sie (wie jeder andere) musste annehmen, dass er Colleen immer noch liebte und am Boden zerstört war wegen der geplatzten Hochzeit und dass er deswegen in letzter Zeit so viel trank und sich prügelte. Natürlich war das naheliegend. Schließlich hatte er es vorgezogen, aus Rücksichtnahme auf Colleen, die Öffentlichkeit da rauszuhalten. Ja, selbst nachdem sie ihr wahres Ich gezeigt hatte blieb er loyal und hielt vor der Presse dicht. Doch er hatte einer Frau, die ihn belogen hatte, mehr Aufmerksamkeit entgegengebracht als Ruby, einer Frau, die seinen Respekt immer verdient hatte.

Und, wenn er ehrlich war, einer Frau, der schon immer sein Herz gehörte.

Nach diesem ganzen Scheiß mit Colleen war das letzte, an das er gedacht hatte, wieder ausgehen gewesen. Nicht einmal mit Ruby. Doch das war bevor sie hereinmarschiert war, umwerfend ausgesehen hatte und ihm nahegetreten war. Es war, als hätte sie ihn mit einer Ohrfeige aus der Trance gerissen, in der er sich befunden hatte. Zum ersten Mal seit Wochen konnte er wieder klar sehen und war wieder ganz der Alte. Und er hatte auch wieder ein Ziel.

Er war dazu gebracht worden, ein Baby zu wollen, das er für seins gehalten hatte, doch das es nie hatte geben sollen.

Bei Ruby lag die Sache anders.

Er wollte sie. Und wenn die Art, wie sie auf ihn reagiert hatte – als er sein Handtuch trug und als er es eben nicht mehr trug – irgend etwas zu sagen hatte, dann wollte sie ihn immer noch. Er würde schon dafür sorgen, dass sie beide bekamen was sie wollten. Dazu musste er sich mit ihr zusammensetzen und ihr erklären, was es mit Colleen auf sich hatte. Es hieß außerdem, dass er Ruby zeigen musste, wie er für sie empfand, und das hieß, so sehr es ihm auch missfiel, dass er die Sache langsam angehen musste.

Erstens war seine Trennung noch nicht lange her, und die Leute würden über ihn sprechen. Außerdem lagen seine Nerven noch blank, weil er verarscht worden war. Er musste sicher sein, dass das mit Colleen komplett hinter ihm lag, bevor er die Sache mit Ruby weiter verfolgte. Und schließlich wusste er nur zu gut, warum er so hart daran hatte arbeiten müssen, dass Ruby Ja zu seiner Einladung zum Abendessen vor zwei Monaten sagte – ihr Job und ihr Widerstreben, professionelle Grenzen zu überschreiten.

Jetzt bräuchte es wahrscheinlich ein Wunder, sie davon zu überzeugen mit ihm auszugehen. Er wollte die Sache mit ihr nicht noch ein zweites Mal vergeigen. Frauen wie Ruby gaben einem nur selten eine zweite Chance. Frauen wie Ruby waren einfach zu gut für ihn. Doch es war an der Zeit nach vorn zu sehen. Zeit zu beweisen, dass er für sich und für sie nur das Beste wollte, und damit wollte er heute Abend anfangen. Er konnte nur beten, dass sie ihm eine Chance gab.

Deswegen zog Alec den Anzug an und war begeistert, wie sorgfältig Ruby etwas ausgewählt hatte, das ihm so perfekt passte, und zugleich sah er immer wieder vor sich, wie verdammt umwerfend sie ausgesehen hatte, als sie in diesem knappen schwarzen Kleid und den hohen Absätzen vor ihm gestanden hatte, während ihr Haar lang und wild über ihre Schultern fiel.

Sie war immer schön, egal, was sie trug, doch da er sie sonst immer nur in ihrer Arbeitskleidung gesehen hatte, war das eine ganz schöne Verwandlung.

Er fragte sich nun, wie sie sich noch verändern konnte. Beispielsweise im Schlafzimmer. Wie wäre Ruby O'Brien zwischen den Laken? Verklemmt? Unschuldig?

Oder platzte sie förmlich vor Kraft und Elan, wie jedes Mal, wenn er etwas verbockt hatte und sie kam, um nach ihm zu sehen? Das fragte er sich erst ungefähr zum tausendsten Mal, und wie immer fand er keine Antwort. Er hätte seinen Super Bowl Ring und jeden letzten Cent verwettet, dass eine leidenschaftlich erregte Ruby wild sein würde vor Verlangen, eine Göttin im Bett.

Vielleicht war es die Art, wie sie ihn immer ansah mit diesen sexy blauen Augen und Lippen, die nur leicht ungläubig geöffnet waren.

Oder wie sie seinen nackten Körper angestarrt hatte zwischen dem Moment, als er das Handtuch hatte fallen lassen, und dem Moment, in dem er an ihr vorbeigegangen war. Sie war rot geworden, ihre überraschten Augen hatten seinen Schwanz fixiert. Ihr hatte der Atem gestockt, und einen kurzen Moment lang hatte er daran gedacht, sie an den Schultern zu packen und sie gegen die Spinde zu ficken.

Vielleicht eines Tages, Kumpel, wenn du Glück hast.

Aufgebrezelt in seinem Anzug betrat Alec den Presseraum, wo Connors ihn zu seiner Überraschung allein erwartete. Er hatte ein Klammerpflaster am Kinn, das, wie Alec bewusst war, eine böse Platzwunde verschloss. Er selbst hatte sie ihm verpasst. „Hey, Mann", sagte Connors.

„Hey." Alec hielt sich etwas von dem kleineren, kompakteren Spieler entfernt.

„Hast du eine Minute?"

„Nicht wirklich." Draußen hörte er, wie die Reporter sich für die Pressekonferenz versammelten, und wünschte,

27

er könnte das jetzt hinter sich bringen.

„Hör zu, Kumpel ... normalerweise bist du das Arschloch, aber heute Abend war ich neben der Spur." Connors rieb sich das Kinn und berührte seine Wunde vorsichtig mit den Fingerspitzen.

„Japp. Das warst du."

„Und mein Agent hat mir gerade mitgeteilt, dass, wenn publik wird, was ich zu dir gesagt habe, ich vielleicht meinen Vertrag mit Hertz verliere."

„Hertz?"

„Na ja. Wir können ja nicht alle für Nike posieren." Connors sah ganz so aus, als wollte er einen neuen Streit vom Zaun brechen, erinnerte sich dann aber wieder, dass seine Karriere auf der Kippe stand. „Egal, ich wollte bloß fragen, ob wir das jetzt nicht einfach hinter uns bringen wollen, die Lage irgendwie wieder retten und dann durch damit sein."

„Für mich hört sich das gut an."

„Ich gebe dir mein Wort, dass ich nichts mehr über Ruby sagen werde."

Alec warf ihm einen scharfen Blick zu. „Nimm einfach in meiner Nähe ihren Namen nicht in den Mund, Mensch. Nicht einmal. Ich warne dich."

Connors gab sich geschlagen und hob die Hände. „Schön, schön, ich hab das ja bloß gesagt, weil ich scheißeifersüchtig war. Sie ist einfach toll, und wie sie dich ansieht... Was soll's, viel Glück, Kumpel. Friede?" Er streckte Alec seine Hand entgegen.

Alec starrte sie eine Minute lang an, am liebsten hätte

er Connors gefragt, wie Ruby ihn denn ansah. Gott, er war krank. Stattdessen nickte er und schlug ein. „Klar, Mann. Friede. Und jetzt los. Ich höre sie kommen." Und wirklich, einen Augenblick später öffnete sich die Tür, und ein Vertreter der Presse schaute herein, um ihnen mitzuteilen, dass sie so weit seien.

Als der Raum voll war, begegnete Alecs Blick dem Rubys, die ganz hinten im Publikum saß. Er freute sich nicht wirklich darauf, vor all diesen Kameras, Mikrofonen und Reportern zu stehen, die ihre Fragen stellten, doch ein Blick auf Rubys Gesicht machte alles besser. Trotz der Scheiße, die er da in der Umkleide abgezogen hatte, lächelte sie ihm aufmunternd zu.

Coach Reddick sprach als erster. Als er fertig war, gab er Alec ein Zeichen, dass die Aufmerksamkeit nun ganz ihm galt. Alec zog erst gar nicht das zerknüllte Stück Papier aus der Tasche, das, das Ruby ihm zugeschoben hatte, bevor er aus dem Sanitätsraum gestürmt war. Er hatte genug Erfahrung mit der Presse, um zu wissen, was zu tun war. Als es Zeit war, ging er vor fünfzig Reportern, Fotografen und deren Blitzen zum Podium hinauf. Er lächelte und hob grüßend die Hand. Und als der erste Reporter fragte, was mit Connors geschehen war, erzählte Alec die Wahrheit.

„Ich übernehme die volle Verantwortung für unsere Niederlage, Leute. Ich habe das Gefühl, dass ich meine Teamkollegen da draußen im Stich gelassen habe, obwohl ich doch eigentlich immer mein Bestes geben möchte für mein Team, für meine Fans, für die Stadt Savannah. Die

Anspannung und das Adrenalin waren hoch, und es war zwar nicht richtig, aber Connors hat einen Witz gemacht, der mir nicht gefiel. Wir haben uns schon ausgesprochen und es hinter uns gebracht. Wir verstehen uns wieder und verfolgen unser gemeinsames Ziel. Wir werden New Orleans am Sonntag niederschmettern und dann gemeinsam in den neuen Marvelfilm gehen. Er besorgt das Popcorn." Alec lächelte und das Blitzgewitter ging los.

Alle im Raum lachten.

Ruby lächelte. Gut. Es hatte ihr gefallen. Alec fand es unfassbar, welchen Einfluss dieses Lächeln auf ihn hatte.

Ein Reporter hob die Hand. „Alec, worum ging es in Connors' Witz? Hatte es etwas mit Colleen zu tun? Haben Sie noch Kontakt zu ihr, und besteht Hoffnung auf Versöhnung?"

Alec hatte gehofft, die Fragerei wäre damit beendet, doch anscheinend hatten die Haie noch nicht genug Blut gehabt. Bei der Frage hatte Alec erwartet, dass Ruby den Kopf schütteln und wie wild mit ihrem Stift auf ihren Block deuten würden, damit er sich an das Skript hielte. Stattdessen beobachtete Ruby O'Brien, diese unerreichbare, außergewöhnliche Frau, ihn mit großen Augen und biss sich auf die Lippe, eine Furche zwischen ihren Brauen. Angespannt wartete sie auf seine Antwort.

„Nein, Ben, es besteht absolut keine Chance einer Versöhnung. Ich wünsche Colleen nur Gutes. Wir haben uns mit beiderseitigem Einverständnis getrennt. Aber solch eine Trennung ist immer hart, und ich habe mich wohl nicht auf das konzentriert, was wichtig ist. Das muss sich jetzt ändern."

Während er sprach, kritzelten alle rasch seine Worte nieder oder nahmen sie mit irgendeinem Gerät auf, während er über den Raum hinweg zu Ruby sah. Er sprach mit ihr ohne Worte. Er vermutete, sie würde es wohl nicht verstehen, aber er musste es versuchen.

„Was wichtig ist", das war sie. Er wollte sich von nun an wieder auf sie konzentrieren.

Und wenn er es sich hätte aussuchen können, dann würden sich die Dinge zwischen ihnen nun grundlegend ändern.

KAPITEL DREI

Ruby stand hinten im Presseraum und sah zu wie Alec, Connors und Coach Reddick beim Podium miteinander sprachen. Nach Alecs offener Ansprache war Connors auf die Bühne gekommen und hatte im Grunde alles bestätigt, was Alec gesagt hatte. Die Reporter waren nun alle fort, und obwohl auch sie hätte nach Hause fahren sollen, blieb sie noch, weil sie mit Alec unter vier Augen sprechen wollte.

Er hatte sich gut verkauft. Das musste sie ihm noch sagen, nachdem sie ihn eben so hart rangenommen hatte. Sie musste ihm sagen, dass sie an ihn glaubte und alles tun würde, ihn dabei zu unterstützen, all das auch umzusetzen, was er versprochen hatte – den letzten Monat zu vergessen und sich auf das zu konzentrieren, was wichtig war ... seine Karriere.

Das hatte er doch gemeint, oder?

Vielleicht war es nur Wunschdenken, weil er sie bei der ganzen Pressekonferenz angestarrt hatte, doch ein Teil von ihr fragte sich, ob er nicht etwas anderes gemeint hatte. Ob er gemeint hatte, dass *sie* sein neuer Fokus war.

Sie musste schon zugeben, dass sie mehr als zufrieden war zu hören, dass es keine Chance gab, dass er und Colleen sich versöhnten. Bedachte man, was zwischen ihnen passiert war und dass Alec mit keiner Silbe erwähnt hatte, ob er Colleen noch liebte, zeigte Rubys Reaktion, dass sie diesem Mann immer noch verfallen war.

Endlich gingen der Coach und Connors und winkten Ruby zu. Sie winkte zurück und versuchte, nicht nervös zu werden, als Alec auf sie zukam wie ein männliches Model, das über einen Laufsteg stolzierte, die Hände in den Hosentaschen. Er blieb einen Meter vor ihr stehen, sagte jedoch nichts.

Sie räusperte sich. „Das war großartig, Alec. Du hast dich zwar nicht an das Skript gehalten, aber du hast es eben auf deine Art gelöst. Ich bin stolz auf dich. Vielleicht kannst du jetzt von vorn anfangen." Sie hatte das gar nicht auf einer privaten Ebene gemeint – sie hatte es so gemeint, aber in Bezug auf seine Karriere – doch nun war die unterschwellige Botschaft ausgesprochen.

Fang von vorne an, Alec. Fang mit mir von vorne an.

„Ich habe es so gemeint. Ich war nicht ganz ich selbst, doch das hab ich jetzt hinter mir. Mir ist klar, dass es einige Arbeit erfordert, den Schaden, den ich im vergangenen Monat meiner Karriere zugefügt habe, wieder zu kitten–"

„Das ist mein Job." Sie starrten einander an. Es fiel ihr schwer, sich von diesen dunkelbraunen Augen und dem wie gemeißelten Gesicht loszureißen. „Ich hab auch schon ein paar Ideen. Ich musste nur wissen, dass du auch bereit bist, bevor ich dir davon erzähle."

Er lächelte leicht. Nicht das aufgesetzte Grinsen, das er sonst drauf hatte, sondern endlich ein ehrliches. „Na, ich bin bereit. Und danke, dass du zu mir gehalten hast. Du bist eine tolle Agentin, Ruby."

Innerlich zuckte sie zusammen. Richtig. Seine Agentin. *Das bin ich für ihn.* Vergiss es nicht, Ruby! *Ächz.* „Ich könnte dich diese Woche anrufen, dann verabreden wir uns, um darüber zu sprechen, wie es jetzt weitergeht. Ich–"

„Wollen wir uns jetzt unterhalten?" Er deutete auf die Tür, als sollten sie besser gehen. „Ich weiß, du hast gesagt, dass du schon gegessen hast, aber ich komme um vor Hunger, und das Giraldi's ist nur ein paar Blocks entfernt. Würdest du mit Gesellschaft leisten?"

„Alec…"

Überschritt sie damit eine Grenze? Bei einem anderen Klienten würde sie das nicht denken, aber für andere Klienten hatte sie ja auch nicht solche Gefühle wie für Alec.

„Wir sprechen ausschließlich über die Öffentlichkeitsarbeit", fügte Alec hinzu, als er ihr Zögern bemerkte.

Ruby dachte über die Idee nach. Es wäre um einiges sicherer, etwas für die nächsten Tage zu verabreden und sich dann in einem der Besprechungsräume zu treffen. Andererseits machte sie eine viel zu große Sache daraus.

Je mehr sie das tat, um so mehr würde es auch eine große Sache sein. Wo war denn bloß die konzentrierte Ruby geblieben? Die Ruby, die das Ruder in die Hand nahm, die selbstbewusste? „Klar." Sie lächelte und nahm ihre Tasche von einem Stuhl in der hinteren Reihe. „Hört sich großartig an, Alec. Das machen wir."

Zwanzig Minuten später saßen sie an einem Tisch. Alec überflog die Speisekarte, und Ruby tat so, als checkte sie ihre Mails, nur damit sie Alec nicht anstarren musste. Er sah immer noch so verdammt gut in seinem Anzug aus, für das Lokal zwar overdressed, aber das war sie ja schließlich auch.

Es war beinahe wie eine Wiederholung ihres Dates mit Greg vorhin, doch anstatt nun einem perfekt höflichen Anwalt gegenüber zu sitzen, bei dem sich nichts in ihr regte, saß sie nun Alec gegenüber.

Quatsch, das hier war absolut kein Date, Ruby! Sie hätte sich beinahe geohrfeigt, um zur Besinnung zu kommen. Das hier war geschäftlich, und nichts anderes.

Alec beugte sich über den Tisch. „Alles in Ordnung?"

„Ja, warum?"

„Dein Bein wippt."

„Tatsächlich?" Sie lachte nervös. „Das ist nur eine dumme Angewohnheit."

„Dann wippst du also ständig mit dem Bein?", rügte er sie.

Oder nur, wenn du nervös bist? Beinahe konnte sie

35

seine Gedanken hören. Es wurde immer offensichtlicher, dass sie sich zu ihm hingezogen fühlte, und sie war so dumm gewesen anzunehmen, dass sie dieses Treffen überstehen konnte, ohne dass sie sich verriet.

„Nicht immer, nur wenn ich nachdenke." Genau, Ruby, du bist ein Denker. Eine schlaue, selbstbewusste Agentin, überhaupt keine Frau, die bei einem Date nervös wird – Geschäftstreffen! – mit ihrem Schwarm.

„Denken ist gut." Er schmunzelte. „Gut fürs Gehirn."

„Ja", sagte sie. „Solltest du auch mal öfter probieren."

„Hey!" Alecs Brauen hoben sich. Mit einem Lächeln zeigte er auf sie. „Touché, Miss O'Brien. Ich werde versuchen, mehr nachzudenken, und dir von jetzt an das Leben nicht mehr schwer machen." Er wandte sich wieder seiner Speisekarte zu.

Ruby überdachte diesen Austausch noch einmal. Sie war froh, dass sie wieder Oberwasser hatte, doch hoffentlich hatte das nicht wieder wie ein Vorwurf geklungen, wo sie doch abgemacht hatten, von vorne anzufangen – noch einmal neu anzufangen.

„Bist du sicher, dass du nichts möchtest?", fragte Alec.

Sie schüttelte den Kopf. „Nur eine Tasse Kaffee wäre toll. Was nimmst du?"

„Ich denke gerade an Filet Mignon, Polenta und irgendeinen Salat. Was hältst du von Rauken?"

Sie konnte ein Lachen nicht unterdrücken.

„Was ist denn daran so komisch?"

„Mann, Mann, Mann, Rauken!" Sie zuckte die

Schultern. „Wer hätte gedacht, dass Alec LeBrun über solch einen Wortschatz verfügt?"

Er grinste. „Hey, ich habe viele Talente."

„Das hast du." Gütiger Gott, so hatte sie das nicht gemeint, aber jetzt war es raus. Das hatte sie jetzt davon, dass sie ihm gleich zwei Sticheleien in einer Minute hatte verpassen wollen. Er strahlte offensichtlich selbstzufrieden.

Bildete sich da etwa Schweiß auf ihrer Stirn? Sie wischte ihn fort, tat so, als wollte sie ihre Haare richten. Nachdem er bestellt und der Kellner ihr ihren Kaffee gebracht hatte, lehnte er sich zurück und durchbohrte sie mit seinem Blick. „Also, ich hab's verstanden. Mein Verhalten hat deinen Job gefährdet."

„Ach, ich meine, ich hätte gesagt, dass ich im Moment Gefahr laufe, meinen Job zu verlieren, weil mein Vater meint, ich könnte mit einem heißen Eisen wie dir nicht umgehen."

„Wie mein schlechtes Verhalten in letzter Zeit belegt."

„Nun, ja."

„Verdammt, diese Einlagen tun mir leid. Aber es waren schon großartige Einlagen, findest du nicht? Besonders die Fahrt im Ferrari."

„Nein, Alec, sie waren kein bisschen lustig."

„Nicht mal ein winziges bisschen?" Er neigte den Kopf.

Okay, langsam verstand sie. Alec LeBrun überspielte gern seinen Schmerz. Sie verstand jetzt vollkommen, warum er sich so aufgeführt hatte, als er ganz unten war – die Spritztour, die Prügeleien, das exzessive Tanzen in der Endzone – doch jetzt, da sie hier beieinander waren, unter vier Augen, musste er sie nicht mehr „Einlagen" nennen und so tun, als wäre das alles nur Show gewesen.

„Alec, ich bin nicht die Presse. Für mich musst du kein charmantes Lächeln aufsetzen und so tun als sei alles nur Spaß und Spiel. Du kannst mir sagen, was wirklich los ist. Ich kann dir helfen, es auszubügeln, egal was es ist. Es ist mein Job, Probleme zu lösen."

Er verzog das Gesicht. Es missfiel ihm offenbar, dass sie damit andeutete, dass er ein Problemfall sein könnte, um den sie sich kümmern musste. „Nur das Leben, Ruby. Ich krieg das schon wieder hin, keine Sorge. Habe ich noch immer."

Und das hatte er heute Abend. Er hatte es so gut hinbekommen, dass sie die Hoffnung hatte, dass er endlich wieder auf dem rechten Weg sein könnte. Das war etwas, das ihr schon immer an Alec gefallen hatte, wie man an dem Anzug, der Entschuldigung, der Handlung sah ... Er brauchte vielleicht eine Weile, aber irgendwann gestand er es sich immer ein. Der Mann wusste, wenn er Mist gebaut hatte. Er arbeitete daran, es zu reparieren. Wenn sie irgend etwas hasste, dann waren es Klienten, die nie einsahen, wenn sie einen Fehler gemacht hatten.

„Ich glaube dir, Alec."

„Gut." Er lächelte sie leicht an, dachte einen Moment nach, dann faltete er seine Hände, bereit, das Thema zu wechseln. „Und jetzt diese Sache, dass du deinen Job verlieren könntest. Hört sich an als hättest du ein schwieriges Verhältnis zu deinem Vater."

Sie nahm einen Schluck ihres Kaffees und zuckte die Schultern. „Mein Dad möchte nur, dass ich es gut mache. So war er schon immer. Manchmal wirkt es etwas viel, aber er hat immer an mich geglaubt. Das letzte, was ich möchte, ist, ihn enttäuschen."

„Du enttäuschst niemanden, Ruby, du bist die Beste. Jeder im Team sagt das. Ich bin mir sicher, dass auch dein Vater das weiß."

„Danke, aber ich muss mich immer noch um meinen Job kümmern."

„Und das wirst du. Das hast du ja auch schon. Oder?" Er streckte seine Arme aus, als wollte er ihr zeigen, wie gut sie Alec schon unter Kontrolle gebracht hatte. Sie hatte ihn eingekleidet, ihn aufgeräumt. Und, verdammt, er sah höllisch heiß aus.

„Schon sehr nett, das muss ich zugeben", erwiderte sie.

„Danke! Aber das Ding hier bringt mich noch um." Er lockerte seine Krawatte, zog sie ab und öffnete den obersten Knopf. Jetzt sah er etwas legerer und entspannter, aber immer noch supersexy aus. „So." Er lächelte sie an. „Und worüber wolltest du nun mit mir sprechen?"

Sie wollte über viele Dinge mit ihm sprechen. Doch das einzige, worüber sie sprechen konnten, war eine Strategie. Sie legte ihre Hände auf dem Tisch zusammen. „Okay, also ... Ich habe einige Ideen, wie man deine positive Wendung bei der Pressekonferenz aufgreifen könnte. Der letzte Monat war ja wohl eine Entgleisung, deswegen müssen wir uns darauf konzentrieren, was du in der Vergangenheit richtig gut gemacht hast. Wir werden dich bei ein paar Wohltätigkeitsveranstaltungen fotografieren lassen, besonders welchen mit Kindern, aber auch–"

„Na, sieh mal einer an. Wen haben wir denn hier?" Die Stimme einer Frau unterbrach sie. Eine hohe Südstaatenstimme und kein bisschen willkommen. Alec warf ihr gleich einen bösen Blick zu. Colleen stand einen Meter von ihrem Tisch entfernt, so als traute sie sich nicht, näher zu kommen. Sie trug Jeans und ein gerafftes gelbes Oberteil, dazu ein Schmollen. Sie sah umwerfend aus. Groß und schlank, ihre Haut honigbraun, das Ideal eines NFL Cheerleaders. Jeder Zentimeter an ihr makellos schön.

Ruby entdeckte zwei andere Frauen (ihre Freundinnen, dachte Ruby), die an einer Säule im Restaurant auf Colleen warteten. Sie hatten wahrscheinlich gerade gegessen und wollten gehen.

Alecs ganzer Körper versteifte sich. Sein Gesicht, das entspannt gewesen war, amüsiert und, durfte sie so weit gehen, das zu sagen ... beinahe glücklich nach der Pressekonferenz ... versteinerte sich. Seine Kiefermuskeln verkrampften sich.

Colleens Fingerknöchel wurden ganz weiß, weil sie ihre Handtasche so verkrampft hielt. Sie sah Alec an, während sie den Kopf schüttelte. „Ich fasse es nicht, dass ich dich ständig angerufen habe und du nicht einmal zurückrufst. Aber zum Abendessen mit *der* zu gehen, dazu hast du Zeit!"

Als sie so sprach, ein wenig zu laut übrigens wie man den Blicken der anderen Gäste entnehmen konnte, war klar, dass Colleen betrunken war. *Gott, nein, bitte.* Das schrie nach einem Desaster. Nach dem Erfolg, den Alec gerade bei der Pressekonferenz davongetragen hatte, betete sie, dass er und Colleen sich in der Öffentlichkeit zusammenreißen konnten.

Vielleicht würde ein freundliches Gesicht sie ja ablenken? Ruby stand auf und streckte ihr ihre Hand entgegen. „Hi, Colleen. ich weiß nicht, ob Sie sich an mich erinnern, ich bin Ruby O'–"

„Ich weiß genau, wer Sie sind, Ruby-O", zischte Colleen.

Okay, dachte Ruby.

Alec stand auf und stellte sich zwischen sie und Colleen, mit Blick zu seiner Ex. Seine Körpersprache war eindeutig – mach, dass du wegkommst, und halt dich aus meinem Leben raus. „Was willst du, Colleen?"

„Ich möchte, dass du aufhörst, mich zu ignorieren."

„Ich ignoriere dich nicht. Wir sind nicht mehr zusammen, das ist etwas anderes. Und jetzt geh bitte." Alecs Stimme klang leise und angespannt.

„Alec... Süßer." Sie änderte ihren Tonfall und näherte sich ihm. Ruby bekam ein ganz mulmiges Gefühl in der Magengegend. Nicht vergessen: *Alec niemals Süßer nennen.* „Ich weiß, dass du wütend bist, aber wir können doch darüber reden."

„Nein, das können wir nicht, und das hier ist auch der falsche Ort, Colleen."

„Alec, ich war deine *Verlobte*. Zählt das denn gar nicht? Hast du alles vergessen, was wir miteinander hatten?", flehte Colleen.

„Du *warst* meine Verlobte, bis ich herausgefunden habe, dass du mich belogen und betrogen hast. Glaubst du das habe ich vergessen? Was du mir angetan hast?" Er sah aus als hätte er sie am liebsten geschüttelt, er hatte seinen Zorn kaum unter Kontrolle. „Dräng mich nicht, Colleen. Dreh dich verdammt noch mal einfach um und ... geh."

Ruby sah sich um, warf den Zuschauern ein freundliches Lächeln zu und rang sich die Hände. *Erde, lass mich einfach in dir versinken.* Genau das hatte sie jetzt noch gebraucht – noch so eine „Showeinlage", die morgen früh in den Nachrichten erscheinen konnte. Gott sei Dank schienen hier keine Journalisten rumzuhängen.

„Was ich getan habe, habe ich doch bloß getan, weil ich dich liebe und dich zurück haben wollte!" Colleen wollte sein Gesicht berühren, doch er zuckte zurück. „Das war nicht richtig von mir, ich weiß. Das hätte ich nicht tun dürfen, doch wenn du mir nur zuhören würdest, dann bin ich bereit–"

„Du bist bereit zu gehen, Colleen. Jetzt. Mit deinen Freundinnen. Ich mache das nicht mehr. Ich bin darüber hinweg."

„Du bist darüber hinweg? Ist das dein Ernst? Nach nur einem Monat? Und mit dieser kleinen Nutte?" Sie warf Ruby einen vielsagenden Blick zu. Colleens Schnauben war das lauteste Geräusch im Raum.

Man hätte eine Nadel fallen hören. Die Stille war ohrenbetäubend. Ruby wäre am liebsten aufgestanden, hätte gebrüllt, irgendetwas gesagt, doch sie konnte nicht. Ihr war die Stimme aus der Seele gezogen worden. Nutte? Sie schnappte nach Luft, doch Alec sprang ein, bevor sie etwas sagen konnte.

Alec stellte sich vor Colleens abscheuliches Ich, damit Ruby sie nicht sehen musste „Es reicht. Du hast dir schon genug Ärger eingehandelt. Als erstes wirst du dich nun bei Ruby entschuldigen. Zweitens, wenn du irgendwie das nächste Opfer, mit dem du dich im Moment triffst, nicht verlieren möchtest, dann solltest du jetzt gehen, ansonsten werde ich die Sache zwischen uns publik machen."

Moment mal, wie bitte? Was meinte er denn mit nächstes Opfer? Was zum Teufel hatte Colleen angestellt, dass Alec nun so angepisst war? Und warum dieses ganze Theater, wenn sie schon mit jemand anderem zusammen war?

Alecs Stimme war so harsch wie sie es noch nie bei ihm gehört hatte. Er vibrierte geradezu. „Entschuldige dich", beharrte er.

„Ich werde mich sicher nicht entschuldigen, und ich treffe mich nicht mehr mit Bryant, Süßer. Ich habe schon Schluss mit ihm gemacht. Ich gehöre zu dir. Ich werde nicht aufgeben. Ich werde dir beweisen, dass wir zusammen gehören." Mit einem letzten wütenden Blick auf Ruby, drehte Colleen sich um und ging leicht schwankend davon. Ruby bedeckte ihre Augen, um nicht jede Minute in Tränen auszubrechen.

„Meinst du, ihr wird es gut gehen? Sie sah ganz schön mitgenommen aus."

Alec schüttelte den Kopf. „Das ist nicht mein Problem. Nicht mehr." Draußen hörten sie Aufruhr – der Geschäftsführer wies Colleen zurecht, die bei ihren Freundinnen über Alec schimpfte und zeterte. Gerade rechtzeitig brachte der Kellner Alec sein Essen, doch der starrte es nur an, der Appetit war ihm offenbar komplett vergangen.

„Sie hat dich belogen und betrogen?", fragte Ruby und beugte sich vor. Warum wusste sie davon nichts? Und warum wollte sie die Details erfahren, und zwar nicht als seine Agentin, sondern weil sie sich sorgte? „Vergiss es, geht mich nichts an."

„Eigentlich doch."

„Wie meinst du das?"

Alec seufzte und sah sie mit seinen tiefgründigen Augen an. Sie spürte ein Flattern in ihrer Brust. „Ich meine damit, dass ich dich will, Ruby. Ich habe dich seit dem Moment, an dem ich dich das erste Mal gesehen habe, gewollt. Meine Beziehung mit Colleen ging da bereits ihrem Ende entgegen, und ich habe das beschleunigt, um dich um eine Verabredung bitten zu können."

Sie versteifte sich. „Du hast mich um eine Verabredung gebeten. Und dann hast du um ihre Hand angehalten."

„Ja, aber nicht, weil ich sie mehr wollte als dich. Um genau zu sein wollte ich sie überhaupt nicht."

„Alec..." Ruby schüttelte den Kopf. „Was du da sagst ergibt keinen Sinn."

„Ich weiß. Lass es mich erklären. Ich wollte eigentlich damit warten, es dir zu erzählen, bis ich wieder in einer guten Position wäre und du sähest, dass ich wieder alles geregelt habe, aber anscheinend soll es so nicht sein. Denn Colleen wird nicht aufgeben, und bevor sie die Lage für uns noch verschlimmert, möchte ich dir die Wahrheit sagen."

Die Lage für *uns* verschlimmert? Welche Wahrheit? „Ich verstehe nicht, Alec."

„Ich weiß das, aber das wirst du. Es ist nur – im Moment haben wir solch eine schöne Zeit. Ich möchte nicht, dass Colleen das Kommando übernimmt, wenn du weißt, was ich meine. Ich sage es dir auf meine Weise, nicht ihre. Können wir den heutigen Abend haben?"

War das jetzt immer noch ein Geschäftstreffen, oder hatte Alec es gerade in ein Date verwandelt? Denn in Wahrheit wäre ein Date völlig okay für Ruby, nur ... sie hatte Angst. Angst, dass Alec ihre Gefühle wieder durcheinander bringen würde, dass er so tat als mochte er sie und dann verschwand, wenn es unbequem wurde.

„Wozu, Alec? Sag mir bitte einfach, was du vorhast, sag es deutlich und sei ehrlich", sagte Ruby.

„Das ist in Ordnung. Ich möchte dieses Essen. Ich möchte mit dir sprechen. Ich möchte deine Gesellschaft genießen, wenn ich darf. Und dann werde ich dir alles erzählen. Den Grund, warum ich mich so merkwürdig verhalten habe. Du musst ... mir nur vertrauen. Wie hört sich das an?"

Ruby starrte Alec verwirrt und mit pochendem Herzen an. Sie hatte das Gefühl, dass gerade etwas sehr Bedeutendes geschah. Sie atmete einmal tief ein, dann nickte sie. „Natürlich. Ich vertraue dir, Alec, aber ich muss schon sagen, das war ein wirklich verrückter, wilder Abend, und ich werde jetzt etwas mehr brauchen als Kaffee."

Alec rief den Kellner herbei. „Hey, Mann, die Dame und ich brauchen einen Drink."

„Sehr wohl. Was darf ich Ihnen bringen?"

Obwohl der Abend so merkwürdig war, hatte Ruby Spaß mit Alec. Sie biss sich auf die Lippe und schüttelte den Kopf. Irgendwie hatte er sich in ihr Leben geschlichen und war nun doch an sein Date gekommen. Keine schlechte Art, den Abend zu beenden.

Oder fing er gerade erst an?

Bevor Alec dem Kellner antworten konnte, bestellte Ruby für sie. „Zweimal den besten Whisky, den Sie haben", sagte sie. „Ach, nein, zwei Doppelte."

KAPITEL VIER

Alec stieg aus dem *Lyft* Auto und blinzelte zum Bootleggers-Logo an der Seite des Stadions hinauf. Weswegen waren sie noch mal hier? Nach seinem doppelten Whisky mit Ruby hatten sie sich miteinander unterhalten, hatten gelacht und einfach eine gute Zeit gehabt, doch nach dem Abendessen hatte Ruby wieder in dieser sexy Art auf ihre Unterlippe gebissen, wie sie es seit ihrem ersten Schluck getan hatte – seitdem sie mit Colleen konfrontiert worden war – und hatte gesagt: „Wollen wir noch woanders hin?"

Bei ihren Worten war er hart geworden. „Verdammt, und ob, Red." Obwohl sie nach diesem einen einzigen Doppelten nicht wirklich betrunken waren, waren sie doch angenehm angeheitert. Jedenfalls genug, um die Anspannung nach ihrem Zusammentreffen mit Colleen zu vergessen. Um ein Uhr morgens war die Nacht noch jung, und er wäre überallhin mit Ruby gegangen.

Er hatte gedacht, dass sie vielleicht ihre Wohnung

oder etwas anderes, was noch sexier gewesen wäre, gemeint hatte. Er hatte keine Ahnung, dass sie das Stadion auf der *Lyft*-App gewählt hatte. Na ja, aber sie hatten ja auch ihre Autos da stehen gelassen.

„Das Spiel ist doch schon seit Stunden aus, Leute." Der Fahrer steckte noch mal seinen Kopf aus dem Fenster. „Wolltet ihr wirklich hierhin?"

„Japp. Mein Auto ist noch hier", erwiderte Ruby. „Wir sind zu Fuß zum Restaurant. Ihnen eine gute Nacht!"

„Ihnen auch." Der Mann fuhr fort und ließ sie allein in der kühler werdenden Nacht.

Zuerst hatte Alec erwartet, Ruby würde zu ihrem Auto gehen, doch stattdessen drehte sie sich auf ihren Absätzen um und ging zur Seite des Stadions. „Wohin gehst du?"

„Wirst du schon sehen." Sie lächelte über ihre Schulter.

Schon komisch, dass sie jetzt so hier beisammen waren, nachdem sie ihm noch vor ein paar Stunden wieder mal eine Standpauke gehalten hatte. Und noch komischer war, dass es für sie nicht nur in Ordnung war – es war auch noch ihre Idee gewesen.

„Ich komme gerne hierher, wenn alles zu ist", sagte sie. „Aber ich kann in diesen verdammten Dingern nicht laufen." Sie stakste durch den Kies und gab schließlich auf, zog ihre Schuhe aus und warf sie so weit sie nur konnte auf den Parkplatz.

Er musste laut lachen, das Geräusch hallte auf dem Parkplatz wider. „Nicht schlecht! Guter Wurf!" Ihre Schuhe landeten im Schein einer Laterne. Weil er sie lächeln sehen wollte, zog auch er seine Schuhe aus und warf sie auf den Parkplatz. Sie flogen ein ganzes Stück weiter. „So, jetzt sind wir beide barfuß."

Sie lachte und fummelte dann im Durcheinander ihrer Handtasche nach ihrem Ausweis. „Ich bin barfuß, du hast noch deine Socken an."

„Na schön." Alec zog einen Strumpf nach dem anderen aus und warf auch sie fort. Er hatte keine Ahnung, was sie eigentlich taten, doch es machte Spaß. Außerdem war er überall tausendmal lieber als in der Bar, wo Colleen ihn vielleicht stalkte. „Du kommst also gerne her?"

„Ja. Erinnert mich an meine Kindheit, als ich mit meinem Dad nach den Spielen hier war. Damals war Roquefort der Quarterback."

„Einer meiner Helden." Alec lächelte.

Er erinnerte sich wie er als Kind Roquefort immer im Fernsehen hatte spielen sehen. Immer, wenn das Spiel aus gewesen war, hatte er in den letzten paar Sekunden der Nachspielzeit irgendeine Show abgezogen und es entweder noch einmal spannend gemacht oder den Sieg besiegelt. Er wusste noch, wie er kaum atmen konnte, wie ihm die Kehle zugeschnürt war und ihm eine Sekunde wie Minuten vorkam.

So hatte er sich gefühlt, als er heute Abend Colleen gesehen hatte. Als er über Rubys Schulter geschaut und seine Ex da stehen gesehen hatte. Was machte sie überhaupt im Giraldi's? Sie hasste das Lokal, zog die Schickimicki Hotelbars in den angesagten Vierteln von Savannah vor. Das wusste er sehr wohl. Achtzehn verdammte Dollar für einen Rosé. Unsinn.

„Ruby? Würdest du jemals achtzehn Dollar für einen Wein ausgeben?"

„Die Flasche?"

„Das Glas."

„Quatsch!"

Alec lächelte in sich hinein. Und ob das Quatsch war. *Ich bete diese Frau an*, dachte er. „Red?"

„Ja?"

„Sollten wir heute Abend Drinks miteinander haben?"

„Das war bloß ein Drink, Alec."

„Na ja, schon, aber ein heftiger." Er schmunzelte. *Heftig.* Wie sein Schwanz, als er Ruby so vor sich hergehen sah, während ihr Arsch sanft von links nach rechts schaukelte. Dieses Mädchen hatte Talente, von denen sie nichts ahnte. Talente, von denen er hoffte, dass er sie eines Tages berühren durfte. Und wenn es heute Nacht geschähe, auch wenn er es langsam hatte angehen wollen, aber Colleen hatte alles verändert. Eine Sache war klar, wenn er Ruby berühren konnte, würde das die Niederlage der Bootleggers wettmachen. Würde auch das Fiasko mit Colleen wettmachen.

Sie gingen einen Gang entlang und öffneten eine Tür mit ihrem Ausweis. Erst da wurde ihm klar, wohin sie ihn brachte – in den Tunnel. Das war der Tunnel, durch den er täglich lief, um aufs Spielfeld zu kommen. Normalerweise hallte er von den Jubelrufen von zehntausend Fans wider, die seinen Namen riefen, doch jetzt war es still. Er hörte nur seine und Rubys nackten Füße auf dem Beton.

Sie kamen am anderen Ende nach draußen.

Draußen auf dem Feld war es totenstill. Kein Tröten hinter seinen Teamkollegen. Keine Schulterpolster und glänzenden Helme. Nur Rubys dunkle Silhouette vor den Flutlichtern des Stadions. *Durch und durch eine Frau*, dachte er.

Seine Augen folgten dem Schwung ihrer Hüfte. Als sie nach oben in ihre Haare griff, beobachtete er, wie der Knoten, den sie sich im Auto gesteckt hatte, fiel und die roten Wellen sich über ihren Schultern ergossen. Verdammt. Fasziniert schaute er auf die zarten Finger an ihrer Seite. Wie würde Ruby O'Brien diese Finger benutzen? Wäre sie vorsichtig und unerfahren oder aggressiv und fordernd? Egal wie, sein Körper zitterte vor Erregung.

Alec war daran gewöhnt, dass sein Herz pochte, wenn er aus diesem Tunnel auf das Spielfeld kam, doch er war es nicht gewöhnt, dass es so heftig schlug, als wollte es gleich herausspringen. Ruby lächelte am Rand des Rasens, dann betrat sie ihn ohne zu zögern. Als würde sie jeden Tag hier spielen. Als wäre sie auf diesem Feld geboren.

Er folgte ihr bis zur Fünfzig-Yard-Linie, seinen Zehen gefiel das Gefühl des kühlen Grases, dann blieb er zurück, um zuzusehen, wie sie zu ihrem Lieblingsplatz ging. Ruby sah zu den Tribünen hinauf, die sich rings um sie erstreckten, und strahlte in die Lampen, die auf sie herabschienen, zum Himmelsgewölbe der Nacht. Alec war schon hundert Male auf diesem Feld gewesen, aber würde es von nun an mit neuen Augen sehen.

„Ich schleiche mich manchmal hier herein, wenn es leer ist", sagte sie. „Ich liebe es."

„Mir gefällt es auch." Er stellte sich zu ihr auf den weiß gemalten Punkt, der die Mitte des Spielfeldes markierte. „Aber warum machst du das?"

Ruby drehte sich zu ihm um. Ihr Lippenstift – normalerweise ein glänzendes, lebhaftes Rot – war etwas schwächer geworden. Er war so wie er ihn sich vorstellte, nachdem er sie Stunde um Stunde geküsst hätte, wobei er nie genug von ihrem Geschmack bekäme. Von dem Moment an, an dem man sie einander vorgestellt hatte, hatte Alec gewusst, dass es schwer werden würde, das Geschäftliche vom Vergnügen zu trennen. Er kannte sie nun schon seit einem Jahr.

„Ich weiß nicht." Ruby lächelte in sich hinein. „Dieser Ort hat einfach etwas Magisches, wenn man ihn ganz für sich allein hat. Weißt du, was ich meine?"

Definitiv. Warum hatte er dann nie daran gedacht, mal herzukommen, wenn alles zu war? Schon komisch, dass diese Frau, seine Agentin, das Stadion mehr liebte als er. „Wenn du ein Mann wärst, hättest du dann Football gespielt?"

„Aber ja, ja!" Ruby nickte. „Ich liebe alles an diesem Spiel. Als ich ein Kind war, bedeutete Football, dass ich meinen Dad Sonntags- und Montagsabends ganz für mich allein hatte."

Alec konnte sie nur mit einem etwas dümmlichen Lächeln ansehen.

Es gab nichts Erotischeres als eine Frau, die diesen

Sport liebte. Er hätte gern ihre Hand genommen und sie hier unter diesen Lichtern geküsst. Das hatte er noch nie getan – eine Frau im Stadion seiner eigenen Mannschaft zu küssen. Nicht einmal Colleen. Die war nach Spielen immer so schnell abgehauen, wie sie nur konnte.

Ruby sah ihn zögerlich an. Ihre großen blauen Augen waren sich unschlüssig, wie viel sie ihm preisgeben sollte. Wie weit sie die Tür in das Innerste ihres Herzens öffnen sollte. Es wagen zu sehen, ob er es wert war. Er wollte es wert sein. Er wusste, dass er sein Verhalten drastisch ändern musste, doch das würde er tun, wenn er dafür eine Chance bei Ruby bekäme.

„Hier komme ich zu mir selbst", fügte sie nach einer Weile hinzu. „Irgendwie fühle ich mich ständig gefordert. Tu dies, Ruby. Tu das, Ruby. Bring den Kerl besser gleich unter Kontrolle, oder du wirst deinen Job verlieren, Ruby."

Es schmerzte Alec, immer wieder zu hören, dass er beinahe der Grund gewesen wäre, weshalb Ruby Ärger mit ihrem Vater bekommen hätte. Doch er konnte jedes Wort, das sie sagte, verstehen. Für ihn waren es die Stimmen, das Gebrüll, das Ziehen und Schieben in alle Richtungen, nur nicht in die, in die er eigentlich wollte. Der Coach wollte das eine von ihm. Seine Agentin das andere. Seine Fans wollten mehr, mehr, mehr. Mehr Fänge. Mehr Yards. Mehr verdammte Traumpunkte. Seine Freunde wollten was umsonst, Abokarten, Backstagepässe, mehr und mehr davon.

Sogar Colleen wollte ihn immer noch.

Verdammt, niemals.

Er hatte vielleicht ein Jahr gebraucht, doch endlich war ihm klar geworden, wo sie hinterher war – seinem Geld, seinem Namen, seinem Status. Sie wollte ihn so sehr, dass sie lügen musste. Wegen ihres *Blödsinns* hatte er Ruby verloren. Hatte sie verloren, bevor sie überhaupt hatten beginnen können.

„Ich weiß ganz genau, was du meinst, Ruby. Wir führen ähnliche Leben. Nur zwei verschiedene Seiten derselben Medaille. Es tut mir leid, dass du so viel Ärger meinetwegen hattest. Wenn du es zulässt" – er näherte sich ihr – „dann werde ich das mehr als wieder gut machen."

Ruby biss sich auf die Lippe, und Alec ging noch ein paar Schritte auf sie zu, mit seiner Hand strich er sachte über ihren Unterarm. Sie erzitterte bei der Berührung. Vielleicht ging es zu schnell, doch es fühlte sich richtig an. Sie waren zusammen und teilten den Moment. Er würde alles geben, um diese Lippen zu kosten. Er senkte seinen Kopf und hob die Unterseite ihres Kinns.

„Die, ähm, Lichter", sagte sie und sah plötzlich verschämt beiseite.

„Was ist damit?"

„Die sind ... ganz schön hell."

Alec ließ seine Hände fallen und sah auf. Er hatte ganz vergessen, wo sie waren, dass sie mitten auf einem großen, offenen Footballfeld standen und von Tausenden von Leuchtmitteln angestarrt wurden. „Schätze, du hast recht." Er schmunzelte und schüttelte den Kopf.

Verdammt, das war knapp gewesen. So knapp, dass nun auch sein Körper sie unbedingt wollte. Was hatte

Ruby O'Brien nur an sich, das ihn so verrückt machte? Er bemerkte, dass Rubys Augen zu ihm aufsahen als versuchte sie einzuschätzen, was er wohl dachte. Sein Atem wurde schwerer, während er versuchte, seinen Puls zu beruhigen.

„Es ... wird langsam spät", murmelte Ruby. „Wolltest du immer noch reden über ... du weißt schon."

Wie verdammt schön du bist? Oh ja, das möchte ich. Und ich möchte dich in meine Arme ziehen, Ruby. Dich küssen, wie du nie zuvor geküsst worden bist. Stattdessen konnte Alec bloß sagen: „Ja, klar. Lass uns übers Geschäftliche reden." Gehorsam legte er seine Hände ineinander und sprach im Kopf mit sich selbst.

Das hier war Ruby. Er würde jetzt nicht einfach etwas Charmantes zu ihr sagen und sie damit ins Bett bekommen können. Ihm lag zu viel an dieser Beziehung. Er musste seine Karten geschickt spielen, wenn er wollte, dass das jemals geschah.

„Nein, nichts Geschäftliches, Alec. Colleen. Du wolltest mir doch erzählen, was zwischen euch vorgefallen ist, weißt du noch?"

„Ach, das." Er fühlte sich wie ein Idiot.

Doch Alec fing erst gar nicht an, ihr das mit Colleen zu erklären und wie sie ihn verarscht hatte. Denn im nächsten Moment gab es ein Summen, und das gesamte Flutlicht ging auf einmal aus. Als das Strahlen der Leuchtmittel über ihnen tot war, blinzelte Alec in die neue Finsternis. Er konnte Rubys Silhouette vor sich unter dem halb bedeckten Mond nur so gerade erahnen. Er konnte sie atmen hören, stockend und angespannt. Ihre Brust hob und senkte sich.

Da standen sie, umhüllt von tintenschwarzer Nacht. Da sie noch nicht kreischend das Weite gesucht hatte, ging er davon aus, dass sie es auch nicht mehr tun würde. Nein, er bildete sich nichts ein. Sie wollte ihn – er spürte das. Selbst in der Dunkelheit wusste er, dass Ruby ihn jetzt wollte.

Ja, endlich.

Alec konnte nicht mehr sagen, wer sich auf wen gestürzt hatte, doch in einem einzigen befreienden Moment waren sie aneinander. Fuck. Den ganzen Abend über hatten sie einander beäugt, geflirtet, ihre Gefühle deutlich gemacht. Sie hatten über ihr derzeitiges Leben gesprochen, über ihre Arbeit und über ihre Träume. Es hatte so kommen müssen. Sie würden mit den Konsequenzen umgehen müssen, wenn es welche gab, aber später.

Jetzt wollte er nur Rubys warme Lippen auf seinen fühlen, fühlen, wie ihre Arme seinen Rücken packten, die Wölbung ihres Hinterns spüren, als sie sich an ihn drückte. Wie sie nach Luft schnappte, als sie merkte, wie sein Schwanz gegen sie drückte und ihr zeigte, wie sehr er sie wollte. Die weichen, losen Strähnen ihres Haars, die seine Hand liebkosten, als er ihren Nacken berührte. Ihre Zunge, die gegen seine Unterlippe stieß, als er mit seinen Daumen über ihre Hüfte fuhr.

Gott, er wollte sie. So unbedingt.

Ihr Stöhnen wurde in der Hitze zwischen ihnen

erstickt, während sein Geist in dem betörenden Duft ihres Parfums, das noch hinter ihrem Ohr zu erahnen war, schwelgte. Seine Hände fühlten jeden Zentimeter ihres Körpers, und die ihren erkundeten seinen Rücken und seine Schultern. Als er keuchte, zog sie ihn näher, doch zwischen ihnen war kein Raum mehr. Das hielt Alec nicht davon ab zu versuchen, mit ihr eins zu werden in der Dunkelheit.

„Alec", sagte Ruby atemlos, während er an ihrem Ohrläppchen knabberte. „Was tun wir hier gerade?"

„Also, ich küsse im Moment die umwerfendste Frau, die ich kenne."

„Alec, ich meine es ernst."

„Red, ich versuche es ja", knurrte er, als sie ihn mit festem Griff am Haar zog. „Aber ich kann nicht aufhören. Ich will dich einfach so sehr. Du weißt gar nicht, wie lange ich dich schon will. Ich habe so lange davon geträumt."

„Wir hatten unsere Chance. Du hast sie weggeworfen."

„Nein, es war einfach nicht die richtige Zeit." Vielleicht war es *immer noch nicht* die richtige Zeit, doch er musste nun ein für allemal herausfinden, was sie für ihn empfand. Bislang war das Gefühl eindeutig wechselseitig.

Sie küsste ihn die Vene an seinem Hals hinab, fasste an seine Brust, drückte sich gegen ihn. Dann plötzlich löste sie sich von ihm als wäre ihr gerade klar geworden, dass das alles ein Fehler war. Sie waren ein heißes Durcheinander aus erregtem Atem und lusterfüllten Blicken. Alec widerstand dem Drang, sie wieder an sich zu ziehen, zu seinem hungrigen Mund und seiner wachsenden Erektion. Es verlangte mehr Kraft von ihm ab als er je in irgendeinem Gewichtraum aufgebracht hatte oder auf irgendeinem Spielfeld. Sein ganzer Körper hatte sich zusammengezogen, wie ein Pfeil, der zum Abschuss bereit war.

„Alec, wenn wir das tun, wird das Konsequenzen haben. Das hier könnte schlecht sein." Ihr Atem kam unregelmäßig.

„Nein, wenn wir zusammen sind, kann das nicht schlecht sein. Möchtest du nicht einfach den Moment leben, Ruby? Du kannst das. Ich werde nicht zulassen, dass dir etwas passiert. Nicht meinetwegen. Ich schwöre es. Konzentriere dich auf das Jetzt, das ist nämlich ein ganz schöner Ort, besonders, wenn ich gerade meine Hand unten an deinen Rücken lege." Alecs Hand glitt ihre Wirbelsäule hinab. „Genau hier."

Ruby sah zu ihm auf, und Alec meinte, nichts mehr von der Vernunft, dem Zögern, dem Zweifel von vorhin in ihren Augen zu sehen. Er sah nur noch Offenheit, Bereitsein und, vor allem, Verlangen.

„Was passiert weiter?", fragte sie flüsternd.

„Jetzt gerade ziehe ich den Reißverschluss deines Kleides hinunter, Red." Alecs Hände zitterten. „Das Kleid ist wirklich hübsch, aber es muss weg."

„Was jetzt?", fragte sie, als er ihr das Kleid von der Schulter schob und ihren gesamten, schlanken Rücken bloßlegte.

„Jetzt ziehe ich dir das Ding vollständig aus, damit ich

deinen ganzen wunderbaren Körper sehen kann."

Das schwarze Kleid sammelte sich um ihre nackten Füße. Darunter trug sie einen schwarzen Spitzen-BH und einen passenden Tanga. Ihr Körper war fest, schlank, hatte Kurven an genau den richtigen Stellen. Als er sie sah, fast nackt für ihn, konnte er nur noch den Atem anhalten.

Rubys Stimme hörte sich an wie in einem Traum. „Und nun?"

Alec wartete, dass Ruby ihn ansah, dann öffnete er die Knöpfe seines Hemdes und seiner Hose und ließ alles, eins nach dem anderen, auf den Rasen fallen. „Jetzt sehe ich zu, dass wir diesen ganzen Mist zwischen uns los werden", sagte er und dachte daran, dass diese Kleidung wie eine Metapher für all die Hindernisse auf ihrem Weg waren.

Während er sich daran machte, die letzten Teile beiseite zu legen, ließ sie ihr schwarzes Höschen hinabgleiten und entblößte langsam ihren kurvigen Körper, dann öffnete sie auch ihren BH. Die Frau seiner Träume stand nackt vor ihm. Er erbebte und schüttelte ungläubig seinen Kopf.

„Und jetzt?"

Er sprach mit rauer Stimme. „Und jetzt gebe ich uns beiden endlich das, was wir wollen."

Alec zog Ruby zu sich und hinab auf den Rasen. Ruby saß rittlings auf seiner Hüfte und rieb sich an seiner freiliegenden Erektion. Er stöhnte, als sie sich erneut bewegte, seine Hände griffen nach ihren Brüsten, umfassten jede, spielten mit ihren harten Nippeln. Sie nahm seine Hände fort und hielt sie über seinem Kopf fest.

Sie war also doch temperamentvoll. Ganz wie er es sich gedacht hatte. Er kam fast mit seinem Mund an ihre Titten, so wie sie sich über ihn beugte, doch sie waren gerade aus seiner Reichweite. Sein Schwanz streckte sich ihr entgegen. Er wusste, das hier würde schnell und heftig sein. Wenn er das jemals langsam angehen wollte, dann müsste das in einer anderen Nacht passieren. Heute Nacht war sie nur auf Angriff aus.

Angriff konnte er. Er liebte Angriff. Besonders, wenn er von ihr ausging. Der Gedanke, dass diese Frau, die sich so bemüht hatte, den Schein zu wahren, die er vorhin im Sanitätsraum noch verflucht, sogar gehasst hatte, ihn wollte, sorgte dafür, dass ihm schwindlig wurde.

„Ich muss es wissen, hier und jetzt. Bist du dir sicher, dass du das möchtest, Red?"

„Oh ja."

„Warum? Sag mir, warum."

„Weil ich dich will. Ich habe dich schon lange gewollt, Alec. Ich kann das nicht erklären."

„Das musst du auch nicht", sagte er, bevor er sie leidenschaftlich auf die Lippen küsste.

Sie löste sich von ihm. „Kondom?"

Er konnte nicht fassen, was sie sagte. Jetzt, da der Moment endlich gekommen war, fragte er sich, ob das nicht alles zu schnell vorüberginge. Jetzt war nicht die Zeit, sich Gedanken zu machen. Er würde jede Sekunde genießen als wäre es die letzte. „In meiner Brieftasche. Kommst du an meine Hose? Ich möchte, dass deine wunderschönen Brüste über meinem Gesicht bleiben."

Sie kicherte nervös. Gut, wenigstens ergriff sie nicht die Flucht und lief vor ihm davon. Sie tastete nach seiner Hose neben ihnen, zog die Brieftasche heraus, nahm eine Kondompackung und reichte sie ihm. „Zieh es über."

Ihr Befehl schickte ihm einen Schauer über den Rücken. „Sehr wohl, Ma'am. Also, ich–"

„Halt die Klappe, LeBrun." Ihre Stimme klang lächelnd in der Dunkelheit, als sie sich zurücklehnte, um ihm Platz zu machen.

Während er sich daran machte, das Kondom über seinen Schwanz zu ziehen, beobachtete er, wie sie ihre Finger leckte und über ihre Klitoris strich, dabei bog sie ihren Rücken durch. Einen Moment lang fürchtete er, er würde explodieren, bevor er überhaupt in ihr war, doch er wusste, das würde nicht passieren. Er würde alles richtig machen. Er würde sie befriedigen, ihr alles geben, was sie wollte. Keine Frage.

„Nimm dir, was du möchtest", sagte Ruby und rieb immer noch ihre Klitoris in kleinen Kreisen, nur um Haaresbreite über ihm.

Selbst in der vollkommenen Finsternis konnte Alec die Intensität ihres Blickes über ihm sehen. Das brennende, pure Verlangen. Er nahm ihre wundervolle Hüfte und führte sie hinab auf sich, doch zuvor legte sie ihre Hand um ihn, tastete nach seiner Größe. „Lass uns das langsam angehen", sagte er, da er wusste, dass das ein Problem sein konnte. „Er ist eher groß."

„Ich weiß schon, was er eher ist, Alec. Ich hab dich heute Abend in voller Blüte gesehen", sagte sie und sprach von dem Moment, als er sein Handtuch vor ihr hatte fallen lassen.

Amüsiert lächelte er, während sie ihre Nägel in seine Brustmuskeln grub – ah, sie kratzte gerne. Er konnte mehr – er gab ihr kaum einen Moment zu atmen, bevor er sie hob und wieder hinunterstieß – fest.

Sie stöhnte, ihr Schrei wurde über das Spielfeld getragen. Er spürte bereits, wie die Muskeln ihrer Schenkel sich an seine Hüften pressten. Nein, auch bei ihm würde das nicht lange dauern. Sie hatten das beide schon zu lange gewollt.

Rubys Kopf fiel nach hinten, und als Alec sie das nächste Mal hinunter stieß, schob sie ihre Hüfte vor, wiegte sich vor und zurück auf ihrer Klitoris. Sie stöhnte so köstlich, er speicherte das Geräusch in seinem Hirn, um sich für immer daran zu erinnern, falls das hier nie wieder passierte. Allein das Geräusch ihrer Lust ließ ihn stöhnen, wie sie seinen pochenden Schwanz ritt, das Flüstern der Nachtluft durch ihr duftendes, offenes Haar.

„Sag mir, was du möchtest", brachte Alec trotz der Intensität der Hitze in seiner Schamgegend heraus.

„Ich möchte deine Hände auf meinen Titten. Spiel mit ihnen, Alec, bitte."

Bitte. Keine Befehle mehr. Jetzt flehte sie, und das feuerte ihn nur noch mehr an, seine Lust auf sie wurde nur stärker. Gott, er wünschte, er hätte sie in der Dunkelheit sehen können. Er vermisste so viele wunderbare Dinge, auch wenn er froh war, von der Finsternis eingehüllt zu sein.

Alec umfasste ihre Brüste, strich mit den Daumen über ihre Nippel, spürte das köstlich feste Fleisch, das er so gerne in den Mund genommen hätte. Da er nichts hatte, das er schmecken konnte, keine Haut zu lecken und keine Essenz zu trinken hatte, keuchte er, während er sie beobachtete. Da seine Hände nun nicht mehr auf ihrer Hüfte lagen, bestimmte Ruby den Rhythmus. Sie ließ sich auf ihn nieder, bis sie komplett saß, dann kreiste sie ihre Hüften.

Verdammt heiß.

Sie rieb sich in regelmäßigen Bewegungen an ihm, während er ihr Gesicht verzückt betrachtete. Lose Haarsträhnen waren über ihre Wangen gefallen, einige klebten im glänzenden Schweiß auf ihrer Stirn. Kleine Atemstöße drangen zwischen ihren zitternden Lippen hervor, die sie zusammenkniff, um ihr Schreien zu unterdrücken. Als Alec ihr vorsichtig in die Nippel kniff, wimmerte sie und kam dem Orgasmus immer näher, also wiederholte er es. Schneller und schneller, sie bewegte sich heftiger, bewegte sich auf und ab auf ihm.

Rubys Schenkel zitterten, während sie ihn ritt, ihr Stöhnen wurde lauter.

„Genau so, Ruby, gib's mir!"

„Nicht mehr lange", flüsterte sie und ließ ihn nicht aus den Augen, sie suchte danach, ob sie loslassen konnte.

„Gib mir deinen schönen, verdammten Orgasmus, Ruby", ermutigte er sie. „Sag mir weiter, was du möchtest", sagte er und zwickte ihre Nippel ein weiteres Mal.

Rubys Hüfte stieß nach vorn. „Lass mich kommen. Lass mich kommen, Alec."

Allein seinen Namen mit so rauer Stimme gehaucht zu hören, so lusterfüllt, aus dem sinnlichen Mund von niemand geringerem als Ruby O'Brien, ließ ihn sich beinahe in sie hinein ergießen. Er brauchte keine weiteren Anweisungen. Er legte seine Hände um ihren Arsch und hob sie hoch, damit seine Hüfte Platz hatte, in sie hineinzustoßen. Ruby stützte sich mit ihren Händen auf seiner Brust ab, während ihr Haar ihr Gesicht wie ein Heiligenschein umgab, als sie ihre Augen zudrückte. Ihre süße Pussy verengte sich auf die wundervollste Art um seinen Schwanz. Ihr Mund öffnete sich und sie stöhnte laut und lang. „Ja, Ruby. Das war toll! Du bist so gut gekommen!"

Beinahe weinend brach sie auf ihm zusammen. Ihr Atem in seinen Ohren, während er sie durch ihren Orgasmus brachte, ließ seine Bewegungen unkoordiniert werden. Ruby leckte ihn von seinem Hals bis hinter sein Ohr und flüsterte. „Du sollst auch kommen. Ich möchte das."

„Das musst du mir nicht zweimal sagen, Liebes." Alec hielt ihren Hintern ganz fest, schrie ihren Namen und kam. Wellen erschütterten seine Eier und seinen gesamten Körper, breiteten sich in Ruby hinein aus. Er blieb in ihr, solange sie beieinander lagen, ihre Brustkörbe hoben und senkten sich, sie spendeten einander Wärme in der frischen und nun recht kühlen Luft des frühen Morgens.

Ruby rührte sich und hob ihren Kopf, um auf ihn

hinabzusehen. „Touchdown?"

Alec stöhnte.

Sie lachte. „Zu weit?"

„Viel zu weit." Er grinste, dann legte er seine Hand an ihren Nacken und zog sie zu einem sachten Kuss hinab.

Rubys lahmer Witz war nichts das einzige, das zu weit war. *Er* war zu weit. Was er jetzt für sie empfand, was er *immer* für sie empfunden hatte und was nun endlich Früchte getragen hatte. Er hatte diese Gefühle so lange nicht zugelassen, hatte gedacht, er habe seine Chance bei Ruby verpasst.

Jetzt gab das Leben ihm eine zweite Chance. Es passierte wirklich. Sie war hier in seinen Armen. Im Moment war Ruby O'Brien Wirklichkeit. *Wirklich in seinem Leben.* Jetzt musste er sich nur noch überlegen, wie er sie auch da behielt.

KAPITEL FÜNF

Wer hat denn die Sonne hereingelassen? War sie eingeschlafen und hatte die Fenster nicht zugemacht? Schon komisch, es war beinahe, als hätte sie draußen geschlafen. Ächzend bewegte Ruby sich und fühlte Socken an ihren Füßen. Socken? Sie trug nie Socken im Bett. Etwas Hartes, wie aus Kunststoff drückte sich in ihre Schulter. Manchmal schlief sie mit einem Buch oder einem Tablet auf ihrer Brust ein, wenn sie lange arbeitete, aber das war es nicht. Sie legte sich noch einmal um und versuchte, einfach wieder einzuschlummern.

Vögel zwitscherten.

Vögel?

Weißt du, du könntest auch einfach deine Augen öffnen und diesem Herumraten ein Ende bereiten. Tastend wollte sie die Bettdecke hinunterschieben, nur, da war keine. Stattdessen berührte sie etwas, das sie ihre Augen aufreißen lief – die Fluffigkeit von Cheerleader-Pompons.

Wie viel hatte sie gestern Abend getrunken?

OH. MEIN. GOTT. Richtig. Sie und Alec waren nach dem Spiel ausgegangen, um etwas zu essen, dann hatten sie sich ein paar genehmigt, nachdem sie Colleen begegnet waren, dann waren sie zum Stadion zurückgekehrt, um ihr Auto abzuholen, nur dass sie ihr Auto nicht abgeholt hatten. Irgendwie, obwohl sie sich doch so bemüht hatte, alles auf einer geschäftsmäßigen Ebene zu belassen, hatten sie am Ende miteinander geschlafen.

Auf dem Spielfeld!

Ruby sah sich um. Sie waren draußen in einem Hof, von dem aus man auf der einen Seite zum Footballfeld kommen konnte und auf der anderen Seite zu einer Tür, die zur Umkleide der Bootleggers führte. Sie lag auf einem Haufen sauberer Sachen, die von einem Wäschewagen neben ihr gezogen worden waren. Und siehe da, Alec LeBrun lag neben ihr. Er hielt immer noch den Pompon, mit dem er seine Männlichkeit verdeckte. Na ja, nicht vollständig verdeckte, da er sowohl in Länge als auch Umfang ziemlich gut ausgestattet war. Ihre Augen wanderten zu einem ebenfalls beeindruckenden Set Bauchmuskeln, zu seiner breiten Brust und weiter hinauf zu einem vertrauten Gesicht und einem noch vertrauteren Grinsen.

„Na, gefällt dir, was du siehst?" Er zuckte mit den Brustmuskeln.

Ruby kreischte und warf dann mit einem Pompon nach ihm. Eine Vielzahl an Emotionen flog ihr ins Gesicht. Aufregung, weil sie endlich Alec abgeschleppt hatte, Zweifel, weil sie jetzt die professionelle Grenze überschritten hatten, Demütigung, weil sie nackt war, aber Schulterpolster und Socken trug.

„Wow! Ich kann mich überhaupt nicht erinnern, dass ich die letzte Nacht angezogen habe. Ich hätte nicht gedacht, dass wir so viel getrunken haben." Sie setzte sich auf und streifte die Schulterpolster ab, dann griff sie nach ihrem Kleid und bedeckte damit ihren Oberkörper.

„Nicht so viel, aber wir waren angeheitert. Und wie im Fieberwahn. *Und* erschöpft von dem Wahnsinnssex."

„Wow!" Ruby bedeckte ihre erröteten Wangen. Sie sah zu Alec zurück, der sie noch anstarrte, halb wie ein Kunstwerk in einem Pariser Museum, halb wie ein frustrierend komplexes mathematisches Problem. „Ist schon okay, Ruby. Wir hatten eine schöne Zeit. Hatten wir wirklich."

„Bitte sieh mich nicht so an", sagte sie schüchtern. Es war nicht, dass ihr die Aufmerksamkeit missfiel. Es war nur, dass sie das nicht hätten tun dürfen – den Sex und dann auch noch Sex an einem Ort, wo man sie jederzeit hätte erwischen können.

Alec sah sie mit ehrlicher Verwirrung an. „Warum? Für mich ist es wie in einem Traum."

„Was meinst du damit – wie in einem Traum?" Sie schnaubte.

„Sieh dich doch an. Würdest du nicht gucken, wenn du ich wärst?" Seine Augen folgten den Kurven ihres nackten Körpers. „Also wirklich, niemand Geringeres als Ruby O'Brien liegt gerade nackt neben mir, nur dass sie Schulterpolster und Kniestrümpfe trägt. Das kann nicht real sein. Das muss ein Traum sein."

Ruby versuchte, das Grinsen zurückzuhalten. „Hör auf, Alec. Du hattest bestimmt schon bessere, ganz sicher." Sie griff nach ihrer Tasche und ihrem Handy.

„Was hast du gesagt?" Er setzte sich auf und sah ihr direkt in die Augen. „Du willst mich vergackeiern, oder?"

Sie fing an, ihre Arme in ihr Kleid zu stecken. Es war Montagmorgen, Zeit, nach Hause und unter die Dusche zu kommen und sich für die Arbeit fertig zu machen. Sie hatte es echt vergeigt. Hatte die professionelle Grenzlinie überschritten und mit Alec geschlafen. Und dann auch noch auf dem Spielfeld, im Freien. „Hör auf. Ich bin nicht eine deiner Cheerleader-Ex-Freundinnen. Wie spät ist es eigentlich?" Sie meldete sich bei ihrem Handy an.

„Hey. Hey. Sieh mich an. Weißt du noch, wie du mir gestern gesagt hast, ich solle mich konzentrieren? Und jetzt konzentrier du dich." Er legte seine Hand über ihr Handy, dann zog er ihr langsam das Kleid weg und legte ihren Körper wieder frei. Ein hungriger Blick wanderte über ihren Körper. „Du bist umwerfend, Ruby. Du arbeitest hart, bist leidenschaftlich und, verdammt, Mädchen, du bist HEISS." Er berührte sie mit einem Finger und tat so als hätte er sich verbrannt.

Ein langsames Lächeln breitete sich auf ihrem Gesicht aus.

„Ich meine es ernst. Wie du letzte Nacht auf mich gestiegen bist, dich selbst berührt hast ... uff!"

War das Alec wie er schauspielerte? Der, der den Reportern auch in den schlimmsten Momenten ein Lächeln aufs Gesicht zaubern konnte? Oder meinte er es ernst? War er wirklich in sie verliebt? Letzte Nacht hatte er das zumindest gesagt. Er hatte gesagt, er habe immer mit ihr zusammenkommen wollen. Aber warum ist er dann zurück in Colleens Arme gelaufen? Er musste ihr immer noch erklären, was passiert war.

„Weißt du, wovor ich Angst hatte?"

„Wovor?"

„Ich hatte Angst, dass ich aufwachen würde und du wärst nicht mehr da."

Sie betrachtete ihn.

Augen waren mehr als Fenster zur Seele – sie waren Lügendetektoren, das hatte Ruby immer gespürt. Und wie sie so Alecs Augen betrachtete als er sprach, wusste sie, dass er die Wahrheit sagte. Seine andere Hand lag über ihrer Hüfte, so nah es nur ging, ohne ihre Haut wirklich zu berühren.

Ruby zitterte. Direkt über ihrer Gänsehaut ließ Alec seine Hand über ihr nacktes Bein gleiten, ohne sie wirklich zu berühren. Sie folgte seinem Blick, der seiner Hand folgte, als würde sie ihn nach Tagen voller Durst zur Wasserquelle führen.

„Ich hatte Angst, dass dieser Körper..." Seine Stimme war nur ein Flüstern, während seine Hand weiter ihr Bein hinaufwanderte, über ihren Bauch und zu ihrer Brust, „...nicht in meinem Leben wäre. Hatte Angst, dass diese Augen..." Seine Hand umfasste die Form ihres Gesichts, ohne es zu berühren, „...nach Hause gingen und mir nur die Gewissheit ließen, dass ich wieder einmal alles vermasselt habe."

„Das würde ich nicht tun", sagte sie. „Ich würde nicht einfach verschwinden und dich allein lassen."

„Du würdest das nicht. Aber andere Frauen würden. Die, von denen du gesprochen hast, würden."

Sie konnte es nicht fassen, dass sie eine Gänsehaut hatte, ohne dass er sie überhaupt berührt hatte. Ruby spürte, wie sie sich Alecs imaginärer Berührung entgegenbog, doch er zog seine Hand so weit zurück, dass er sie weiterhin gerade nicht berührte. Ohne den Hauch einer Berührung wurden ihre Nippel hart, und Alecs Fingerspitzen krümmten sich nur Millimeter über der Spitze.

„Ich habe Angst" – sein Blick begegnete ihrem, und er hielt seine Hand vollkommen still – „dass, wenn ich versuche, diese Lippen zu berühren, ich nicht weiche, köstliche Seide spüre. Sie werden vor meinen Augen einfach verschwinden."

Nein, ich bin noch hier, dachte Ruby. So verrückt das auch alles war, sie war irgendwie immer noch bei ihm. Die vertraute Hitze zwischen ihren Beinen kam auf, feucht und warm. Und ihr Herz begann zu rasen, während ihre Nippel sich nach seiner Berührung sehnten, oder seiner Zunge, seinen Zähnen, die sie zwickten. Verdammt, irgend etwas von Alec auf ihren Titten wäre schön.

Doch der Kopf wollte nicht zulassen, dass sie sich entspannte. Das war nur der doppelte Whisky gewesen, danach ist die Sache etwas aus dem Ruder gelaufen, und ...

„Alec", hob Ruby an, „wir hatten Sex auf dem Spielfeld,

richtig?"

„Wir hatten *großartigen* Sex auf dem Spielfeld", korrigierte Alec sie und führte seine Hand ihre Schenkel hinab und in den Spalt zwischen ihnen. Langsam begann er, seine Fingerspitzen langsam, schmerzhaft langsam, in Kreisen über ihre Klitoris zu bewegen.

Ruby konnte nicht mehr klar denken und schmolz in die Muskeln seiner Brust. Was für eine breite, starke Brust. Sie stellte sich vor, so jeden Morgen aufzuwachen. Wie wunderbar das wäre. Aber nein. Sie musste es überdenken.

„Ist dir eigentlich klar, wie riskant das war?", fragte sie.

„Ist es. Aber riskante Dinge törnen mich an, Red. Das weißt du doch."

„Schon, aber mich nicht." Da kam ihr ein furchtbarer Gedanke. *Was, wenn er jetzt wieder durchdreht, Ruby? Möchtest du mit einem Mann zusammen sein, der sich gerade mal für eine Nacht zusammengerissen hat, lange genug, um dich zu bekommen? Was, wenn er jetzt mit dem gleichen Scheiß wie zuvor weitermacht?* „Alec." Vorsichtig schob sie seine Hand beiseite. „Auch wenn das hier einer meiner liebsten Plätze auf der Welt ist und ich das nicht kaputtmachen möchte, aber wir müssen reden."

Alec starrte sie an. „Kaputtmachen?"

Sie seufzte. „Schau, die letzte Nacht war der Wahnsinn, aber es war ein Fehler."

„Für mich war es kein Fehler, Red."

„Da irrst du dich. Es war schon schlimm genug, dass

wir Grenzen überschritten haben, als wir uns entschieden, alle Vorsichtsmaßnahmen in den Wind zu schreiben und etwas miteinander zu trinken. Schön. Geschehen ist geschehen. Doch jetzt müssen wir darüber nachdenken. Okay?"

Letzte Nacht war ein Zufall gewesen. Ihre Lust hatte sie übermannt. Ihre Körper hatten die Kontrolle übernommen, alle Vernunft über Bord geworfen. Schön. Aber jetzt hatte sie – hatten sie – eine Wahl. Sie konnten wieder zum Geschäftlichen übergehen, alles wieder in die richtige Bahn lenken.

Der Mann, der genauso gut aus Marmor hätte gemeißelt sein können so hart war er, wurde weich, seine Muskeln entspannten sich, ein Seufzen entwich seinen Lippen. „Na schön, lass uns reden."

Ruby setzte sich auf und nahm wieder ihr Kleid als Decke. „Hör mal, letzte Nacht hat Spaß gemacht. Hat es wirklich. Und ich bin mir sicher, es könnte auch jetzt wirklich Spaß machen. Aber wir können das nicht wiederholen."

„Warum nicht?"

Ruby wusste nicht, warum nicht. Ihr Herz spürte einen traurigen Stich, weil sie ihm keine klare Antwort geben konnte, doch in Wahrheit kannte sie Alec einfach noch nicht lange genug so intim, um zu wissen, weshalb. Sie hatte definitiv Angst. Doch wovor sie eigentlich Angst hatte, wusste sie nicht.

Stattdessen bemühte sie die typischen Ausreden. „Da gibt es viele Gründe, Alec. Also, erstens bin ich deine PR-

Managerin. Du bist mein Klient. Wir waren uns erst
gestern einig, dass wir deine Karriere wieder auf
Vordermann bringen müssen. Meine muss auch auf
Vordermann gebracht werden, damit ich meinem Vater
beweisen kann, dass ich etwas tauge. Und, ich meine ja
bloß, heilige Scheiße, vor nur einem Monat warst du noch
verlobt und–"

„Ich habe sie nicht geliebt."

Erneut betrachtete Ruby seine Augen, sein Gesicht. Er
sagte die Wahrheit. „Du hast deine Freundin und Verlobte
nicht geliebt?"

Alec seufzte und lehnte sich auf einen Haufen
sauberer Trikots zurück und legte seine Arme unter seinen
Kopf. Aus diesem Winkel sah sein Körper noch
unglaublicher aus.

Konzentration, Ruby. „Und wie soll ich das bitte
schön glauben? Man macht nicht einfach jemandem einen
Antrag, den man nicht liebt, Alec."

„Sie war schwanger."

Oh.

Nur gut, dass Ruby bereits lag, denn das war ihr nie in
den Sinn gekommen. Sie konnte nichts sagen. Sie konnte
sich nur Colleen mit einem winzigen Wesen vorstellen,
das in ihrem Bauch wuchs. Einem Wesen, das Alec dort
hineingesetzt hatte. Sie spürte, wie sie das berührte.

Alec bemerkte, wie sie sich von ihm zurückzog und
fügte hinzu: „Nur, dass sie nicht schwanger war."

„Was meinst du damit?" Ruby zog die Brauen
zusammen.

Er massierte seine Schläfen, und Ruby sah seinen Kummer ganz deutlich. „Damit meine ich, dass es eine Lüge war. Sie hat mich belogen, Ruby. Das hat sie getan, damit ich sie heirate, und natürlich, als sie mir sagte, sie sei schwanger, habe ich getan, was gute Kerle eben tun – ich habe ihr einen Antrag gemacht."

„Wow, Alec!" Das war wohl da gewesen, als er ihre Verabredung abgesagt hatte. Da musste er es gerade erfahren haben, denn kurz darauf waren sie verlobt. Heilige Scheiße. In ihrem Kopf rückte nun einiges an seinen Platz.

„Allerdings." Er nickte. „Sie hat sogar einen Ultraschall machen lassen beim Arzt. Einen falschen. Ich habe es vollkommen geglaubt, Ruby. Ich habe ihr die ganze verdammte Lüge abgekauft."

„Wie hast du dich am Anfang gefühlt?", fragte Ruby. Sie war sich nicht sicher weshalb, aber es war wichtig für sie zu erfahren, wie er auf die Nachricht, er werde Vater, reagiert hatte.

„Anfangs war ich nicht bereit für ein Kind. Teufel auch, ich weiß nicht, ob ich das je sein werde. Diese Karriere ist verdammt hektisch. Aber ich wusste auch, dass es gar nicht in Frage kam, dass ich sie im Stich lasse. So oder so, ich würde es schaffen. Ich würde nicht wie mein Dad sein." Er schnaubte.

Ruby hatte Alec noch nie über seinen Vater reden gehört, nicht vor der Presse, nicht bei seinen Freunden, nicht bei ihr. Sie konnte nur eins und eins zusammenzählen und sich denken, dass sein Vater wohl nie für ihn dagewesen war, also wollte Alec wohl zumindest besser als er sein. Dafür bekam er fünfhundert Punkte.

„Also habe ich das Richtige getan. Verstehst du, Ruby? Ich habe das Richtige getan. Ich habe Colleen einen Antrag gemacht, und es wurde publik, dass wir verlobt waren, ich habe sogar einen Sparvertrag gemacht, ein Kinderzimmer mit ihr geplant und einen verdammten Erziehungsratgeber gelesen. Nein, zwei verdammte Erziehungsratgeber, und wofür? Es war alles nur eine Scheißlüge." Seine Stimme vibrierte vor Zorn. Er schüttelte den Kopf und verschränkte die Arme vor der Brust. Ruby sah, wie angespannt die Muskeln seiner Arme waren.

„Woher weißt du, dass es gelogen war?"

Er warf ihr einen Blick zu, als wollte er sagen, dass er doch nicht blöd ist. „Sie hat es mir gesagt."

„Sie hat es dir gesagt?"

„Ja. Die ganze Zeit über, während wir diese Hochzeit planten, dachte ich, dass das nicht richtig ist. Ich liebe sie nicht. Das habe ich nie getan. Sie war meine Freundin, und wir haben ein tolles Paar abgegeben, aber ich habe immer gewusst, dass sie nicht meine Zukunft ist. Zwei Wochen vor der Hochzeit traf ich eine Entscheidung. Ich konnte sie nicht heiraten. Ich würde sie unterstützen, würde mich mit um die Erziehung kümmern, aber ich konnte mich auf keine Hochzeit einlassen, wenn keine Liebe im Spiel war." Da sah Alec sie an. Bis jetzt hatte er Richtung Himmel gesprochen, als säße ein Therapeut neben ihm. „Machst du mir das zum Vorwurf, Ruby?"

„Ich?" Was hatte sie denn mit all dem zu tun? Das war doch allein seine Entscheidung gewesen. „Was immer für dich richtig ist, Alec."

„Nun, das zumindest hat sich für mich richtig angefühlt. Ich hätte es nie mit meinem Gewissen vereinbaren können, wenn ich es durchgezogen hätte. Also habe ich es ihr eines Abends gesagt. Und sie ist ausgetickt. Hat mir Servietten ins Gesicht geworfen, einen Teller gegen die Wand und mir gesagt, ich wäre das größte Arschloch, das sie kenne. Und, ach ja, das mit dem Baby war eine Lüge. Genau genommen hatte sie gerade ihre Tage."

Ruby schüttelte den Kopf. Das hier war wirklich ein Drama, und das hätte leicht bei der Presse durchsickern können, und trotzdem hatte er es geschafft, es rauszuhalten. Vielleicht konnte Alec doch verantwortungsbewusst handeln, wenn er das wollte.

Er erzählte weiter. „Zuerst dachte ich, sie sagt das nur so. Sie sagte nur, dass sie nicht schwanger war, damit ich angepisst wäre, doch dann sah ich die Nachrichten."

„Nachrichten?"

„An Margie, eine ihrer Freundinnen, die bei einem Gynäkologen arbeitet. Ich habe mir später an dem Abend mal ihr Handy angesehen. Sie hatte sie gebeten, ihr falsche Ultraschallbilder zu geben, da wusste ich, dass es stimmte. Die ganze Sache war eine verdammte Lüge gewesen. Am gleichen Abend haben wir uns getrennt."

Alles passte nun zusammen – die Prügeleien, das

Trinken, das merkwürdige Verhalten ... alles.

„Alec, ich hatte keine Ahnung."

„Niemand wusste es, außer meinen Kumpeln. Ich habe mir den Arsch aufgerissen, damit es niemand herausfand, obwohl ein Teil in mir sie am liebsten als Lügnerin und verlogenes Stück bloßgestellt hätte. Aber so bin ich nicht, Ruby. Ich habe sie in der Öffentlichkeit respektvoll behandelt, und das tue ich immer noch. Und selbst, wenn sie so auf mich losgeht wie gestern Abend, wenn sie auf Ärger aus ist, behandle ich sie immer noch respektvoll."

Ruby konnte es nicht fassen. Während sein Leben implodierte, war Alec explodiert. Während er sich bemühte, seine wahren Gefühle Colleen gegenüber im Zaum zu halten, seine Wut auf sie, hatte er sich ganz anders aufgeführt.

„Und um es noch schlimmer zu machen", sagte er, nahm ihre Hand und küsste sie. „Wollte ich dich die ganze Zeit."

Normalerweise hätte Ruby jetzt die Augen verdreht. *Ja sicher, alles klar, aber du warst ja verlobt.* Das ergab keinen Sinn. Aber ... jetzt war alles klar zu erkennen.

„Nach der ersten Trennung war ich froh, frei zu sein, froh, mich endlich um die Frau bemühen zu können, die mich wirklich interessierte. Und da habe ich dich dann um eine Verabredung gebeten. Doch Colleen konnte nicht damit umgehen, dass wir getrennt waren, deshalb hat sie sich diese Schwangerschaft ausgedacht, und als ich das Ultraschallbild sah, habe ich gedacht, alles wäre aus. Du hast keine Ahnung, wie leid es mir tut, dass ich dir wehgetan habe." Er berührte ihre Wange mit seinen Fingerspitzen.

Ruby musste nach oben sehen, damit ihre Augen nicht zu Tränen begannen.

Auch sie hatte in der Zeit so viel durchgemacht. Der Mann, für den sie sich interessiert hatte, war zu seiner Freundin zurückgekehrt, nachdem er ihr zu verstehen gegeben hatte, dass er sie mochte, und dann hatte er sich auch noch die ganze Zeit als Spieler und Lügner verkauft.

„Kannst du mir vergeben? Können wir noch einmal von vorn anfangen?" Alecs Augen waren voller Hoffnung.

„Vergeben kann ich dir. Aber es geht auch noch um andere Dinge. Ich bin deine PR-Managerin. Ich muss an meine Karriere denken. Und weißt du was? Ich muss auch an deine denken."

„Wir halten es geheim. Wir sorgen dafür, dass die Presse es nicht erfährt. Dann ist deine Karriere geschützt und meine auch. Ich würde alles dafür geben, Ruby." Mit einer vorsichtigen Bewegung drehte er ihr Kinn zu sich. „Ich würde alles für *dich* geben."

Als sie so seine ernsthaften Augen sah, die aussahen, als genügte es ihnen, nur noch sie für den Rest ihres Lebens zu sehen, hätte Ruby ihm am liebsten geglaubt. Das wollte sie. Sie wollte es wirklich. Sie wollte seine Hand wieder zu dem feuchten Bereich zwischen ihren Beinen führen und ihm in die Augen sehen, während er sie um den Verstand brachte, jetzt und hier. Sie wollte in den Presseraum voller Menschen gehen, die nichts von ihrer

Beziehung wussten, sich zu Alec drehen und ihm ein vielsagendes Zwinkern wegen ihres heißen Geheimnisses zuwerfen.

„Können wir neu anfangen?"

Eine geheime Beziehung. Ruby dachte darüber nach. Auf gewisse Weise konnte es funktionieren, aber Geheimnisse hatten einen Haken. Am Ende kamen sie doch raus. Meist auf ganz unangenehme Weise.

„Alec, was dir passiert ist, tut mir leid. Wirklich. Du glaubst gar nicht, wie oft ich dich habe trösten wollen, während du all das durchgemacht hast, und ich bin so froh, dass ich jetzt die Wahrheit kenne. Aber zwischen uns kann nichts weiter passieren." Das waren die härtesten Worte, die sie jemals hatte aussprechen müssen. Sie wollte so gerne in seine Arme sinken und ihre Träume wahr werden lassen. Doch Alec hatte schon so viel durchgemacht. Sie schuldete es ihm – und, ja, auch sich selbst – jetzt das zu tun, was für sie beide richtig war.

Alec starrte sie an, dann seufzte er. Er stellte seine Beine auf und bedeckte sich wieder mit dem Pompon, was sie beinahe hätte lächeln lassen.

„Schön, verstehe", sagte er. „Ich werde mich an die Regeln halten. Noch." Er warf ihr einen vielsagenden Blick zu. „Aber wir *werden* das wiederholen. Ist das fair?"

Sie wollte schon zustimmen, doch zugleich wusste sie, was das Beste war, und das hieß, die bittere Wahrheit akzeptieren. Bevor sie etwas erwidern konnte, wurden sie von dem Geräusch einer Tür unterbrochen, die geöffnet wurde. Gedämpfte Stimmen breiteten sich zwischen den

Wänden des Stadions aus, und Ruby sah sich nach einem Versteck um. Shit, es musste später sein als sie gedacht hatte. Waren das Spieler, die zum Training kamen? Aber dann hätte Alec das gewusst. Wie zum Teufel sollte sie hier wegkommen, ohne dass jemand sie bemerkte?

Ihre Brust war von Panik erfüllt. Nackt mit einem Bootleggersspieler erwischt werden? Dann auch noch mit Alec LeBrun, der sich schon gerade einige andere schlechte Presse wegen seiner „Showeinlagen" eingehandelt hatte? Der zufällig auch noch ihr Klient war? Ihr Vater würde sie rausschmeißen. Sie würde auf der schwarzen Liste jeder Agentur in Amerika landen. Es würde absolut keinen Weg zurück geben.

Alec sah die Panik in ihren Augen und legte einen Finger an seine Lippen. „Keine Sorgen. Ich kümmere mich darum. Zieh dich an."

Jemand kam näher, öffnete die Tür von der Umkleide in den Außenbereich, in dem sie waren, sprach weiter und stieß die Tür auf. Wahrscheinlich die Putzkolonne. Das hieß, sie würden bald kommen, um nach dem Wäschewagen zu sehen. Ruby zog hinter dem Wagen rasch ihre Kleidung an. „Was wirst du tun?", flüsterte sie.

„Das, was ich immer tue." Sein sexy Lächeln blitzte auf. „Werde mich rausreden. Ich brauche nur eine Sache."

„Und was?"

„Einen Kuss." Alec grinste und zeigte auf die offene Tür, durch die Ruby sehen konnte, wie die Putzkolonne ihre Arbeit aufnahm. Die Zeit war knapp. „Nun komm schon, Ruby. Sie kommen!"

Ruby war solche Spielchen nicht gewöhnt. Ruby war geradeaus wie ein Pfeil, doch sie musste schon zugeben, die Sache hatte schon etwas Lustiges und Spontanes, das ihr wie ein Abenteuer vorkam. Gefährlich, aber spannend.

„Na schön, ich werde es auch ohne Kuss tun", sagte er, schnappte sich die Pompons, seine Hose, das Hemd, die Jacke.

Ruby konnte den Mann, der die Schande für sie auf sich nehmen würde, nicht ohne Belohnung gehen lassen, deswegen seufzte sie und beugte sich für einen kleinen Schmatzer vor. Doch in der Sekunde, als ihre Lippen die seinen berührten, legte Alec seine Hand in ihren Nacken und schob seine Zunge mit solcher Ergötzlichkeit in ihren Mund, dass sie dachte, ihre Beine würden gleich nachgeben. Wieder flutete sie die Feuchtigkeit, und sie stöhnte an ihm.

Und dann war er plötzlich weg und hinterließ einen kalten, leeren Platz, wo gerade noch Seine Königliche Heißheit gewesen war, und ihr Herz pochte noch immer. An der Tür zur Umkleide warf Alec ihr noch einmal dieses unwiderstehliche Grinsen mit seinen gottverdammt anbetungswürdigen Grübchen zu, dann verschwand er in dem Raum.

In der Sekunde, als er ging mit seinem nackten Hintern, wollte sie ihn auch schon zurück. Sie wollte ihn mit einer Leidenschaft zurück, die größer war, als sie zugeben wollte. Oh ja, das käme auf die Tagesordnung. Diese Entscheidung würden sie in Zukunft noch einmal überdenken. Denn sie konnte nicht anders. Niemand sonst hatte je dafür gesorgt, dass sie sich so lebendig fühlte.

„Mann, bin ich froh, dass ihr endlich da seid", sagte Alec in der Umkleide. „Irgendwer hat mich letzte Nacht hier eingesperrt. Meine Kumpel. Immer für einen Scherz zu haben. Habt ihr eine Ahnung, wie hart diese Bänke sind, wenn man darauf schlafen muss?"

Als sich jemand vom Reinigungsteam dafür entschuldigte, dass er letzte Nacht eingesperrt worden war, wusste Ruby, dass das ihr Moment war. Sie straffte sich, huschte an der Tür vorbei und stahl sich in den Flur Richtung Ausgang. Einem Problem war sie entkommen. Doch wie viele mehr hatte sie sich bereitet?

KAPITEL SECHS

Alec fühlte sich langsam wieder wie er selbst. Den letzten Monat über war Ruby an seiner Seite gewesen, hatte ihn durch eine Pressemitteilung nach der anderen navigiert. Sie hatte alles daran gesetzt, seinen guten Ruf wiederherzustellen. Sie hatte ihm die Chance gegeben, alles wieder hinzubekommen: seine Karriere, sich selbst und das mit ihr.

Im Gegenzug hatte er sich an Rubys Regeln gehalten, hatte ihr Freiraum gelassen, nicht einmal erwähnt, was zwischen ihnen passiert war in jener Nacht im Bootleggers Stadion. Das hieß nicht, dass er sie nicht bei jeder Gelegenheit mit einem stummen Blick daran erinnern konnte und klar machte, dass er solch einen Moment eines Tages noch einmal mit ihr teilen wollte – natürlich erst, wenn sie dazu bereit war. Doch jetzt war er erst einmal zufrieden, Zeit mit ihr verbringen zu können, obwohl, zugegeben, das war meist in der Anwesenheit ihres Fotografen Mike, der sich verhielt wie eine 50er Jahre

Anstandsdame, die alles daransetzte, Alec von Rubys Höschen fernzuhalten.

Kannst es gern versuchen, Mike, aber du wirst so gnadenlos in deiner Absicht scheitern.

Bei dem Gedanken erinnerte sich Alec, dass er seinen Motor etwas runterfahren musste. Das war die falsche Zeit.

„Ich stehe frei, Alec!"

„Alles klar, Luke", rief Alec einem überglücklichen Achtjährigen zu. Er war gerade bei einer seiner liebsten Wohltätigkeitsveranstaltungen für krebskranke Kinder in einem städtischen Park. Luke hatte gerade die Chemotherapie hinter sich und sein kahler Kopf glänzte im Sonnenlicht. Seitdem Alec angekommen war, war er seinem Lieblingsfootballstar nicht von der Seite gewichen.

Das heutige Ereignis hatte schon in seinem Terminkalender gestanden, lange bevor Ruby begonnen hatte, ihren Ehrgeiz darein zu setzen, zu beweisen, dass er immer noch ein Guter war, und in Wahrheit widerstrebte es ihm, dass sie ihn dabei fotografieren ließ.

„Es dreht sich nicht alles um mein Image", hatte Alec gesagt. „Ich mache das, weil ich es möchte. Punkt. Such dir was anderes zum Fotografieren."

„Ich weiß, dass du das nicht für dein Image tust", hatte sie erwidert. „Aber es bringt nun mal die beste Publicity zu zeigen, wie gut du bist. Ja, manchmal wirkt es etwas gezwungen, aber das hier wird es auf keinen Fall.

Dir liegt etwas an diesen Kindern. Lass die Welt das sehen, Alec."

Schließlich hatte er feststellen müssen, dass es ihm schwerfiel, Nein zu Ruby zu sagen. Er wusste nicht, was das für ihre gemeinsame Zukunft bedeutete – er wusste nur, dass es eine solche Zukunft gab, ob sie es nun schon wusste oder nicht. An der Front würde er als Sieger hervorgehen.

Doch dafür musste er sich auf ein langes Spiel einlassen.

Sein Blick wanderte zu ihr. Sie saß auf einer Parktribüne und unterhielt sich mit einigen Eltern. Sogleich wanderten seine Gedanken dorthin, wo sie bei dem, was er gerade tat, absolut gar nicht hin sollten – zu ihrer Nacht im Stadion, als er diese köstlichen Lippen geküsst hatte, ihren beeindruckenden, athletischen und doch kurvigen Körper berührt hatte, gehört hatte, wie ihr Höhepunkt durch das ganze Stadion gehallt hatte. Niemand hatte auf diesem Spielfeld je so gepunktet wie Alec in jener Nacht.

Doch er durfte nicht dabei verharren. Er musste sich konzentrieren. Wenn er seine Karten richtig gespielt hatte, dann könnte er diesen wundervollen Klang eines Tages wieder hören, doch jetzt musste er erst einmal beweisen, dass er das wert war.

Alec warf sich mit Luke Bälle zu und hatte einen Heidenspaß dabei. Innerhalb von Minuten waren weitere Kinder zu ihnen gestoßen und baten Alec, ihnen zu zeigen, wie man tackelt. Je nach Stadium ihrer Erkrankung durften die Kinder nicht an raueren Sportarten teilnehmen. Doch ein bisschen Raufen konnte doch nicht so schlecht sein, oder? Schließlich wollten sie heute einmal nur Kinder sein.

Er machte eine Show daraus, ihnen zu zeigen, was zu tun war, warnte sie, sie sollten vorsichtig mit ihm umgehen und brüllte dann: „Lasst den Kraken los!"

Plötzlich warfen ihn Luke und ein ganzer Haufen Kinder überraschend zu Boden. Er lachte, und die Kinder krabbelten wie die Welpen über ihn. „Ruby! Hilf mir!"

Ruby schüttelte den Kopf, dann kam sie von der Tribüne herunter und auf ihn zu. Obwohl sie leicht lächelte, konnte sie ihre Sorge nicht verbergen.

Oh, Shit.

„Alec", rief sie, während sie sich der Szene näherte. Auf den Tribünen hatten vielleicht ein oder zwei Elternpaare einen besorgten Gesichtsausdruck, doch die meisten fanden es toll, machten Fotos und hatten Spaß. „Weißt du noch, wie wir darüber gesprochen haben, dass du *nicht übertreiben* sollst", ermahnte sie ihn.

Eine Sekunde fühlte Alec sich schuldig, doch das änderte sich, als er sah wie glücklich die Kinder waren. „Leute, schenken wir Miss Ruby einen traurigen Blick. Kommt schon, ihr wisst doch, den traurigen Blick." Er zog eine Schnute und sah Ruby mit einem traurigen Hundeblick an. Die Kinder – drei Jungs, darunter Luke, und zwei Mädchen zwischen vier und zehn Jahren – folgten seinem Beispiel.

Ruby, die Faust geballt an ihrer Hüfte, verdrehte die Augen. „Alec..."

„Schon gut, schon gut", sagte Alec und löste sich aus dem Kinderhaufen, warf sie einen nach dem anderen mit einem Jubelschrei zu Boden. „Ihr habt den großen bösen Wolf gehört. Kein Tackling." Ruby kochte bei seinem Kommentar. „Ich weiß, ich weiß", sagte er und stand auf. Dann flüsterte er in ihr Ohr: „Ich lass dich als böse dastehen. Aber du musst schon zugeben, dass es ihnen Spaß macht. Na schön, mir auch."

„Spaß ist eine Sache, aber manchmal kann Spaß mehr schaden als wir denken." Bei ihrem kontemplativen Unterton versteifte Alec sich, denn er wusste gleich, worauf sie anspielte. Was ihm das sagte, gefiel ihm gar nicht. Dass trotz der ganzen Zeit, die sie miteinander verbracht hatten, ein Teil von ihr sich doch von ihm zurückzog.

„Und manchmal", sagte er, „ist es der Spaß, der den Unterschied macht zwischen irgendwie funktionieren und das Leben zu genießen."

Sie starrten einander an, bevor sie einen Schritt zurück machte, einmal in die Hände klatschte und die Kinder ansah. Dann rief sie in ihrer aufgeregtesten Stimme: „Los, lasst uns mal sehen, wo sie die Piñatas aufgehängt haben!"

Niemand regte sich. Alec musste sich ein Grinsen verkneifen.

„Ich möchte keine Piñatas", sagte ein kleines Mädchen und klammerte sich an Alecs Bein. „Ich möchte weiter mit Mr. Alec spielen. Bitte!"

„Komm schon, Süße, es wird Zeit für die Piñatas, aber wenn du Mr. Alec nett bittest, vielleicht begleitet er euch ja. Oder, Mr. Alec?"

„Natürlich werde ich das", sagte er, dann murmelte er Ruby zu: „Und später können wir uns vielleicht noch mal über die Vorzüge von Spaß im Leben unterhalten." Er zwinkerte.

Ruby biss sich auf die Wange, dann zog sie ihr Handy hervor und schaute drauf, als gäbe es etwas Wichtiges dort zu sehen. *Klar, Ruby, du kannst davonrennen, aber du kannst dich nicht verstecken.* Er lachte innerlich.

Luke verschränkte die Arme. „Ich möchte aber auch nicht mit den Piñatas spielen."

„Kann ich dir nicht vorwerfen, Kumpel." Alec riss seinen Blick von Ruby los, schaute zu Luke hinunter und berührte die Schulter des kleinen Jungen. „Piñatas sind doof, aber möchtest du das Geheimnis wissen?" Bei seiner dreisten Behauptung, dass Piñatas doof seien, riss Ruby ihren Kopf hoch.

„Was?", fragte der Junge misstrauisch.

„Im fünften Schuljahr war ich der ungeschlagene Piñatakönig. Ich konnte auf den fluffigen Pappmaché-Esel einhauen, bis er Süßigkeiten blutete. Weißt du, was ich denke?"

„Was?"

„Ich denke, du hast Angst."

„Ich habe keine Angst."

„Doch hast du! Angst, dass du mich nicht schlagen kannst–"

„Ich kann dich wohl schlagen! Guck genau zu!" Luke lief hinter den anderen Kindern her, entschlossen, Luke zu beweisen, dass er ihn bei der Piñata schlagen konnte.

„Los, Junge! Schnapp sie dir!", rief Alec ihm hinterher, dann drehte er sich, die Hände auf den Hüften, zu Ruby um. „Also, noch einmal zum Thema Spaß. Ich denke, du und ich–"

Rasch sagte sie: „Mir hat es gar nicht gefallen, dass du meine Autorität bei den Kindern untergraben hast, aber ich muss schon zugeben, das war beeindruckend. Du kannst gut mit Kindern umgehen." Einen Moment lang sah Ruby so aus, als hätte sie ihre Worte am liebsten zurückgenommen, als wäre es vielleicht keine gute Idee, bei Alec über Babys und Kinder zu sprechen.

Sie dachte an Colleen und was sie ihm angetan hatte.

Seine Ex sollte verflucht sein, weil sie ihr immer wieder reinpfuschte, selbst wenn sie gar nicht da war.

Seitdem sie ihn und Ruby beim Abendessen gesehen hatte, hatte Colleen ihn mit Anrufen bombardiert. Am Anfang war es ganz leicht gewesen, damit umzugehen. Auf jede schnippische Bemerkung hatte er ebenso schnippisch reagiert. Bis ihm klar wurde, dass sie genau das wollte, und dann hatte er aufgehört, auf ihre Nachrichten zu antworten. Wie kleine Kinder sich schlecht benahmen, um Aufmerksamkeit zu bekommen, machte es auch Colleen. Es machte ihr einfach zu viel Spaß, Alec vorzuwerfen, dass er der schlimmste Ex war, den sie je erlebt hatte.

Ja, mit der hatte er wirklich einen Treffer gelandet.

Und dann war da Ruby, der definitiv und ehrlich etwas an seiner Karriere lag und zwar aus keinem anderen

Motiv als ihren Job als PR-Managerin so gut wie möglich zu erledigen. Doch darüber hinaus lag ihr auch etwas an ihm als Person. Als Mann. Verdammt, sie hatte ja schon Angst, dass sie ihn mit ihrer Bemerkung, dass er gut mit Kindern umgehen konnte, verletzt haben könnte.

Er zögerte und horchte in sich hinein, doch zu seiner Erleichterung stellte er fest, dass der Schmerz über Colleens Betrug nur noch ein leises Pochen und keine brennende Wunde mehr war. Ruby hatte ihm geholfen, das zu erreichen.

„Nah. Mit Kindern ist es ganz einfach. Im Grunde sind sie einfach kleine Ausgaben von Footballspielern: sie mögen Sport, Essen und Schreien."

Sie lachte. „Ich weiß nicht, ob das auf alle Kinder zutrifft, aber ich finde es toll, dass du dich mit ihnen abgibst. Das machen nicht viele Spieler. Manche fühlen sich angreifbar, wenn sie mit den Kleinen zusammen sind."

„Weil die Kinder immer sagen wie es ist. Wenn sie dich nicht mögen, wenn du ihnen unehrlich erscheinst, dann sagen sie es dir."

„Die meisten Typen kommen zu diesen Veranstaltungen, lassen ein paar Fotos machen, dann springen sie in ihr Sportauto oder machen sich auf zu ihrer Villa in Frankreich."

„Meine Villa ist in Spanien", sagte Alec ganz trocken.

Ruby lachte, und Alec musste lächeln. Wenn er Ruby jeden Tag so zum Lachen brachte, dann hätte er sein Lebensziel erreicht. Was hatte sie nur an sich, dass er sie unbedingt beeindrucken wollte? „Wie wär's, wenn du den Kindern mit der Piñata helfen würdest? Das wäre die Gelegenheit für ein tolles Foto." Ruby winkte ihren Fotografen Mike herbei. „Hey, Mike! Zeit, dass die Piñata dran glaubt. Mach ein paar Fotos davon, wie Alec mit den Kindern lacht, und wenn sie alle auf ihn drauf springen könnten, wäre das noch besser!"

Alec warf Ruby einen Seitenblick zu. „Wir sprechen uns später, Ruby", sagte er bedeutungsvoll.

Während er zu dem Pavillon ging, wo es der Piñata jetzt an den Kragen gehen sollte, spürte er, wie Ruby ihn nicht aus den Augen ließ, und seine Brust strahlte förmlich Stolz aus. Obwohl sie es wirklich glänzend hinbekam, ihre Beziehung strikt professionell zu halten, schaffte sie es überhaupt nicht, so zu tun, als fände sie ihn nicht attraktiv. Sie hatte ihn den ganzen Tag beobachtet. Es war ganz schön erotisch zu sehen, wie ihre Augen über seinen Körper wanderten.

„Magst du einen Jolly Rancher?" Luke hielt ihm ein eingewickeltes grünes Bonbon entgegen.

Aus seinen Gedanken gerissen schob Alec das Bonbon direkt in den Mund und verzog das Gesicht, als der saure Geschmack ankam. Die Kinder um ihn herum lachten. Er mochte es wirklich wie albern sie waren. Die Kinder saßen im Gras, aßen viel zu viele Süßigkeiten und warfen der Piñata einen Blick zu. Alec verstand gleich, stand auf und klatschte in die Hände, wie Ruby es vorhin getan hatte.

„Dann wollen wir mal!" Alec griff nach seinem

Baseballschläger und zeigte den Kindern, wie man die verdammte Piñata treffen musste, und dass man Abstand halten musste, um nicht von einem unkontrollierten Schlag getroffen zu werden. Er reichte Luke den Schläger, der wie ein großer League-Pitcher ausholte und das arme Ding voll traf. Der Körper sprang an der Seite auf, doch er musste ein paarmal zuschlagen, damit er sich ganz öffnete. „Nicht schlecht", sagte er zu Luke.

„Siehst du, hab doch gesagt, dass ich dich schlagen kann."

Die ganze Zeit über machte Mike Fotos, und Alec hatte seinen Spaß. Als die Kinder liefen, um ihre Eltern zu suchen, folgte Mike ihnen und machte hier und da noch weitere Fotos. Ruby kam von einer öffentlichen Toilette und ging auf ihn zu. Alec sah, dass sie definitiv zusätzlichen glänzenden Lipgloss aufgetragen hatte, so dass ihr Lächeln nach einem Eine-Million-Dollar-Lächeln aussah.

Ein Teil von ihm hätte sie gerne hinter einen Baum gezogen, ihr das Haar geöffnet und die Sexgöttin hervorgelockt, die sich in jener Nacht für ein kleines Intermezzo gezeigt hatte. Selbst wie sie jetzt aussah, das Haar in einem strengen Knoten, in schwarzem Kostüm und einer grauen Seidenbluse, war sie höllisch heiß.

„Und?", fragte er sie. „Welche Note würdest du mir geben?"

„Wofür? Für die Piñata?" Ruby tippte sich an die Unterlippe. „Wahrscheinlich eine Drei. Hat schon eine Weile gedauert, bis der Minion den Kopf verloren hat."

„Das hab ich doch die Kinder machen lassen, Klugscheißer."

Sie lächelte. „Na ja, wir stellen es einfach morgen früh bei Snapchat ein, dann sehen wir, was die Leute so von deinen Piñatakünsten halten." Als sie ihn so wenig subtil daran erinnerte, dass sie als seine PR-Managerin hier war und als nichts sonst, runzelte er die Stirn.

Er war ein guter Junge gewesen. Es war an der Zeit, Ruby zu zeigen, dass er immer noch böse sein konnte, und dass sie das eigentlich mochte.

„Snapchat?", fragte er, während sie nebeneinander hergingen. „Was ist dieses Snapchat noch mal?"

Vielleicht hatte Ruby ungeduldig geseufzt, doch er sah ein winziges Lächeln auf ihren Lippen. „Das ist so was im Internet. Du weißt doch, was die Leute heute ständig benutzen."

„Oh, und ich habe gerade erst mein Kabeltelefon gegen ein schnurloses eingetauscht, du musst etwas Geduld mit mir haben. Ich bin manchmal etwas langsam. Ach, Blödsinn. Um Himmels willen, Ruby, natürlich weiß ich, was Snapchat ist."

Wieder lachte sie, und Alec musste unwillkürlich denken, wie richtig sich das anfühlte. Miteinander zu scherzen, sich necken, als würden sie sich schon seit Jahren kennen. Wann hatte er sich zuletzt so wohl bei einer Person gefühlt? Wahrscheinlich noch nie. Er war immer misstrauisch gewesen, fragte sich, ob man es auf ihn abgesehen hatte. Leider, in seiner Branche, hatten es die Frauen meistens auf ihn abgesehen. Jede Frau, mit der

er ausgegangen war, hatte seinen Ruhm oder sein Geld
gewollt. Diese Frauen hatten auch den Mann in ihm
gewollt, doch tief in seinem Innern hatte er gewusst, dass
sie nicht so viel Interesse gehabt hätten, wenn er nicht
Profifootballer in einem der Topteams des Landes
gewesen wäre.

Auch Ruby wollte etwas von ihm, doch das war
anders. Sie tat es für ihn, für sie beide. Jede andere Frau
hätte sich auf diese Beziehung eingelassen, das letzte aus
ihr heraus geholt, nicht so Ruby. Sie wollte ihre und seine
Karriere schützen. Die Beziehung zu ihrem Vater
schützen.

Und, so vermutete er, insbesondere ... ihr Herz
schützen.

Irgendwie waren er und Ruby beim Plaudern bei einer
Baumgruppe gelandet, die ihnen etwas Intimsphäre von
der Veranstaltung gewährte. Mike war verschwunden –
vermutlich, um sich etwas zu essen zu besorgen – und
Alec fiel auf, dass Ruby es noch gar nicht mitbekommen
hatte, dass sie allein waren.

Aber vielleicht hatte sie es doch schon mitbekommen,
und es war ihr egal. Er hatte das Gefühl, dass sie nicht
leicht zu lesen war, aber vielleicht war das auch nur, weil
er alles zu gut gemacht hatte und sie jetzt nicht wusste,
woran sie mit ihm war. „Weißt du, als ich dich heute so
gesehen habe, habe ich mich gefragt, wo die andere Ruby
geblieben ist."

Sie drehte sich zu ihm um. „Die andere Ruby?"

„Du weißt schon. Die Ruby, die von mir wollte, dass

ich sie anfasse. Die Ruby, die meinen Schwanz gepackt und ihn eingeführt, ihn bearbeitet, die *mich* bearbeitet hat. Die Ruby, die meinen Namen geschrien hat, als ich–"

Sie drückte ihm einen Finger auf den Mund. „Alec, hier sind Kinder!"

„Was denn? Red, die essen ihre Hotdogs, mindestens hundert Meter entfernt. Das ist die Länge eines Footballfelds, weißt du." Er küsste ihren Finger und zog ihn über seine Unterlippe, doch sie entzog ihm ihre Hand. „Ein Footballfeld ist der Ort, an dem man Sex hat. Meist ist die Frau dann oben, sodass man ihre Titten und ihren umwerfenden Körper komplett sehen kann. Gott, ich liebe Football!"

Rubys Wangen nahmen fünfzehn verschiedene Rottöne an.

„Ha, ich wollte sehen, ob ich dich noch erröten lassen kann. Und ich kann es! Alec LeBrun geht in Führung", sagte er und imitierte den Stadionsprecher, dann eine jubelnde Menschenmenge.

„Du bist der arrogantestes, nervtötendste Kerl!"

„Und doch bist du noch hier. Ist das nicht erstaunlich?" Er warf ihr sein berühmtes Lächeln zu.

Sie öffnete den Mund, ließ ihn dann aber wieder zuschnappen. „Ich sollte nicht hier sein", murmelte sie. „Ich sollte weggehen und nicht mehr zurückschauen. Doch anscheinend bin ich ein Idiot!"

„Du hast meine Frage nicht beantwortet."

„Welche?"

„Ich habe gefragt: ,Ist das nicht erstaunlich?'"

„Das war eine rhetorische Frage. Das ist überhaupt nicht erstaunlich. Ich muss hier sein. Das nennt man einen Job."

„Das heißt, wenn du nicht meine PR-Managerin wärst, würdest du keine Zeit mit mir verbringen?" Er neigte seinen Kopf. Also *das* war nun aber eine vollwertige Frage, und sie würden hier nicht weggehen, bis sie die nicht beantwortet hatte.

„Wir müssen gehen."

„Nicht, so lange du meine Frage nicht beantwortest. Wenn wir nicht dieses Klient-PR-Managerin-Ding am Laufen hätten ... würdest du dann mit mir ausgehen? Vergiss nicht, ich bin schüchtern und sensibel. Antworte bitte nett."

„Scheiße, nein." Sie kicherte.

Alec schnappte nach Luft. „Was für eine Sprache! Mach das noch mal. Das ist verdammt heiß. Komm schon. Sag es!"

„Niemals."

Er konnte sich nicht zurückhalten, er musste ihre seidenweiche Wange berühren. In der Nachmittagssonne konnte er diese mikroskopisch kleinen blonden Härchen sehen. „Vielleicht sollte ich dich dein Haar wieder öffnen lassen", überlegte er. „Ist das das Geheimnis? Wenn dein Haar oben ist, bist du ein gutes Mädchen, wenn es unten ist, dann zeigst du deine verruchte Seite?" Er musste sich ein Grinsen verkneifen.

„Alec..."

„Das ist es, stimmt's? Aha! Jetzt hab ich Level 2

geknackt."

„Du hast einen Scheißdreck geknackt."

Er wollte ihr die Nadeln aus den Haaren ziehen, doch sie klopfte ihm verspielt auf die Finger. „Wehe, du fasst meine Haare an! Auf gar keinen Fall wirst du meine Haare berühren, Alec. Ich warne dich. Hast du eine Ahnung, wie nervig es ist, es wieder hochzustecken?"

„Ich werde dein Haar in Ruhe lassen", neckte er sie, „wenn ich dafür einen Kuss bekomme."

„Das ist schon das zweite Mal, dass du für einen Gefallen einen Kuss verlangst."

„Was soll ich sagen? Ich brauche halt deine Küsse, Ruby. Sie sind wie Sauerstoff. Oder das Internet."

„Schon, aber..."

„Aber was?"

„Ich möchte nicht das Gefühl haben, dass ich dir einen Kuss schulde, Alec. Wenn ich dich je wieder küsse, dann weil ich es möchte." Zu seiner Überraschung und unendlichen Dankbarkeit beugte sie sich vor ... und weiter vor ... sie waren nur noch Zentimeter voneinander entfernt, und er beugte sich hinab, um diese süße Luft, kurz bevor man von einer schönen Frau geküsst wird, einzuatmen. Dann duckte sie sich lachend unter seinem Arm hindurch.

Bevor er reagieren konnte, war sie schon davon gesprungen wie ein tückisches kleines Kaninchen.

„Du kannst davonlaufen, aber du kannst dich nicht verstecken, Ruby!", rief er, doch auch er lachte.

Sie winkte mit der Hand über ihre Schulter, doch sie drehte sich nicht mehr zu ihm um. Er seufzte, lehnte sich an den Baum hinter sich und fragte sich, was sie das nächste Mal tun würden, wenn er sie je wieder nackt sehen würde. Sie an die Spinde stellen und von hinten ficken? Ihre Beine spreizen und die Süße dazwischen schmecken? Zusehen, wie ihre wundervollen Lippen sich um seinen Schwanz legten und ihn tief hineinsaugten?

Fuck.

Er zwang sich, an die am wenigsten erotischen Dinge zu denken – kalte Duschen, Frösche, Steuern – endlich bekam er seinen verdorbenen Körper zurück unter Kontrolle, sodass er sich auf seine derzeitige Aufgabe konzentrieren konnte – sein Leben und seine Karriere wieder hinzubekommen und dann Rubys Herz zu gewinnen.

KAPITEL SIEBEN

Ruby war ganz außer Atem, nachdem sie vor Alec davongelaufen war. Sie musste schon zugeben – es fühlte sich großartig an, mal für eine Minute ihre Sorgen zu vergessen und einfach zu spielen. So viele Verantwortlichkeiten hingen über ihrem Kopf, dass es eine willkommene Abwechslung war, sich mal die Zeit zu lachen zu nehmen.

Der Park vibrierte vor Energie – die Leute tranken Punsch und aßen Hamburger, der Duft nach Gras, geräuchertem Fleisch und Sonnencreme erfüllte die Luft. Während Alec zum Partypavillon zurückging, saß sie auf der Bank und sah zwei Kindern zu, die im Sandkasten spielten und nicht daran dachten, dass sie krank waren. Als sie so diese entschlossenen Kinder in Rollstühlen oder auf Krücken sah, erinnerte sie das daran, dass es im Leben darum ging, das Beste aus seiner Zeit zu machen. Ein Teil von ihr hätte am liebsten ihre Karrieremaske abgelegt und einfach nur Spaß gehabt.

Mal ehrlich, man musste sie sich doch nur anschauen... Überall spielten Kinder, und die Familien genossen die Zeit. Sie konnte gar nicht anders als selbst heiter sein. Selbst Alec, der nun mit einer Gruppe von Kindern den Electric Slide tanzte, ließ sie lächeln. *Er wäre ein umwerfender Vater*, dachte sie. Unaufhaltsam tauchte ein Bild in ihrem Kopf auf, wie er seinen eigenen Sohn oder seine eigene Tochter in den Amen hielt, wie er lachen, mit seinem Kind spielen und ihm beibringen würde, wie man Football spielt. Zum tausendsten Mal verfluchte sie Colleen für das Trauma, das sie ihm zugefügt hatte.

Wie konnte man nur vorgeben, schwanger zu sein? Das war solch ein reiner, freudiger Moment, den so viele Leute feierten und für den andere beteten, und dann machte sie einfach eine Farce daraus. Er musste am Boden zerstört gewesen sein, als er erfuhr, dass es eine Lüge gewesen war. Wenn sie ihn jetzt so sah würde niemand erahnen, was er durchgemacht hatte, und Ruby empfand nur umso mehr für ihn.

Doch ich darf nicht zulassen, dass sich so empfinde. Als Klient schon, aber da hört es dann auch auf.

Trotzdem hielt sie das nicht davon ab, sich zu wünschen, was sie nicht haben konnte. Als er da drüben zwischen den Bäumen angefangen hatte, davon zu reden, wie sie wieder zusammen wären, hatte ihre Körper gleich auf chemische Art reagiert. Wären sie in einer anderen Welt, in einer, in der es diese Grenze zwischen Klient und Publicity Agent nicht gab, dann hätte sie ihn geküsst, sie hätte die Bäume um sie herum sich wiegen lassen und seinen Duft, seinen Anblick, seinen Geschmack in sich aufgenommen. Alec war nicht nur ein nett anzusehendes Gesicht, ein schöner Körper im Fernsehen. Gutaussehende Footballspieler gab es en masse. Nein, Alec besaß eindeutig Charme und Charisma. Sie gefiel ihr gar nicht, dass das so gut funktionierte.

Wenn sie an ihren Beinahekuss dachte, begann ihr Herz wieder kräftig zu schlagen, und ihr Körper wünschte sich, sie hätte noch bleiben können. Die Tatsache, dass Alec sie noch wollte und klar gesagt hatte, dass eine Nacht niemals genug sein würde, gab ihr Kraft und erregte sie zugleich. Sie hatte definitiv in ihrer Beziehung die Zügel in der Hand, wenn man das so sagen durfte, und bei der Vorstellung bekam sie Gänsehaut.

Doch ihre „Beziehung" war von Anfang an dem Untergang geweiht. Sie musste aufhören, sich in unmöglichen Szenarien mit Alec vorzustellen. Früher oder später musste Ruby die Wahrheit akzeptieren – sie musste ohne ihn leben.

Besorgnis macht sich in ihrem Bauch breit, wo eben noch Lust gewesen war. *Was tue ich hier eigentlich?*, fragte sie sich panisch. Sie sah zu der Wohltätigkeitsveranstaltung hinüber, ohne sie wirklich wahrzunehmen, ihre Gedanken wirbelten wie ein Derwisch umher. Das hatte nichts Lustiges oder Süßes oder Romantisches an sich. Sie hätte nicht mit Alec schlafen sollen. Das war dumm und unverantwortlich gewesen. Es war–

„Hey…Ruby!"

Sie drehte sich um und sah eine schöne, kurvige Brünette mit einem jungen Mädchen neben sich. Es war Camille Dawson, Heaths Verlobte und deren Tochter Emma. „Camille, wie geht es dir?" Ruby und Camille hatten sich kennengelernt, als Camille angestellt worden war, um die Bootleggers vor ein paar Monaten für einen Kalender zu fotografieren. Seitdem war ihr eine Dauerstelle als Fotografin der NFL angeboten worden, und, was viel wichtiger war, sie hatte den Wide Receiver Heath Dawson in einer Wirbelwindromanze kennengelernt und sich mit ihm verlobt. Das letzte, was Ruby gehört hatte, war, dass Camille noch über die Konditionen ihres Vertrags mit der NFL verhandelte; sie wollten sie, obwohl sie mit einem Topspieler der NFL verlobt war, doch sie ließ sich Zeit damit, alle Dinge erst einmal zu ordnen.

„Mir geht's großartig", erwiderte Camille und strahlte vor Glück. „Emma, du erinnerst dich doch an Ruby, stimmt's? Wir haben mal zusammen gearbeitet."

Emma war ihrer Mutter wie aus dem Gesicht geschnitten, ein Hitzkopf, der seine Mom und Heath ganz schön um den Finger gewickelt hatte. „Ja klar. Ich wünsche mir immer rote Haare, wenn ich Sie sehe", sagte Emma.

„Das ist lustig, denn ich wünsche mir immer dunkles Haar, wenn ich dich sehe!" Ruby strahlte. „Aber die Haare sind ja auch nicht alles. Du hast ja auch noch eine unglaubliche und fleißige Mom."

„Ach, das ist süß! Danke!" Camille verkniff sich ein

Lächeln. „Emma, was hältst du davon, wenn du uns da drüben etwas zu essen besorgst? Ich glaube, da gibt es nicht nur Hot Dogs."

„Okay!"

Emma lief davon, und Camille sah ihr stolz hinterher. „Sie wird ganz schön anstrengend werden, wenn sie erst einmal im Teenageralter ist", sagte sie seufzend.

„Sind sie das nicht immer? Ich weiß, ich war ziemlich schlimm als Teenager."

Camille lachte. „Das kann ich mir kaum vorstellen. Du bist doch ein Vorbild an Professionalität und bewahrst immer einen kühlen Kopf, Ruby."

Innerlich zuckte Ruby zusammen. Wenn das bloß stimmte. Im Moment war sie auch ein Ausbund an Verlogenheit und Unentschlossenheit. „Ich weiß nicht..."

„Im Ernst. Schau dir doch an, wie gut du Alec wieder hinbekommen hast. Er hat ganz offensichtlich etwas Schlimmes durchgemacht, aber du hast ihn nicht aufgegeben. Du bist loyal und brillant."

Ruby starrte Camille an. Am liebsten hätte sie ihr gesagt, dass sie meilenweit davon entfernt war, brillant zu sein. Sie hatte niemanden, mit dem sie über ihre widersprüchlichen Gefühle für Alec hätte reden können. Während sie in den letzten an ihrer anspruchsvollen Karriere gearbeitet hatte, hatte sie nicht wirklich Zeit für Freundschaften gehabt, und auch wenn sie Freunde gehabt hätte, denen sie hätte vertrauen können, über ihre Nacht mit Alec LeBrun zu sprechen wäre als der Gipfel der Unprofessionalität betrachtet worden.

Und doch, wenn jemand es verstehen konnte, dann Camille, die das NFL-Jobangebot aufs Spiel gesetzt hatte, als sie sich mit Heath eingelassen hatte. Außerdem war Heath einer von Alecs besten Freunden. Sie war noch unentschlossen, ob sie es ihr sagen sollte, und drehte sich zu Alec um, der sich einer anderen Gruppe von Kindern angeschlossen hatte. Egal, wo sie auch war, sie wurde immer magisch von ihm angezogen. Egal, wo er war, sie fand immer sein charmantes Lachen.

„Ah..." Camille sah Ruby mit geneigtem Kopf an. „Jetzt verstehe ich."

Ruby erstarrte. „Was verstehst du?"

„Ruby, ich hab das auch hinter mir. Also, du und Alec, hm?"

Es war, als hätte jemand einen Pfeil auf sie geschossen. Erst Starre, dann würde sie zu Boden fallen. „Moment mal, bitte? Warum sagst du das?"

„Weil ich genau an dem Punkt war wie du. Vielleicht weiß ich nicht über viel Dinge Bescheid, aber ich weiß Bescheid, wie es ist, sich in einen Typen zu verlieben, den man nicht haben kann. Oder von dem man denkt, dass man ihn nicht haben kann."

Es gab kein Entkommen. Camille wusste es. Sie konnte es nun also zugeben. „Na schön", sagte Ruby schweren Herzens. Sie wand sich. „Aber es war nur einmal, ich schwöre es."

„Und wenn es hundert Male gewesen wären, Ruby. Komm schon, erzähl mir alles. Ich würde uns ja ein paar Drinks besorgen, aber für mich müsste es dann etwas

Nicht-Alkoholisches sein."

Sie gingen langsam um den Park spazieren und Ruby gestand Camille, erzählte ihr, was geschehen war. Wenn irgend jemand die Situation verstehen würde, dann Camille, doch es fühlte sich immer noch komisch an, das alles auszusprechen. Was Colleen anging hielt Ruby sich zurück. Es war nicht ihre Aufgabe, darüber zu sprechen, aber vielleicht wusste Camille es ja auch schon. Was Alec wusste, wussten auch seine Kumpel und dann wahrscheinlich auch deren Frauen.

„Also, ja, was auch immer er durchgemacht hat, es hat ihn verändert. Jetzt ist er entschlossen", erklärte Ruby. „Wütend, aber auch bereit, dagegen anzugehen. Ich schätze, ich habe etwas in ihm gesehen, das nur wenige je gesehen haben."

„Das musst du mir nicht zweimal sagen, Mädchen. Das verstehe ich."

„Ich weiß. Und ich bin froh darüber. Ich habe auch mit ihm geschlafen, weil ich ein einziges Mal in meinem Leben spontan sein wollte. Mein Job verlangt viel von mir ab. Manchmal muss ich einfach mal locker lassen."

„Vertrau mir, ich versteh dich ja. Ich werde dich sicher nicht verurteilen. Und was sagt Alec dazu?"

Ruby seufzte. „Ich hab ihm gesagt, dass wir es nicht wiederholen dürfen, und er meinte, er würde später noch einmal auf die Sache ‚zurückkommen.'"

„Er will nicht so leicht aufgeben."

„Nein", sagte Ruby. „Und jetzt weiß ich nicht, was ich tun soll. Er ist mein Klient. Ich habe meinem Vater gesagt, dass ich mich um dieses Projekt kümmere, dass er mir vertrauen kann, dass er sich um mich keine Sorgen machen muss." Sie lachte bitter. „Und jetzt sieh mich an."

Camille tätschelte ihre Hand. „Du machst immer noch deinen Job, Ruby. Alec ist wieder so wie früher. Heath hat sich solche Sorgen gemacht, und ich muss wirklich sagen, ich bin froh, dass er dich hat. Du bist gut für ihn, und ich glaube, er ist auch gut für dich. Ja, gut, dieses Klientenverhältnis ist etwas tricky, aber wenn doch da etwas ist? Du wirst schon einen Weg finden. Es ist ganz großartig, dass du in Alec nicht nur den Partytypen mit dem vielen Geld siehst. Ich glaube, er hatte noch nie eine echte Beziehung mit einer Frau."

Ruby wollte schon widersprechen, dass sie ja schließlich keine echte Beziehung hatten. Eine Nacht Sex macht da noch lange nichts Echtes raus. Doch dann dachte sie über das, was Camille gesagt hatte, nach – dass er noch nie eine echte Frau gehabt hatte, eine echte Beziehung, und das machte sie traurig. Sie hatte ja wenigstens Nick im College gehabt. Es hatte zwischen ihnen vielleicht nicht geklappt, aber zumindest hatte Ruby schon einmal so eine Art Liebe kennengelernt.

„Danke, Camille! Das war toll, mit dir darüber reden zu können. Ich wusste, du würdest es verstehen."

„Wie auch immer du dich entscheidest, ich werde hinter dir stehen. Du weißt, was für dich am besten ist, stimmt's?" Camille lächelte und fing dann an, über Kyle Young und dessen neue Freundin Arabella, eine waschechte Prinzessin zu sprechen. Als Camille jedoch ging, konnte Ruby nicht aufhören, darüber nachzudenken... Wusste sie wirklich, was für sie am besten war? Manchmal dachte sie schon. Sie dachte, sie hätte ihr Leben unter Kontrolle. Aber warum schienen ihre Gefühle dann manchmal durchzudrehen?

Eine Nacht, erinnerte sie sich, um wieder auf die Spur zu kommen.

Sie und Alec würden nur diese eine Nacht miteinander gehabt haben. Andere machten nach One-Night-Stands auch ganz normal weiter. Manche wurden sogar beste Freunde. Das würde sie auch machen. Mehr zu erwarten wäre blödsinnig.

Ein paar Tage später war Ruby im Büro ihres Vaters, um ihm Bericht über ihre Klienten zu erstatten.

„Ich habe die Fotos von der Wohltätigkeitsveranstaltung gesehen – großartige Arbeit, Ruby! Das hast du wirklich perfekt hingekriegt", sagte Phil, Rubys Vater mit einem erfreuten Gesichtsausdruck, bei dem Ruby sich innerlich immer wohl fühlte. Doch ein Teil von ihr wurde traurig. Würde sie jemals nicht mehr so abhängig von der Wertschätzung ihres Vaters sein?

Als sie so auf seiner bequemen Couch saß und den Terminkalender auf ihrem iPad durchging, hielt Ruby ihren Kopf gesenkt. Sie versuchte, ihre Augen nicht immer funkeln zu lassen, wenn ihr Vater Alec erwähnte, ein falscher Blick, und ihr Vater verstand, das war ihre Befürchtung. „Sieh ihn dir nur an, wie er mit den Kindern rumtollt, wieder ganz der Alte ... fantastisch."

„Ja. Die Reaktionen im Internet waren auch durchweg positiv", sagte Ruby nickend. „Natürlich gab es auch einige Schwarzmaler, aber ich glaube, wir machen Fortschritte damit, von seinen früheren Problemen abzulenken."

Frühere Probleme, von denen niemand wusste. Es war unendlich viel schwieriger, die Öffentlichkeit auf seine Seite zu bekommen, wenn man den Leuten die entsprechenden Informationen vorenthielt.

„Gut. Ich weiß, ich war etwas streng zu dir, Ruby", sagte ihr Vater. „Aber ich wusste immer, dass du mit ihm umgehen kannst." Phil drehte sich in seinem Stuhl, um wieder auf den Computer zu schauen. Auch das war gut, denn Rubys Wangen wurden rot, als sie sich vorstellte, wie gut sie mit ihm „umgehen" konnte.

„Danke, Dad!"

„Mach weiter so. Und denk dran: Es gibt einen Grund, warum diese Footballspieler so erfolgreich sind."

„Sportliches Können?"

„Nein, sie sind charmant, und die Leute lechzen danach. Sei nicht so wie die, mein Mädchen." Er zwinkerte Ruby zu und machte sich wieder an seine Arbeit.

Ruby biss sich auf die Wange. Sie fühlte sich als hätte sie einen roten Buchstaben A auf die Stirn tätowiert mit einem blinkenden Schild, auf dem stand: *Ich habe mit Alec LeBrun geschlafen. Sein Charme hat mir das Höschen ausgezogen. Und zwar buchstäblich.*

Wenn Phil jemals heraus fand, dass sie mit ihm geschlafen hatte...

Als erstes würde er sie umbringen. Zweitens würde er sie entlassen. Und drittens wäre er von ihr als Tochter enttäuscht, und in Rubys Augen gab es nichts Schlimmeres. Ihr ganzes Leben lang war es darum gegangen, Dads Wohlwollen zu bekommen. sie musste sich ihm ständig beweisen. Sie würde in der Firma niemals ein Partner werden. O'Brien PR hatte strenge Regeln was das Verhältnis zu den Klienten betraf, und jeder, der diese Grenze überschritt, konnte das nicht wieder gut machen.

Niemals.

Als Phils Tochter hatte Ruby sogar noch mehr zu befürchten, wenn sie die Linie auch nur berührte. Ein Schritt drüber, und sie musste die Last seiner Verachtung tragen. Doch nur keine Sorge, er würde es ja nie erfahren. Das war eine einmalige Sache gewesen, und das würde sie auch bleiben. Jetzt musste sie nur noch Alecs Avancen ein Ende bereiten und ihm ein für allemal sagen, dass es vorbei war. Und es gab dafür keine bessere Gelegenheit als das Mittagessen.

Ruby fuhr zum Training der Bootleggers zum Stadion. Man führte sie in einen privaten Raum, wo sie auf Alec warten sollte. Sie durfte vielleicht bei Wohltätigkeitsveranstaltungen mit ihm rumhängen, doch beim Training war der Coach gnadenlos, da durften nur Spieler aufs Feld, damit die sich konzentrierten. Als die

Spieler vom Training hereinkamen und sich über das ganze Stadion verteilten, um ihr Mittagessen einzunehmen, stand Ruby auf und begrüßte Alec im Ruheraum.

„Hey, Alec."

„Red. Wartest du schon lange?" Alec kam in den Raum und wischte sich noch mit einem Handtuch den Schweiß von der Stirn. „Ich hab gar nicht auf die Zeit geachtet."

Zu ihrer Verärgerung war sie kaum in der Lage zu sprechen, während sie Alec so ansah. Er trug heute ein T-Shirt, das geradezu an seinen verschwitzten Muskeln klebte, und seine kurze Shorts überließ nur wenig der Fantasie. Erinnerungen an ihre gemeinsame Nacht strömten in ihr Gehirn. Sie versuchte so zu tun, als wäre sie nicht durcheinander und begann, vor sich in ihren Papieren zu blättern.

„Nein, eigentlich warte ich noch gar nicht lange." Sie hielt ihren Blick gesenkt, während Alec sich vor sie setzte. „Wolltest du gerne was essen?"

„Nö, ich werde gleich was essen. Nun erzähl, wie waren die Reaktionen, Red?"

„Gut. Nicht perfekt, aber gut. Deine Posts in den Social Media haben gute Kommentare bekommen und sind oft geteilt worden, das ist großartig. Je mehr Leute diese Bilder sehen, desto besser für uns." Sie schob ihm ihr Handy zu, nachdem sie die Kommentare in einem großen Celebrityblog geöffnet hatte. „Ließ den vorletzten Kommentar."

Das machte er, und sein Grinsen verwandelte sich in ein verwirrtes Stirnrunzeln. „Alec LeBrun ist solch ein Heuchler", las er. „Meinen die wirklich, wir vergessen, dass er mehrere Leute angegriffen hat? Niemals." Er sah auf. „Ich habe niemanden angegriffen."

„Alec, deinen Teamkollegen zu schlagen ist definitiv ein Angriff."

„Das ist im Grund wie ein Zanken unter Geschwistern", konterte er, und Ruby seufzte.

„Das verstehe ich ja, aber es zeigt uns, wogegen wir uns wehren müssen. Wir können nicht die ganze Welt überzeugen, aber wir können genügend viele Leute überzeugen, dass du es ernst meinst. Viele meinen, dass du nur den Dreck wegwischst mit ein paar guten Taten. Wir müssen den Einsatz erhöhen."

„Das heißt?"

„Erstens wirst du noch ein Interview geben. Und ganz sicher weitere Fotos, obwohl es diesmal etwas unauffälligere Gelegenheiten sein werden. Einkaufen im Supermarkt in einer ruhigen Gegend. Etwas, das ein Normalsterblicher tun würde."

Er verzog das Gesicht. „Das war's? Ich gehe in den Supermarkt, kaufe mir eine Packung Frühstücksflocken, und die Leute werden mich wieder lieben?" Schnaubend schob er ihr ihr Handy wieder zurück. „Manchmal verstehe ich das nicht."

„Ich auch nicht, aber so ist es nun mal. Ich würde vorschlagen, dass wir so weitermachen. Bis jetzt hat das funktioniert, was wir gemacht haben, Alec."

Und trotzdem sah er nicht glücklich aus.

Nachdenklich lehnte er sich in seinem Stuhl zurück und stieß einen Atem aus. Ruby fragte sich, woher dieser Alec nun gekommen war. „Was stimmt denn nicht, Alec? Erzähl's mir."

„Du weißt, was nicht stimmt."

„Tue ich nicht, wenn du es mir nicht erzählst."

„Ich soll es dir erzählen? Na schön. Diese letzten paar Wochen mit dir, Ruby, waren die besten meines Lebens. Doch es waren auch die schlimmsten. Mit dir zusammen zu sein ist toll, aber ich bin egoistisch. Ich will mehr." Sein Blick brachte sie um. So tief und voller Seele, so voller Ausdruck und ernst. Sie hatte in letzter Zeit so viel mit ihm zu tun gehabt, sie wusste, wann er die Wahrheit sagte, und Alec wollte wirklich mehr von Ruby.

„Du weißt, dass wir das nicht tun können."

Er starrte sie an, sah aus, als hätte er gern mit ihr darüber diskutiert, doch dann nickte er. „Das akzeptiere ich. Erst mal. Doch erst wenn ich diesen Kuss bekomme."

„Welchen Kuss?"

„Den, den du mir seit dem Park schuldest."

Sie öffnete ihren Mund, schloss ihn jedoch sogleich wieder. Eine Farbwelle flutete ihre Wangen, und sie wünschte, er hätte nicht die Fähigkeit, sie so schnell in Verlegenheit zu bringen. Sie schnalzte mit der Zunge. „Du bist wie ein Kind mit einer Aufmerksamkeitsstörung, weißt du das?"

„Ich dachte, wir hätten uns schon darauf geeinigt, dass ich kein Kind bin, Ruby." Er stand auf und zog sie an sich.

„Wirst du jetzt gnädig sein und mir diesen einen Kuss gewähren?"

Sie wollte schon Ja sagen. Er hatte in den letzten Wochen alles so gut gemacht, und sie wollte ihn wirklich für seine Geduld belohnen – ach was, wem machte sie eigentlich etwas vor? *Sie wollte ihn.* Er sah gut aus, war charmant, und jeden Moment, den sie mit ihm zusammen war, fühlte sie sich nur mehr zu ihm hingezogen.

Ruby schüttelte den Kopf. „Du weißt doch, dass ich nicht kann", flüsterte sie und spürte zu ihrer Überraschung Tränen in den Augen. „Das hier ist so ein typischer Fall von ‚Es liegt nicht an dir, es liegt an mir.' Oder es liegt an uns beiden. Das verstehst du doch, oder?"

„Nein. Das verstehe ich nicht. Kein bisschen."

„Ich glaube, du willst es bloß nicht verstehen. Du bist so fixiert auf das, was du willst, dass du nicht das Ganze überblickst."

„Vertrau mir. Ich überblicke schon das Ganze, Ruby..."

Ihr Handy läutete. Ihr Dad rief sie an. Sie wollte nicht mitten in einer Mittagsbesprechung rangehen, also lehnte sie den Anruf ab.

„Ist das nicht etwas herzlos, einen Anruf deines Dads abzulehnen?"

„Er weiß, was ich gerade mache. Ich werde ihn zurückrufen, wenn wir fertig sind."

„Vielleicht ist es ja wichtig", sagte Alec.

Er hatte recht – vielleicht war es wichtig. Besonders da ihr Vater ein zweites Mal anrief, anstatt eine Nachricht zu hinterlassen. „Eine Sekunde." Ruby stand auf, ging in die Ecke des Raums und meldete sich. „Hey, Dad."

„Ruby, ist LeBrun grade bei dir?" Sein Tonfall war kurz angebunden, und einen Moment lang fragte sie sich, ob er sie erwischt hatte und ihr jetzt die Standpauke des Jahrhunderts halten würde.

„Ja. Was ist denn los?"

„Okay. Dann sag ihm ... er hat ein Angebot von Sports Armour, der größten Bekleidungsfirma. Sie bieten ihm ein großes – und ich meine ein GROSSES Sponsoring an, Ruby. Riesig!" Sie hatte ihren Dad noch so aufgeregt gehört. Erleichtert stieß sie den Atem aus. „Das ist die größte Sache, die ihm je angeboten worden ist, das Größte, was je über unseren Schreibtisch gewandert ist. Sie möchten, dass er sich ganz verpflichtet, exzellente Honorare und ein riesiger Vorschuss. Erzähl's ihm und sag mir, was ihr beide davon haltet. Gut gemacht, Ruby. Gut gemacht!"

Phil legte auf, und Ruby starrte noch in die Ecke.

Ein großes Sponsoring war genau das, was sie gewollt hatten.

Es hieß aber auch, dass sie sich noch mehr voneinander entfernen mussten. Bei einem Sponsoring wie dem von Sports Armour konnte man sich keine Fehler erlauben. Sie durften sich nie wieder beinahe küssen in einem öffentlichen Park, durften sich nicht daten und auf keinen Fall noch einmal miteinander schlafen.

„Ist alles in Ordnung, Red?" Allein Alecs tiefe Stimme machte ihr klar, wie schwer das sein würde.

„Und ob." Sie wirbelte herum. „Du hast ein Angebot. Ein großes."

„Wer?" Seine Augen leuchteten auf wie ein Hoffnungsstrahl in der Finsternis.

Ein langsames Lächeln breitete sich über ihre Lippen. Sie war froh, dass sie ihm diese frohe Botschaft überbringen konnte. Das hieß, sie konnte ihn noch einmal glücklich sehen, und sie überbrachte ungern schlechte Nachrichten, zumindest auf privater Ebene. „Sports Armour."

Alec jubelte, drehte sich einmal, hob sie in die Luft, warf sie hoch und fing sie sicher wieder auf. Alles zugleich. Einfach so. Keine große Sache oder so. „Heilige Scheiße, Red! Du veräppelst mich!"

„Ich veräpple dich nicht!" Sie lachte. Das Adrenalin schoss durch ihren Körper, weil sie gerade von einem großen, starken Mann herumgeworfen worden war. Und nicht von irgendeinem Mann. Von dem, den sie sich so verzweifelt in ihrem Leben wünschte. „Der Deal gehört dir, musst nur akzeptieren."

Er schüttelte den Kopf als könnte er es noch nicht glauben, dann legte er seine riesigen Hände um ihr Gesicht. „Komm her, du." Der Kuss war köstlich, schmeckte nach Moschus, er glitzerte und schmerzte zugleich. Schmerzhaft, weil sie nicht wollte, dass es aufhörte. Ihr Herz sehnte sich danach, seine Aufmerksamkeit anzunehmen, irgendwo feiern zu gehen, die ganze Nacht rumzumachen und vielleicht das Rendezvous im Stadion zu wiederholen.

Plötzlich flog die Tür auf und Vince, einer der Trainerassistenten kam herein.

„Alec, bist du fertig–? Oh, hey, Ruby. Sorry, wusste nicht, dass ich euch bei irgendwas stören würde." Kurz bevor er die Tür schloss, warf er Ruby einen Blick zu, der schon beinahe lüstern war. Vince war schon immer gruselig gewesen. „Dann lasse ich euch beiden Turteltauben mal allein", schnurrte er und schloss die Tür.

KAPITEL ACHT

„Nein, nein, nein, nein", flüsterte Ruby. Einen Blick auf sie, und Alec wusste, dass sie gerade den Verstand verlor.

Ihr Gesicht war gerötet, ihre Augen geweitet, ihr Körper erstarrt.

„Ruby, jetzt dreh nicht durch", sagte er schnell.

In Wahrheit hatte sie jeden Grund durchzudrehen. Vince war nicht nur ein Depp, er war auch noch die schlechteste denkbare Person, die sie mit aufeinander gepressten Lippen hätte erwischen dürfen. Der Typ war eine wandelnde Social Media-App, verbreitete Neuigkeiten und Lügen und Dreck, schlimmer als ein Stadtschreier. Schlimmer als Nana, Alecs achtzigjährige Oma.

„Dreh nicht durch! Dreh nicht durch? Die Frage ist, warum drehst *du* nicht durch? Er hat gerade – wir haben gerade – Oh Gott!" Ihre Augen schossen zu der Tür, die Vince gerade hinter sich zu gemacht hatte, dann zu einer anderen Tür, die zum Lieferantengang und dann zum Parkplatz führte. „Ich muss hier raus." Rasch ging sie hin, riss sie auf, drückte sich dann hindurch, Alec dicht hinter ihr.

Bevor sie den Parkplatz erreichten, griff Alec nach ihrem Arm und hielt sie zurück. „Ruby, lass uns darüber reden."

Sie wirbelte herum und Alec ließ seine Hand sinken und trat einen Schritt zurück. „Was gibt es da zu reden, Alec? Er hat gesehen, wie wir uns geküsst haben!"

Er strich sich mit einer Hand durchs Haar. „Das tut mir leid, Red. Ich war so aufgeregt wegen der guten Nachricht mit dem Sponsoring. Vielleicht wird Vince es ja niemandem erzählen."

„Vince wird es jedem erzählen!" In Rubys Augen sammelten sich die Tränen. Ihr Mund öffnete und schloss sich immer wieder, als suchte sie nach den richtigen Worten. Sie schüttelte den Kopf, blaue Seen reflektieren ihre Scham und ihre Furcht. Es missfiel ihm, dass es sie beschämte, beim Kuss mit ihm erwischt worden zu sein.

Er hätte sie so gerne gehalten, doch als er sich ihr näherte, machte sie einen Schritt zurück. Sie blinzelte ihre Tränen beiseite. „Alles lief so gut. Deine Fans haben dich unterstützt, du hast es auf dem Spielfeld wieder voll gebracht, mein Vater war stolz auf mich wegen meiner Arbeit und dann auch noch das Sponsoring..." Sie schüttelte den Kopf. „Mein Gott. Die Leute werden denken, dass ich dich und Colleen auseinander gebracht habe. Du wirst das Sponsoring verlieren, bevor du es überhaupt hattest. Und mein Vater ... Selbst wenn wir ihm erklären, dass der Kuss nur eine spontane Reaktion auf die gute Nachricht war, das er nichts bedeutet hat, bin ich am Arsch."

Alec schnaubte und verschränkte die Arme vor der Brust. Verdammt, er wusste, dass ihr der Kuss etwas bedeutet hatte. Das *er* ihr etwas bedeutete. Tatsächlich vermutete er sogar mittlerweile, dass er ihr so viel bedeutete, dass es ihr Angst machte. Dass sein Antrag an Colleen sie so sehr verletzt hatte, und dass das der eigentliche Grund war, weswegen sie sich auf nichts Persönliches mit ihm einlassen wollte. Klar, die Tatsache, dass sie zusammen arbeiteten und dass sie ihren Vater nicht enttäuschen wollte, waren eine überzeugende Ausrede, doch wahrscheinlich hatte sie mehr Angst vor dem, wohin ihre Küsse sie führen könnten und wie verletzlich ihr Herz am Ende wäre, wenn sie sich ihm vollkommen öffnen würde. Er konnte ihr deswegen nicht einmal wirklich einen Vorwurf machen. Die Vorstellung, sie hätte so viel Macht über ihn, war auch nicht sehr beruhigend. Selbst als er mit einer anderen Frau verlobt gewesen war, hatte er die ganze Zeit an Ruby gedacht, und das war gewesen, bevor er sie überhaupt geküsst hatte. Jetzt? Sie war ihm in Fleisch und Blut übergegangen.

„Ich habe gesehen, was diese bedeutungslosen Küsse bewirkt haben, Ruby. Ich habe dein Herz klopfen gehört und gesehen, wie dein Hände zitterten. Du kannst nicht behaupten, dass sie dir nichts bedeutet haben."

Sie schüttelte den Kopf und warf die Arme in die

Luft. „Ich habe nie gesagt, dass es nichts bedeutet hat, Alec. Doch es ist wahrscheinlich das, was wir den Leuten erzählen sollten."

„Da bin ich anderer Ansicht. Ich glaube, wir sollten alles gestehen."

Ihre Augen wurden weit. „Soll das ein Scherz sein? Dein genialer Plan sieht so aus, dass du allen erzählst, dass wir..." Sie senkte ihre Stimme zu einem Zischen, „auf dem Footballfeld gefickt haben, weil wir sturzbesoffen waren? Meinst du das ernst, Alec?"

Alecs Kiefer verkrampfte sich. „Erstens waren wir nicht sturzbesoffen. Wir hatten jeder nur einen doppelten Whisky. Und, nein, das ist nicht, was wir allen erzählen sollten. Ich denke, wir sollten allen erzählen, dass wir diesen letzten Monat miteinander gearbeitet haben und dass wir Gefühle füreinander entwickelt haben."

„Warum sollte irgendwer sich für unsere Gefühle interessieren?", schrie Ruby.

Zumindest leugnete sie nicht, *dass* sie etwas für ihn empfand. „Die Leute lieben Liebesgeschichten. Denk mal darüber nach. Ich finde eine neue Liebe, nachdem meine Verlobung zerbrochen ist? Zu der Frau, die in den letzten Monaten an meiner Seite war, die mich wieder zur Besinnung gebracht hat, nur das Gute in mir gesehen hat, einen guten Einfluss auf mich hatte. Sie werden mit uns mitfiebern."

„Das ist ein gewagtes Spiel."

Er nahm ihre Hände und legte sie an die Seiten seines Gesichts, um ihre Wärme zu spüren. Sie zog sie nicht fort.

„Das ist eins, das ich bereit bin einzugehen. Das ist außerdem ein geschickter Schachzug, und du weißt das auch. Ja, einige werden uns kritisieren, und Colleen wird ausflippen. Aber du weißt besser als sonstwer, dass, wenn wir es Vince überlassen und die Gerüchte erst einmal kursieren, es tausendfach schlimmer sein könnte. Schadenskontrolle ist einfacher, als irgendwelchen Gerüchten aus dem Weg zu gehen. Wenn wir es so anfangen, auf unsere Art, indem wir ehrlich sind, dann behalten wir wenigstens die Kontrolle. Spielen nach unseren Regeln."

Sie starrte ihn eine Sekunde lang an, dann schloss sie die Augen und atmete einmal tief ein. „Langsam hörst du dich wie ich an."

Alec lächelte. „Richtig. Das heißt, was ich sage, ist sinnvoll." Er schob ihr die rötlichen Strähnen hinter die Ohren. „Aber ich will ehrlich sein, Ruby, wenn wir der Welt unsere Gefühle gestehen, dann geht es dabei nicht nur darum, unsere Karrieren zu schützen. Ich weiß, du wolltest warten, aber wenn wir dadurch früher als später erkunden können, was zwischen uns ist, dann bin ich höllisch begeistert davon."

Sie biss sich auf die Lippe, ihr Ausdruck war vom Zweifel immer noch verhangen.

„Sag mir die Wahrheit, Ruby. Wenn dein Job, mein Job, die Öffentlichkeit, Colleen, dein Vater – wenn das alles nicht zählte, wenn es nur dich und mich gäbe und es nur darum ginge, was wir wollten, was würdest du dann tun wollen?"

„Wenn all das nicht zählte, dann ja. Natürlich würde ich mit dir zusammen sein wollen, Alec. Es wäre mir egal, wenn die ganze Welt es wüsste. Doch mein Vater wird nicht zu den Leuten gehören, die mit uns mitfiebern. Er wird diesen Kuss als unverantwortliches Verhalten meinerseits betrachten. Und trotzdem ist mein Job nicht mal das Größte, das hier auf dem Spiel steht. Möchtest du denn deinen Ruf nicht schützen? Möchtest du nicht deine Chance auf dieses Sponsoring? Wenn die Leute denken, du hast Colleen mit mir betrogen–"

Er nahm rasch ihr Gesicht in seine Hände, und sie schnappte nach Luft. „Ruby, ich will *dich*. Ich habe schon einmal zugelassen, dass Colleens Lügen das zwischen uns kaputt gemacht haben, ich werde nicht zulassen, dass Vincent, dein Vater oder dieses potentielle Sponsoring von Sports Armour wieder alles zerstören. Wir sind doch keine Kriminellen, um Gottes willen. Wir haben niemanden umgebracht. Das Schlimmste, das wir getan haben, ist, in einer Geschäftsbeziehung Gefühle füreinander entwickelt zu haben. Das ist schon vorgekommen und wird wieder vorkommen. Die Leute werden das verstehen."

„Anfangs vielleicht. Aber was, wenn es zwischen uns nicht läuft? In einem Monat – verdammt, morgen – könntest du genug von mir haben. Du willst vielleicht eine andere."

Er zuckte zusammen und neigte den Kopf. „Das also denkst du von mir? Dass ich so windig bin?"

Sie schloss die Augen. „Alec–"

„Ruby, ich verstehe ja, dass die Sache mit Colleen

dich misstrauisch gemacht hat, aber ich habe dir die Wahrheit gesagt. Dich habe ich die ganze Zeit gewollt. Ich bin dafür, uns eine Chance zu geben. Gib mir eine Chance. Ich werde dich nicht enttäuschen."

Mehr konnte er nicht tun oder sagen. Er hatte alle Karten auf den Tisch gelegt. Er hatte seine Gefühle offenbart. Der Ball war jetzt bei ihr.

Sie biss sich auf die Lippe. „Ich weiß nicht, Alec. Ich weiß einfach–"

Rubys Handy klingelte. Sie sah hinab, und Furcht erfüllte ihr Gesicht. „Es ist mein Vater. Schon wieder. Siehst du? So schnell ist es bei ihm angekommen.

„Das kannst du nicht wissen."

„Nein. Aber ich muss ihm sagen, was Vincent gesehen hat. Er muss gewappnet sein."

Alec nickte. „Mach das. Aber darf ich dich um eine Sache bitten? Kannst du den Anruf auf laut stellen? Denn ich habe dich geküsst, und wenn du dafür die Konsequenzen tragen musst, dann möchte ich, dass wir sie gemeinsam tragen."

Das Handy klingelte weiter.

Ruby starrte es an, dann Alec, dann wieder das Handy. Endlich biss sie sich auf die Lippe und nahm den Anruf an, drückte auf den Lautsprecherknopf.

„Hi, Dad."

„Hallo, mein Schatz. Hast du für LeBrun am Freitag schon was geplant? Ich glaube, es wäre eine gute Idee, wenn wir ihn zu der Rennveranstaltung in der Stadt bringen. Das dauert nicht lange und würde Wunder wirken bei der Crossover Sportöffentlichkeit."

„Das werde ich gleich nachschauen", sagte Ruby. „Aber, ähm... Ich muss dir etwas sagen, Dad." Sie drehte sich zur Seite, als wollte sie ungestört reden, doch Alec konnte immer noch alles mithören. „Könnte sein, dass du heute oder morgen etwas hörst ... darüber, dass Alec LeBrun und ich uns in der Umkleide geküsst haben. Jetzt flipp nicht aus. Es gibt eine einfache Erklärung dafür."

Phil O'Brien war so lange still, dass Alec schon innerlich zusammenzuckte. „Was für eine Erklärung, Ruby", fragte er endlich mit barscher Stimme.

„Na ja, in dem Moment, als Alec von dem Sponsoring erzählte, hat er mich vor Freude geküsst. Und genau in dem Moment kam einer der Trainerassistenten herein. Er könnte es ... missverstanden haben."

Alec runzelte die Stirn, als Ruby ihn ansah. Das war ganz offensichtlich nicht das, was sie seiner Meinung nach hätte sagen sollen. Er wollte, dass sie ihm vertraute. Seiner Idee vertraute. Es versuchte zu erkunden, was sie füreinander sein konnten. Aber das hier war ihr Vater. Ihre Karriere. Sie hatte ein Recht darauf, die Dinge so anzugehen wie sie es für richtig hielt.

Phil war erneut ein paar Sekunden lang still, dann seufzte er. „Okay, wir werden Folgendes tun. Tut so, als wärt ihr zusammen", sagte Phil. „Wir werden einfach die Einsame-Herzen-Karte ausspielen. Die Leute werden aus dem Häuschen sein. Das gute Mädchen, das den bösen Jungen zähmt."

„Bitte?" Rubys Augen, die Alecs nicht losgelassen

hatten, traten hervor. Alec hob seine Brauen und unterdrückte ein Grinsen. Er und Phil O'Brien gingen offenbar ähnlich an die Dinge heran. Die Frage war nur, ob Ruby dafür zu gewinnen war.

Ihrem Gesichtsausdruck nach zu urteilen hatte ihr Vater sie genauso wenig überzeugt wie Alec. „Bist du dir sicher, Dad? Das wird ... unprofessionell aussehen."

„Ist schon okay, Ruby", sagte ihr Vater. „Aber natürlich wirst du nicht mehr mit den Bootleggers arbeiten können. Vielleicht nimmst du dir erst mal eine Auszeit. Du kannst sofort gehen."

Phils Worte wischten Alec gleich das Grinsen vom Gesicht.

Ruby ließ die Schultern fallen, doch sie nickte. „Okay, und wem übergebe ich den Job–?"

„Nein." Alec schnappte sich das Handy aus Rubys Händen. Sie versuchte, es zurück zu bekommen, doch auf keinen Fall würde er zulassen, dass Ruby dadurch Probleme bekam. Und wenn es ihr Vater war. „Das wird nicht passieren, Mr. O'Brien. Ruby bleibt. Es war schließlich ihre harte Arbeit, weswegen ich nun die Chance auf ein Sponsoring bekomme. Wenn sie geht, gehe ich auch."

„LeBrun, das ist eine Sache zwischen mir und meiner Tochter."

„Und genau das sehen Sie falsch, Phil. Sie bestrafen sie für etwas, das ich getan habe. Ich habe sie geküsst, nicht Ruby mich. Wir müssen nicht so tun als wären wir zusammen. Ruby meint, wir sollen einfach sagen, dass wir gefeiert haben und es ein wenig zu weit ging. Dass der Kuss nichts bedeutet hat. Und ich vertraue ihr. Wenn sie nach den Regeln spielen möchte, dann werde ich so spielen."

Alec spürte, wie Ruby ihm ihre Hand auf den Arm legte. Er sah zu ihr hinunter und sprach mit ihr ohne Worte. Er hatte vielleicht den gleichen Vorschlag gemacht wie ihr Vater, aber sie hatte hier das Sagen, niemand sonst. Und ganz sicher würde sie nicht deswegen ihren Job verlieren.

„Das wird uns niemand abkaufen, also lassen wir das besser", sagte ihr Vater. „Zu sagen, dass ihr miteinander ausgeht ist die bessere Strategie."

„Kann sein. Wie gesagt, das muss Ruby entscheiden. Doch egal was sie sagt, sie bleibt Publicity Agentin bei den Bootleggers. Sie bleibt meine Publicity Agentin. Wenn Sie sie feuern, werde ich Sie feuern, und dann nehme ich den Sports Armour Deal mit zu einer anderen Firma. Ist das klar?"

Nachdem Phil einen Moment lang ruhig gewesen war, murmelte er: „Na schön, Ruby bleibt. Aber wenn Sie das Sponsoring wegen dieser Sache verlieren, dann bricht die Hölle los." Er hatte aufgelegt.

Alec hielt Ruby ihr Handy hin und stellte sich mental auf einen Wutausbruch ein. Und wirklich, sie schnappte sich ihr Handy und zischte: „Gott bewahre mich vor Männern, die es am besten wissen."

Alec zuckte zusammen. „Eigentlich meine ich, deinem Vater gesagt zu haben, dass *du* es am besten weißt.

Er sollte nur wissen, dass ich dir bei deiner Entscheidung den Rücken stärke."

„Das hättest du ihm aber nicht sagen sollen. Ich habe zugelassen, dass du bei dem Gespräch zuhören konntest, Alec. Ich hatte dir nicht erlaubt, mein Handy zu nehmen und das Gespräch an dich zu reißen. Das war ein Gespräch zwischen mir und meinem Vater. Meinem *Boss*."

Gott, sie sah so verdammt schön aus, wenn sie angepisst war. Natürlich lag ihm viel zu viel an seinem Leben, um ihr das jetzt zu sagen, und überhaupt hatte sie vollkommen recht. Und doch würde er alles wieder genau so machen, wenn er musste.

„Ruby, es tut mir leid, wenn das übergriffig war, doch du hast dich gegen deinen Dad überhaupt nicht zur Wehr gesetzt. Ich hatte da kein Problem mit. Jedenfalls ist dein Job jetzt gesichert. Und wie wir jetzt weitermachen ist deine Entscheidung. Die Frage ist, gehen wir auf Nummer sicher, indem wir diesen Kuss abtun, oder fangen wir an, miteinander auszugehen – öffentlich, ganz echt? Und, Ruby, wenn du dich gegen letzteres entscheidest, weil du das nicht für einen professionellen Schachzug hältst, dann ist das eine Sache. Aber wenn du dich dagegen entscheidest, weil du Angst vor dem hast, was du für mich empfindest, nun ... das ist etwas völlig anderes. Ich kann nur eins sagen ... Nicht. Sei nicht ängstlich. Gib mir eine Chance. Ich werde dich nicht enttäuschen."

Sie sah ihn so lange mit suchendem Blick an, sehnsüchtig sogar, doch sie sagte nichts. Sie blieb so stumm, dass er wusste, dass sie noch nicht überzeugt war.

Sie wollte ihm keine Chance geben. Nicht noch einmal. Nicht nachdem er alles vermasselt hatte, sie um eine Verabredung gebeten und dann Colleen einen Antrag gemacht hatte, und nachdem er sich dann auch noch wie ein vollkommenes Arschloch aufgeführt und dabei seine und ihre Karriere riskiert hatte. Schön.

Er seufzte. „Okay. Wir spielen nach deinen Regeln. Ich werde als erstes mit Vince sprechen und ihm sagen, dass der Kuss nichts bedeutet hat und dann werden wir sehen, was – umph."

Ganz plötzlich hatte Ruby ihre Arme um seinen Hals geschlungen und seinen Kopf zu einem Kuss herabgezogen. Als sie sich von ihm löste, lehnte sie ihre Stirn gegen seine und sagte: „Lass es uns tun. Lass uns ausgehen. Lass uns bis zum Umfallen miteinander ausgehen und sehen, wohin es uns führt."

Alec grinste und zog sie zu einem weiteren Kuss an sich.

KAPITEL NEUN

Sein Kuss fühlte sich warm und wärmend in der kühlen Herbstbrise an, sodass ihre Beine weich wurden und sich ihr Schambereich in heißes, flüssiges Magma verwandelte. In der Ferne hörte sie einen Pfiff auf dem Footballfeld. Alec löste sich widerstrebend von ihr und hob ihr Kinn, damit sie ihn ansah. Ruby versuchte, sich nicht zu fühlen, als wäre ihre andere Hälfte ihr gerade aus der Brust gerissen worden.

„Kommst du nachher zu mir? Ich mache dir ein Abendessen. Wir können über all das noch einmal reden, wenn wir nicht so unter Druck stehen. Mach dir keine Sorgen. Es wird alles gut, Red. Das verspreche ich."

Ruby nickte. Es war nicht leicht, das Versprechen anzunehmen, denn es gab keine Garantie. Es war auch nicht leicht zu hören, dass er meinte, sie habe vielleicht Angst davor, mit ihm zusammen zu sein, aber vielleicht hatte sie das auch?

Vielleicht hatte er Recht und sie hatte ihre Karriere

und die eiserne Faust ihres Vaters nur als Vorwand benutzt, um Alec nicht näher zu kommen, denn selbst ein geläuterter böser Junge war immer noch ein böser Junge.

Als Alec mit diesem perfekten Gang eines erfahrenen Spielers davonlief, ließ Ruby sich in ihr Auto gleiten und stieß die Luft aus, die sie angehalten hatte.

„Heilige Scheiße", sprach sie in die Stille ihres Autos.

Aufregung, Furcht und pure Lust wirbelten gemeinsam durch ihre Seele.

Worauf hatte sie sich nur eingelassen? Würde er ihr wehtun?

Wenn sie das hier machte ..., wenn sie zustimmte, mit Alec auszugehen ... dann würde sich ihre Welt dramatisch verändern. Sie wäre bald schon im Auge der Öffentlichkeit, nicht mehr dahinter. Sie würde auf Fotos mit Alec erscheinen, ihn zu Wohltätigkeitsveranstaltungen begleiten, die Leute würden sie als Alec LeBruns Freundin kennen. Vielleicht nannte man sie dann "Al-Uby" oder schlimmer noch – „Rub-Ec."

Ruby verzog das Gesicht und startete ihren Wagen.

Doch würde es auch halten? Die Möglichkeit, dass sie für Alec vielleicht nur ein Lückenbüßer nach Colleen war, gefiel ihr gar nicht. Man könnte ihr vorwerfen, dass sie sich zwischen die beiden gedrängt habe. Es gab so viele gute Gründe, die an ihr nagten, doch ihr Bauchgefühl sagte ihr, dass Alec genau so war wie er wirkte – ein guter Typ, der ein paarmal auf Abwege geraten war und jetzt versuchte, seinen Weg wiederzufinden.

Ruby wollte nur sichergehen, dass sie dieser Weg war.

Sie konnte ihm nicht länger widerstehen. Sie hatte ihn immer gewollt, und jetzt, da er sie auch wollte, war es alles ein wenig überwältigend. Es war eine Sache, sich vorzustellen, dass ihr gutaussehender, charmanter Klient sie eines Tages wahrnehmen würde, und etwas ganz anderes, zu wissen, dass er tatsächlich einen Schritt weitergehen wollte, dass er sie verwöhnen wollte, nicht nur sexuell. Ihm schien wirklich etwas an ihr zu liegen, und die Vorstellung, die ganze Welt könnte davon erfahren, gefiel ihm.

Jetzt musste Ruby sich nur noch beruhigen und es genießen.

Am Abend klingelte sie an dem protzigen Haus in Thomas Square Streetcar. Sie hatte eine Flasche Wein mitgebracht, trug Jeans und ein aufreizendes grünes Top, nicht zu sexy. Bequem, etwas romantisch und *entspannt*, dachte sie.

Ich bin entspannt. Ich bin entspanntastisch. Ich bin die Verkörperung des Entspanntseins.

Als Alec dreißig Sekunden später die Tür öffnete war sie jedoch wieder das reinste Nervenbündel. Die Tür des umwerfenden Herrensitzes wurde entriegelt. Ein gefährlich gutaussehender Mann in Jeans und einem T-Shirt, das seinen Körper betonte, begrüßte sie. „Da ist sie ja. Mein liebster Rotschopf."

Alec.

Da war dieses Lächeln. Bei ihm hatte Ruby immer das Gefühl, sie wäre aus Gummi.

Umgeben von der Opulenz seines Hauses, das er sich mit seinen bloßen Händen erarbeitet hatte, sah er sogar noch hinreißender aus. Mit einem Football hatte er das alles verdient. Seine harte Arbeit hatte ihm das verdient.

„Moooment. Wenn wir wirklich zusammen sein wollen", sagte sie und betrat grinsend den Eingangsbereich, „dann sollte ich wohl eher für dich die liebste *Person* sein, oder nicht?" Sie lachte und reichte ihm die Weinflasche, die er ihr abnahm, bevor er sie dann in seine Arme zog.

„Du hast ja so recht. Komm her!" Sie schmolz an seine Brust. Verdammt, er duftete köstlich, wie Rosmarin und Würze, aber auch nach etwas, das sie nicht benennen konnte. Sie wusste, dass sie nun ein Problem hatte. Die Art von Problem, bei der man sich wünschte, öfter böse zu sein, wenn die Strafe so aussah wie Alec LeBrun.

„Hier duftet es zum Anbeißen."

„Du meinst abgesehen von dir?" Er schloss die Tür und ließ sie hereinkommen. „Verdammt, Mädchen. Du siehst toll aus, sogar noch toller als sonst. Wie schaffst du es nur, jedes Mal schöner zu sein, wenn ich dich sehe?"

„Hör auf, du verrückter Kerl!" Sie wurde rot. Klar, er flirtete mit ihr, und es konnten alles nur schöne Worte sein, doch sie spürte seine Worte. Sie fühlte sich jedes Mal hübscher, wenn sie ihn sah, und vielleicht war er der Grund dafür. Dafür, dass er ihren natürlichen Zauber hervorlockte.

„Du kommst genau richtig. Der Butternusskürbis ist fertig geröstet. Ich werde jetzt die Steaks auf den Grill legen, es sei denn, du möchtest noch warten?"

Er sagte irgendwas über Essen. Sie war sich nicht sicher, denn sie konnte sich nicht konzentrieren. Sie war in den Häusern berühmter Leute gewesen, die alle grau oder weiß, monochrom, langweilig und ohne jegliches Gefühl gewesen waren. Doch Alecs Haus war warm und einladend mit seinen Holzfußböden, den wundervollen modernen Gemälden, und sogar ein kleines Kätzchen versteckte sich im Schatten.

„Wenn du möchtest, können wir jetzt essen. Ich bin am Verhungern. Wer ist das denn?" Sie ging in die Hocke, um eine ganz graue Katze mit grünen Augen zu streicheln, die auf sie zu stolziert kam.

„Das ist Henna. Sie mag dich. Sie geht sonst nie auf jemanden zu."

„Das sagst du doch nur so." Ruby kraulte Henna zwischen den Ohren.

„Das meine ich todernst. Das ist eine Streunerin, die ich letztes Jahr, vor dem letzten Hurrikan in meinem Garten entdeckt habe. Ich habe sie hereingeholt, damit sie in Sicherheit war. Seitdem ist sie bei mir. Sie hasst neunundneunzig Prozent aller Menschen, denen sie begegnet."

Rubys Herz wurde ganz warm, und das Beste war, sie spürte, dass es stimmte. Sie wusste es durch die Art, wie er es gesagt hatte, ohne, dass es ihm um Aufmerksamkeit oder ein Lob gegangen war, er war danach einfach in die Küche gegangen. Diese Kreatur hatte ein gutes Leben geschenkt bekommen, und das hatte sie einem bestimmten großspurigen Footballspieler zu verdanken. Sie fragte sich kurz, ob Henna wohl Colleen gemocht hatte, doch als ihr der Gedanke kam, schob sie ihn auch gleich beiseite.

Colleen würde ihnen nicht noch ein Abendessen verderben.

„Warum ist *die* Geschichte denn nie bekannt geworden?", fragte sie. „Die Leute hätten das geliebt."

Alec zuckte die Schulter. Ruby und Henna folgten ihm. „Ich weiß nicht, aber wir behalten es lieber für uns. Henna ist schüchtern, und ihr würde die Aufmerksamkeit gar nicht gefallen." Er schmunzelte, dann öffnete er den Ofen und holte das geröstete Gemüse hervor.

„Schön, schön. Das sieht toll aus", sagte Ruby. „Ich wusste gar nicht, dass du kochen kannst."

Alec warf ihr einen Blick zu. „Es gibt eine Menge Sachen, die du nicht von mir weißt, Miss O'Brien." So wie er das sagte, zog sich ihr der Magen zusammen. Wirklich. Sie lernte diesen Mann ja erst kennen, doch sie war sich nicht sicher, wovor sie eigentlich Angst gehabt hatte. Nachdem er eine Pfanne für die Steaks erhitzt und sich und Ruby den Cabernet eingeschenkt hatte, den sie mitgebracht hatte, fragte er: „Hast du Haustiere?"

„Ich?" Sie stockte. „Schön wär's." Henna sprang auf den Küchenschrank und krümmte ihren Rücken an Rubys Hand. Ihre strahlenden Augen blinzelten glücklich. „Mein Dad wollte nie, dass wir welche haben. Er meinte immer, Haustiere würden das Haus ruinieren."

„Wow! War er streng, als du aufgewachsen bist? Dein Dad? Macht so den Eindruck."

Ruby setzte sich an die Kochinsel und sah zu wie Alec die marinierten Steaks in die Pfanne legte. „Das konnte er, ja. Ich glaube, zu mir war er strenger als zu meinen Brüdern, vielleicht weil er dachte, ein Mädchen würde es schwerer haben."

„Na ja, hat geklappt, oder? Schließlich bist du tough, lässt dir von niemandem etwas vormachen und bist die Beste in deinem Gebiet. Ich bewundere den Mann. Er hat dich groß gezogen."

„Ich weiß nicht, ob ich die Beste bin, aber ich habe eine ziemlich gute Arbeitsmoral."

„Eine ziemlich gute Arbeitsmoral ist etwas Seltenes, Ruby."

Sie nickte. Sie hielt das nicht für selten, aber natürlich wusste sie nicht, woher Alec kam. Vielleicht dachte er an die Frauen, die er in seinem Leben kennengelernt hatte. Vielleicht dachte er an seine Mutter. „Warum sagst du das?", traute sie sich zu fragen. Er hatte nie viel über seine Familie gesprochen, und sie hatte es immer wissen wollen.

Alec warf ihr einen Seitenblick zu. „Lass mich nur sagen, dass ich eine Frau kenne, die sich ihr Leben lang den Arsch aufgerissen habe. Du würdest sie mögen."

„Deine Mom?", riet Ruby.

„Du hast es erfasst."

„Du sprichst nicht viel von ihr. Ich habe mich gar nicht getraut zu fragen."

„Sie möchte aus dem Rampenlicht herausgehalten werden, und ich bemühe mich, ihr diesen Gefallen zu tun. Sie ist umwerfend. Sie hat mich ohne jegliche Hilfe großgezogen. Sie war und ist immer noch zwei Elternteile in einem, da mein Dad sie verlassen hat, als ich noch ein Baby war."

„Oh Gott, das tut mir leid!" Ein paar Teile von Alecs Puzzle rückten an ihren Platz. Es musste erschreckend gewesen sein zu erfahren, dass er Vater würde. Wahrscheinlich hatte er achtundzwanzig Jahre Fehler seines Vaters wiedergutmachen wollen.

„Danke! Sie hat mir so viel beigebracht. Über Sport, über Teamwork. Sie hat mir sogar das Kochen beigebracht."

„Ah, daher kommt das."

„Schätze schon. Die meisten meiner Freunde haben sich nach der Schule was in die Mikrowelle geschoben, doch meine Mom hat mir gezeigt, wie man Schmorbraten macht, Parmesanhähnchen, Pizza..." Er goss etwas Wein in die Pfanne und verrührte ihn. „Kann jemand Sauce reduzieren?"

„Okay, das ist jetzt reine Angabe!" Sie lächelte, inhalierte die köstlichen Düfte, die sich in der Küche verteilten. „Mal ehrlich, ich kann es nicht abwarten, dass diese Steaks endlich fertig sind." Ihr Magen knurrte nun, und sie konnte ihr Glück kaum fassen. Umwerfend, sportlich und auch noch ein talentierter Koch. Selbst Henna miaute, weil sie etwas abhaben wollte.

Er lächelte, beugte sich über die Kochinsel und streichelte Hennas Kopf und Rücken. Dann küsste er Ruby auf die Stirn. „Fast fertig. Ich erkenne ein hungriges Gesicht, wenn ich es sehe."

Ach, er hatte ja keine Ahnung. Sie war auf so viele Weisen hungrig. Auf dem Weg hierher war sie sich nicht sicher gewesen, wie weit sie heute Abend mit Alec gehen wollte, sie wollte erst einmal gut bei ihm ankommen. Eine Verbindung zu ihm aufbauen wie in den letzten Wochen. Bei ihrem ersten Mal waren sie impulsiv gewesen, dieses Mal wollte sie es etwas langsamer angehen lassen. Mehr über ihn herausfinden.

„Warum bist du dann nicht Koch geworden?", fragte sie. „Warum bist du beim Football gelandet?"

„Football war immer so eine Art Refugium für mich. Versteh mich nicht falsch, ich koche gerne, aber als Kind war es eine Qual, etwas, das man eben tun musste. Football war die eine Sache, bei der ich mich frei gefühlt habe, bei der ich meinem Alter entsprechend handeln konnte. Wenn man eine alleinerziehende Mutter hat, dann muss man etwas schneller erwachsen werden."

Ruby nickte. Sie hatte das Glück, zwei Elternteile zu haben und auf eine normale Kindheit zurückzublicken. Sie waren nicht reich, aber sie hatten gute Zeiten gehabt, schöne Geschenke zu Weihnachten bekommen und schöne Urlaube. Sie wusste, dass das ein Segen war.

„Deine Mom ist bestimmt stolz auf dich", sagte Ruby und meinte es auch so. Wenn sie einen Sohn wie Alec gehabt hätte, wäre sie unendlich stolz, was er alles erreicht hatte. Sie hätte sich in letzter Zeit höllisch viele Sorgen um sein Privatleben gemacht, aber sie wäre immer noch stolz. Sie wollte sich Alec jedoch nicht zu sehr als Kind vorstellen, denn dann wäre er in ihren Augen noch realer, und je realer er ihr vorkam, desto mehr wollte sie ihm helfen, ihn und sein Herz heilen. Desto mehr wollte sie Teil seiner zukünftigen Erinnerungen werden.

Ich habe Angst davor, mich zu sehr in ihn zu verlieben, dachte sie plötzlich und nippte an ihrem Weinglas.

Warum lächelte er denn so? Seine Augen funkelten.

„Was?" Sie lächelte.

„Nichts. Du siehst nur gerade so richtig zufrieden aus. Das gefällt mir. Du siehst entspannt aus."

„Ich bin auch entspannt." Und von dem Wein fühlte sie sich von Sekunde zu Sekunde noch entspannter.

Sie machte sich daran, den Salat fertig zu machen, füllte den gerösteten Kürbis in eine Schüssel auf dem Tisch und kümmerte sich um den Rest, während Alec die Steaks zu Ende zubereitete und sie auf Teller legte. *Mein eigener, persönlicher Chefkoch*, dachte sie grinsend. Es war so schön, sich zu unterhalten, bei einer fantastischen Mahlzeit zu sitzen – und das war sie *wirklich*, die beste, die sie seit langem gehabt hatte – und einfach mit Alec zusammen zu sein. Keine Sorgen, kein Reden über den Kuss von vorhin oder ihren Vater oder die vergangenen Ereignisse.

„Auf einen Neuanfang", sagte Alec und hob sein Glas für einen Toast. „Das haben wir wirklich gebraucht."

„Das stimmt." Sie stieß mit ihm an. Der Wein war die perfekte Begleitung zu einem noch perfekteren Abendessen mit Steaks. Und der geröstete Butterkürbis! Alles war erstklassig.

„Und ich brauche dich so sehr, Ruby." Das musste er unbedingt noch gesagt haben, bevor er sich an sein Essen machte. Die Idee war ihr nicht neu. Sie kannte seine Absichten. Es lag an ihr zu entscheiden, wie ernst die Sache mit Alec werden sollte. War sie bereit, von einer Schwärmerei zu einer echten Beziehung überzugehen?

Vielleicht war es das köstliche Mahl, die sanfte Musik, die aus einem Lautsprecher irgendwo im Haus zu ihnen drang, oder der Wein, der ihre Nerven beruhigte, doch sie fühlte sich wohl. Alec war lustig und süß, und bald schon hatte sie keine Ahnung mehr, warum sie so eine schlechte Meinung von ihm gehabt hatte. Er war ganz und gar nicht wie ein Kind – was sie ihm doch so oft vorgeworfen hatte – und jetzt fühlte sie sich schlecht deswegen. Im Gegenteil, er hatte nie Gelegenheit gehabt, eins zu sein. Stattdessen war er ein Junge gewesen, der sich um seine Mom gekümmert hatte, der viel zu früh ein Mann hatte werden müssen.

„Tut mir leid, dass ich es dir nicht leicht gemacht habe", sagte sie nach dem Abendessen, als Alec sie auf die hintere Terrasse führte, um auf die Lichter der Stadt hinabzuschauen, während die Sonne unterging.

„Mir? Wann?" Er wartete, dass sie ihr Weinglas leerte, dann nahm er es ihr ab und stellte es auf den Verandatisch.

„Als ich vor ein paar Wochen gesagt habe, dass du dich wie ein Kind benimmst. Ich dachte, es wäre eine gute Möglichkeit, dir Feuer unterm Hintern zu machen, aber jetzt ist mir klar, wie unfair das war. Du hast hart für alles arbeiten müssen, und das schafft man nicht, wenn man unreif ist. Verzeihst du mir?"

Alec sah sie einen Moment lang an, hob sie von ihren Füßen und setzte sie auf einen Liegestuhl, wo er sich an sie schmiegte. Hier, unter den Sternen, umgeben von den funkelnden Lichtern der Stadt Savannah und dem Geräusch von Grillen rings umher, hätte sie mit Leichtigkeit in seinen Armen einschlafen können. Doch der Duft seiner Haut überflutete sie mit Wärme, und Schlaf war gerade das letzte, an das sie dachte.

Seine Finger streichelten ihr Haar, verzwirbelten es und ließen es wieder los. „Hör zu, du hast doch nur deinen Job gemacht. Und dazu noch verdammt gut. Du musst dich nicht entschuldigen. Ich musste das hören."

„Aber es kann mir ja trotzdem leid tun." Ruby schloss die Augen. Es fühlte sich gut an, ihm so nahe zu sein. So sicher, behütet und umsorgt. Doch sein Körper wärmte sie auch von innen her.

„Das einzige, das dir leid tun sollte, ist, dass du deine Haare heute nicht in einen Knoten gesteckt hast."

„Was? Warum?"

„Weil ich dein Geheimnis kenne. Wenn die Haare oben sind, bist du im Geschäftsmodus, und wenn es so hinunter hängt..." Er vergrub sein Gesicht in ihren Haaren, inhalierte ihren Duft, und seine Finger fuhren über ihren Unterkiefer und hoben ihr Kinn zu ihm. „Dann bist du mehr du selbst. Du bist bereit, die Zeit zu genießen."

„Und warum sollte mir das leid tun?"

„Weil ich mich nicht unter Kontrolle habe, wenn du

so bist, Ruby. Du verstehst das nicht. Ich will dich die ganze verdammte Zeit über. Und wenn du mich dich dann endlich berühren lässt..." Ein Arm lag um ihre Schulter, der andere legte sich um ihre Taille, und sie fühlte sich gefangen, doch das war für sie in Ordnung. „Das macht mich ein wenig verrückt."

„Mit verrückt kann ich gerade ganz gut umgehen." Ihr Leben war im Moment verrückt, und, wie es so schön hieß, *Wenn du sie nicht schlagen kannst, verbünde dich mit ihnen.* Sie fühlte sich verwegen, tapfer. Vielleicht war es der Wein. Vielleicht war sie auch einfach nur bereit. „Ich kann mit dir umgehen, Alec."

Deutlicher konnte sie nicht werden. Und um es noch klarer zu machen legte sie eine Hand um seinen Nacken und zog ihn an sich. Sie küssten sich länger als sie jemals jemanden geküsst hatte. Keine Eile, kein Zeitlimit, sie hatten die ganze Nacht vor sich, Hitze – schnell und heftig – strömte durch ihren Körper wie ein Flächenbrand.

Sein Mund und seine Zunge erkundeten ihre, hungrig, blind nach der Quelle suchend, über ihren Hals gleitend und hinab zu der Wölbung ihrer Brust. Sie bog sich ihm entgegen, wünschte, sie könnte ihm noch näher kommen. Der Wein machte sie noch empfindsamer, und die Sterne schienen nur für sie zu funkeln. Bei jedem Kuss, jeder Woge, spürte sie, wie er sich näher drückte, spürte seine Größe, massiv und fordernd. Sie war trunken vor Lust und Macht über diesen so begehrten Mann, während er sie entkleidete, ihr Top auszog und seine Hand über ihre Brüste gleiten ließ.

Er gehörte ihr, ihr ganz allein.

„Ich möchte, dass du weißt", sagte er, als er nach Atem schnappte. Er sah mit diesem durchdringenden Blick zu ihr auf. „Dass das hier ... ohne jeden Zweifel... die herrlichsten Titten sind, an denen ich je gesaugt habe." Er wartete nicht auf eine Erwiderung, sondern glitt den Stuhl hinab und kuschelte sich an ihre Seite, um erst an einem harten Nippel und dann an dem anderen zu saugen. Er zwickte und spielte mit jedem, ließ beiden gleich viel Aufmerksamkeit zukommen.

Sie rekelte sich, verkrallte sich am Stuhl, griff in seine Haare. Zu sagen, dass ihr Höschen von ihren Säften überflutet war, wäre eine Untertreibung. Er musste nur weiter so an ihren Titten saugen und sie im richtigen Moment berühren, dann würde sie wie ein Feuerwerkskörper explodieren. Und so wie sie um Atem rang, wie ihre Brust sich hob und senkte, sie sich gegen seinen Mund drückte und mehr und mehr von ihm haben wollte, wusste auch er es.

Seine Hand glitt zwischen ihre Schenkel, zwei Finger drückten auf ihre sensible Stelle durch die Jeans. „So verdammt süß, Ruby. Du verstehst das nicht, du verstehst das nicht...", sagte er immer wieder, als wüsste Ruby nicht, wie sehr er sie gewollt hatte. Natürlich wusste sie das. Sie war genauso gewesen, hatte es nur mehr zurückgehalten.

Als sein Mund eine Feuerspur über ihren Körper zog, am Nabel vorbei und an den Rand ihrer Jeans, konnte sie es nicht mehr zurückhalten. „Ich denke schon seit Monaten jede Nacht an dich", gestand sie. „Manchmal habe ich mich dann dabei berührt." Das war ein gewagtes Geständnis, sie hatte noch nie so mit einem Typen gesprochen, doch sie hatte das Bedürfnis, von Anfang an alles richtig zu machen, gleich die intimsten Geständnisse miteinander zu teilen, damit sie einen echten, ehrlichen Start haben konnten.

Nach dem, was mit Colleen gewesen war, brauchte er das, und sie brauchte es auch.

„Hast du?" Er setzte sich auf, zog ihre Jeans hinunter, sodass sie um ihren Hintern lag, dann zog er sie komplett aus. Schon allein seine großen männlichen Finger dabei zu beobachten wie sie ihr das Höschen auszogen, ließ sie beinahe kommen. Er war ein ganzer Kerl, ganz Alec, und sie lag komplett nackt neben ihm. Nackt und verletzlich. „Nun, wir müssen etwas dagegen tun, Red. Es sei denn, du möchtest lieber nach Hause gehen und weiter fantasieren."

„Nein. Ich möchte das Echte. Ich will dich." Ruby wappnete sich, um ihrer Stimme noch mehr Nachdruck zu verleihen. Sie wusste, dass sie in dem Moment, in dem Alecs Finger und seine Zunge sie berühren würden, sie ein Problem hatte. Das beste Problem, das es gab. Sie atmete einmal scharf ein und stöhnte sanft. Für Ruby war es nicht einfach schwierig, sich hinzugeben – es war bedeutend.

Sie vertraute Alec. Jetzt mehr denn je. Sie konnte das.

Sie konnte das jeden verdammten Tag.

Er rutschte hinunter, sodass er auf Höhe ihrer schmerzenden Pussy war. Gott, sie wollte ihn so sehr. Sie riskierte einen Blick auf ihn und wusste, sie würde nur noch feuchter werden, wenn sie ihn zwischen ihren Beinen sähe, doch sie öffnete die Augen und sah den unklaren, sexy Blick eines Mannes, der wusste, wie er seine Macht ausüben konnte. Mit seinen tiefbraunen Augen verschlang er sie und langsam presste er seine flache Zunge auf ihre Klitoris.

„Heilige Scheiße", stöhnte sie und griff in sein Haar.

Er begann zu lecken. Langsam. Austestend, prüfend, wie sanft oder hart sie es wollte, er beobachtete ihre Reaktionen ganz genau, fuhr mit seinem Finger an ihrer Ritze entlang und tauchte sie in ihre Pussy. „Du schmeckst so gut, Ruby."

Sie hörte es gerne, wenn er ihren Namen sagte. Es hörte sich von seinem Mund aus so liebevoll an. Dem Mund, der gerade zwischen ihren Beinen war. So intim. So wirklich gerade geschehend. Sie versuchte, sich nicht auf das Naheliegende zu konzentrieren – das hier war Alec, Alec LeBrun, Tight End der Bootleggers – der ihr gerade die Schamlippen leckte. Ihr Klient, ihr Schwarm labte sich an ihrer Pussy.

„Ich dachte, du wolltest vielleicht ein Dessert." Sie verkniff sich ein Lächeln. Ja, sie war jetzt ein wenig kess, und es fühlte sich zur Abwechslung mal gut an.

„Da hast du richtig gedacht, Babe. Und das ist auch noch mein Lieblingsdessert."

Zur Erwiderung stöhnte sie, als er vorsichtig seine Zunge gegen ihre Klitoris schnalzen ließ. Ihre Finger verkrallten sich in seinem Haar, zogen ihn näher, wollten seine Schultern spüren, sie wünschte, sie hätte ihm sein T-Shirt vom Rücken reißen können. Als hätte er ihre

Gedanken hören können zog er es mit einer raschen Bewegung über den Kopf, ohne dass seine Zunge für mehr als eine Sekunde dabei losließ. Verdammt, er war gut. Seine Hand lag auf ihrem Bauch, sein Daumen zog an ihrer Scham, damit er besser drankam, damit er sein Gesicht tief in ihrem Schambereich vergraben konnte.

Der feurige Atem an ihrer Haut ließ die Hitze an ihren Beinen hinaufprickeln, während er sie tiefer befingerte und den Rhythmus dabei beschleunigte. Sie war nun nahe daran. Sie war am Anfang schon nahe daran gewesen. Ohne einen weiteren Gedanken drückte sie ihre Pussy an sein Gesicht, hielt seinen Kopf fest und gab ihm alles. Das hatte er gewollt – jetzt hatte er sich das verdient.

„Ich komme", sagte sie ihm und fühlte sich so verdammt gut. Den Schein zu wahren war ihr jetzt so egal wie erwischt, in der Umkleide überrascht zu werden oder sonst etwas. Es gab nur sie und Alec, Alecs Zunge und seine Finger, die ihr gaben was sie wollte und von dem sie nicht einmal gewusst hatte, dass sie es brauchte.

„Gib's mir", murmelte er an ihrer Haut und zog das Feuer tief aus ihrem Inneren.

Ja.

Es fühlte sich so ... verdammt ... gut an.

Die Terrasse, die Lichter der Stadt, die Sterne, die kühle Luft, der Wein und Alecs ganze Ausstrahlung ergaben ein vibrierendes Gemälde, dass es mit Van Goghs Sternennacht aufnehmen konnte. Alles um sie herum wirbelte und wirbelte, als sie kam, eine Welle nach der anderen, auf seine Zunge und in sein Gesicht. Es war so intim, so verrückt, so richtig. Ja, es fühlte sich richtig an, mit diesem Mann zusammen zu sein. Alles andere war ihr im Moment egal, denn nur sie existierten. Dieser blendende kurze Moment.

Seinen Ausdruck zu sehen, als sie endlich ihre Augen öffnete und spürte, wie er sich an der Innenseite ihres Schenkels ausruhte, da wusste sie, sie könnte alles tun, und Alec LeBrun würde sie anbeten. Woher war diese Aufmerksamkeit gekommen? Was hatte sie getan, um das zu verdienen? Sie wusste es nicht. Sie wusste nur, dass er ihr ausgeliefert war und es gab nichts Erotischeres.

Als sie langsam von ihrem Höhepunkt herunter kam, blinzelte sie zu den Sternen hinauf.

„Hi", sagte er nach einer Minute und rutschte hinauf, um ihr einen intensiven Kuss zu geben. So leidenschaftlich wie der Kuss und so hart wie es in seiner Jeans war, wusste sie, dass er weitermachen wollte.

„Hi", sagte sie.

„Sieh mich an."

Sie sah ihn an. Doch das war nicht so leicht. Noch vor wenigen Wochen war er nur ihre Fantasie gewesen, und jetzt war er hier. Sie waren hier. Und es war echt. Er war ein echter Mann mit echten Gefühlen, manchmal mit widersprüchlichen Vorstellungen, und das machte ihr eine Heidenangst. Doch es war wie es war – sinnlich, schön und höllisch furchteinflößend.

„Was denkst du gerade?", fragte er.

Die Eine-Million-Dollar-Frage. Ruby wusste nicht wie sie antworten sollte. Sie wusste nur, dass sie bei Alec bereit war, Risiken einzugehen. Er brachte ihre spontane Seite zum Vorschein, brachte die echte, vielleicht sogar ein wenig leichtsinnige Ruby hervor, die sie nie kennengelernt hatte. „Dass ich weitermachen möchte. Ich möchte das hier fortsetzen", sagte sie.

„Was wir jetzt tun, oder..."

„Es ist alles drin, Alec." Sie atmete heftig. „Ich möchte alles."

„Alles drin. Das gefällt mir." Er lächelte.

Und in diesem Lächeln fand sie einen tief hingebungsvollen Mann. Auch ein Schlitzohr – einen, der wusste, dass er für den Moment gewonnen hatte. Einen, der alles daran setzen würde, sie zu verwöhnen, doch jetzt auch selbst dafür verwöhnt werden wollte. Er gab ihr auch ein Gefühl der Freiheit. Ja, Freiheit. Sie selbst zu sein, endlich, ein für alle Mal. „Und genau jetzt, möchte ich, dass du mich fickst", sagte sie, bereit – so sehr bereit – für die zweite Runde.

Seine Hände griffen in ihre Schenkel, unter ihren Hintern und drückten zu. „Ganz oder gar nicht. Richtig, Ruby?"

„Ja, Sir", musste sie unweigerlich antworten.

„Sir, auch das gefällt mir. Dreh dich für mich um, Babe. Und halt dich an dem Stuhl fest."

KAPITEL ZEHN

Obwohl das genau sein Moment war, musste Alec kurz innehalten, als Ruby sich in all ihrer nackten Pracht umdrehte. Seine Gedanken sponnen ein Netz aus Unwahrscheinlichkeiten. Hier war sie – die Frau, nach der er sich so lange verzehrt hatte, und sie gab sich ihm endlich hin. Nicht nur emotional, sondern auch körperlich und so unterwürfig wie nie. Den knackigen Hintern in die Höhe, die Arme auf der Stuhllehne, so verlockend wie eine Frau nur sein konnte.

Die unglaubliche Ruby O'Brien, die, die ihm gesagt hatte, das dürfe nie geschehen wegen ihrer Geschäftsbeziehung, war in Position und bereit für seinen Schwanz.

Gab es etwas Schöneres?

Wäre es irgendeine andere Frau gewesen, die ihren Hintern so in die Höhe gereckt hätte, dann hätte Alec in dem Moment gegrinst – *ja, jetzt kriege ich endlich was ich will*. Er musste schon zugeben, andere Frauen waren kaum

Eroberungen. Doch bei Ruby hatte er beinahe das Bedürfnis, sich vor ihr zu verneigen, buchstäblich ihren Hintern zu küssen. Und das tat er.

„Von dem hier...", sagte er und legte seine Hände an beide Seiten ihres Arschs und drückte einen Kuss auf eine Backe, dann auf die andere, „habe ich so lange geträumt."

„Du hast von meinem Arsch geträumt?" Sie lachte.

„Ich habe davon geträumt, wie du dich mir hingibst." Er streichelte über ihren Hintern, spürte wie rund er war und wie perfekt samtig weich ihre Haut. Mit achtzehn wäre er gleich und ohne jegliche Geduld in sie eingedrungen, doch er musste einfach kurz innehalten und den Anblick genießen, die pure Verletzlichkeit des Moments.

Alles drin, hatte sie gesagt. Er würde ihr ihren Wunsch erfüllen.

„Ich vertraue dir", sagte Ruby und schaute über ihre Schulter. Er verstand was sie meinte. Sie sprach davon, dass sie kein Kondom benutzen wollte. „Du würdest es mir sagen, wenn das nicht gut wäre, stimmt's?"

„Gottverdammt richtig", sagte er. „Ich würde dich niemals täuschen." Das würde er nicht. Doch er war sich auch nicht sicher, ob er bereit war, Vater zu werden. Nicht weil er Kinder nicht mochte – er vergötterte sie – sondern weil er alles richtig machen wollte. Er wollte erst mit Ruby zusammen sein, und dann, wer weiß? Sie eines Tages heiraten, dann eine Familie gründen. Mit Ruby wollte er, dass alles perfekt wäre. Denn in seinen Augen war sie perfekt. „Und du?"

„Ich nehme die Pille. Nun mach schon, Alec."

„Was soll ich denn machen, Ruby?", neckte er sie. Er wusste, sie konnte das in seiner Stimme hören.

„Fick mich."

„Entschuldige, ich hab grade nicht gehört, was du gesagt hast. Kannst du es wiederholen?" Alec hielt seinen pochenden Schwanz in einer Hand, drückte die Spitze in großen Kreisen gegen ihre Öffnung, neckte ihren ganzen Schambereich, spürte wie sie unkontrolliert zuckte.

Sie seufzte leicht. „Ich sagte, fick mich. Bitte."

Jetzt sprach sie. Da war erneut dieses Wort, wie Ambrosia von Rubys sonst so sittsamem und reinem Mund. „Ach, das hier möchtest du?" Er drang nur ein Stückchen weit in sie ein und hörte sie lustvoll stöhnen, dann glitt er noch etwas weiter hinein. „Oder das hier? Oder vielleicht das Ganze..." Er drang komplett in sie ein, ein Schwert, das bis zum Heft eingeführt wurde.

„Jaaaa..."

Gut, es gefiel ihr. Ihr langes, wogendes Stöhnen machte ihn so glücklich und verdammt heiß auf sie, dass er ihn wieder herauszog und dieses Mal mit einem Mal hineinstieß. Sie schrie auf, ihre Finger verkrallten sich an der Rückenlehne, ihr Rücken krümmte sich, sie wollte mehr. „Gefällt dir das, wenn ich dich ficke, Ruby?"

„Ja."

„Ja, was? Sag es mir..."

„Ja, es gefällt mir."

„Ja, des gefällt dir, was? Wie hast du mich noch eben genannt?", neckte er sie weiter und hielt seinen Schwanz unbewegt, bis sie ihm gab, was er wollte.

„Ja, Sir."

Bamm – ein weiterer Stoß, er rammte seine Eier gegen ihre Pussy. Sie schrie auf. Machte es etwas, dass sie draußen waren und die Nachbarn sie sicher bis in einige Meter Entfernung hören konnten? Es war ihm egal. Einem Teil von ihm gefiel der Gedanke sogar. *Sieh mich an, Welt. Ich habe endlich die Frau, die ich wollte.*

Die Frau, die ich brauchte.

„Braves Mädchen", sagte er. Ja, sie hatten ein wenig die Rollen des Dominanten und der Unterworfenen übernommen, aber es schien ihr zu gefallen. Das war nicht überraschend. Da sie den ganzen Tag die Macht und das Sagen hatte, war es kein Wunder, dass sie sich so leicht unterwarf. Ihre Hüfte fühlte sich gut unter seinen Händen an, ihr Körper als wäre er für ihn gemacht. Für einen besseren Kraftschluss stellte er einen Fuß auf den Stuhl und fickte sie noch härter.

Und sie fing an, sich wieder zu befingern, das hieß, sie würde ein zweites Mal kommen, wenn er so weitermachte. „Ich weiß, wie sehr du meinen Schwanz hast haben wollen Ruby, deswegen bekommst du ihn noch einmal." Er rammte wieder in sie hinein, zog ihn heraus und stieß ihn absichtsvoll wieder hinein, jeder Stoß vermittelte eine Botschaft. *Du gehörst mir. Nur mir.*

Sie rieb sich mit neuer Begeisterung, drückte gegen jeden seiner Vorwärtsstöße, griff sogar nach hinten, umfasste sein Bein, um ihn noch mehr anzutreiben. Sie wollte ihn, jeden Zentimeter. Sie wollte spüren, wie sein

Schwanz sie tief in ihrem Inneren traf, und das Verlangen ließ eine Enge seinen Körper hinaufwallen und in seine Eier. Sie fickten hart und lang, heizten einander an, bis sie es nicht mehr aushalten konnten. Er wollte so gerne loslassen, doch er konnte es nicht, bevor sie nicht kam.

Er musste dieses süße Stöhnen noch einmal hören.

Endlich legte Ruby sich nach rechts, legte ihren Kopf auf den Sitzrand, so dass sie flach auf dem Bauch liegen konnte, presste ihre Schenkel zusammen, während ihre Finger ihre Klitoris bearbeiteten. Er bewegte sich entsprechend, stieß seinen Schwanz so eng in ihre Pussy, dass es sich aus diesem Winkel beinahe anfühlte, als fickte er sie in den Arsch, und bei dem Gedanken wäre er beinahe gekommen.

Doch dann schrie Ruby. Und versteifte sich. Und als er das wunderbare Geräusch hörte und spürte, wie ihre Muskeln sich um ihn verengten, wusste er, es war an der Zeit loszulassen. Sein Höhepunkt kam aus dem tiefsten Innern seines langen, schmerzenden Verlangens, von einem Ort, von dem er nun schon seit Monaten geträumt hatte – seitdem Ruby in sein Leben getreten war. Seit dem Moment, in dem er sie kennengelernt hatte und sie hatte haben wollen. Beide hielten gemeinsam den Atem an. Er beugte sich hinab, damit er die Schreie aus ihrem Mund besser hören konnte, er hielt ihr Haar und ihren Hals.

„Ist immer noch alles drin, Babe?", fragte er. Wenn sie irgendeinen Teil davon – denn das hier war erst der Anfang von dem, was sie erwartete, wenn sie zusammen waren – nicht wollte, dann sollte sie jetzt sprechen oder für immer schweigen.

„Ja", hauchte sie leise und lang. Musik in seinen Ohren.

„Dann werde ich dafür sorgen, dass es sich für sich lohnt. Mehr als lohnt." Als sie so weit war, half er ihr, sich umzudrehen, schmiegte sich an sie, bedeckte sie mit seinem Körper, wärmte sie in der kühlen Abendluft. Ein Teil von ihm hätte ihr gerne gesagt, dass er sie liebte, doch er wusste, dass sie noch nicht so weit war, das zu hören.

Eigentlich war er sich nicht einmal sicher, ob er schon so weit war, wenn man bedachte, was alles zwischen ihm und Colleen vorgefallen war. Mit dem Vertrauen würde er bei Frauen immer ein Problem haben, so sehr er auch spürte, dass Ruby keine Geheimnisse vor ihm haben würde. Trotzdem hielt er sich zurück. *Zu gegebener Zeit*, dachte er.

Er drehte ihre Wange und küsste sie sanft. Er hätte sie die ganze Nacht lang küssen können.

Doch nach dem schweren, wenn auch gesunden Mahl und dem hitzigen Freiluftsex waren sie augenblicklich eingeschlafen, und als sie am nächsten Morgen erwachten, unter einer Decke, von der Alec annahm, dass Ruby sie wohl nachts geholt hatte, hatten die Neuigkeiten schon die Runde gemacht.

Das Internet – die Welt – wusste, dass sie zusammen waren.

Alec ignorierte die Anrufe den Großteil des Tages. Er

wusste, dass Ruby bereits durchdrehte, weil ihre Beziehung nun „offiziell" war, auch wenn ihr Vater das alles für aufgesetzt hielt, und er war fest entschlossen, es ihr so angenehm wie möglich zu machen. Er wollte, dass sie ihre Entscheidung keine Sekunde lang bereute.

Sie gingen mitten in der Stadt zum Mittagessen, und obwohl er sich wünschte, sie könnten weiter so miteinander reden wie gestern Abend, als er für sie gekocht hatte, war es dieses Mal ganz offensichtlich, dass die Leute sie beobachteten. Und lauschten. Wenn er nach ihrer Hand griff oder lächelte, weil er einfach lächeln musste – schließlich war er mit der umwerfendsten Frau der NFL zusammen – spürte er, dass die Kunden im Restaurant heimlich mit ihren Handys Fotos machten.

„Ist schon in Ordnung. Lass dich davon nicht verunsichern", sagte er Ruby ohne Ton über den Tisch.

Sie steckte ihr rötliches Haar zu einem Knoten hoch und spielte mit dem Schal, den er ihr geliehen hatte, weil es etwas frisch gewesen war, als sie aufgebrochen waren – „Der gehört meiner Mom", sagte er ihr schnell, als sie ihm einen wütenden Blick zuwarf – und schüttelte den Kopf nervös. „Ich weiß nicht, wie du bei all dem so ruhig bleiben kannst. Ich bin so nervös, Alec. Was, wenn Sports Armour ihr Angebot zurückziehen?" Sie rutschte auf ihrem Stuhl hin und her.

Mit seinem Bein hielt er ihr Bein unter dem Tisch still. „Das werden sie nicht."

„Woher weißt du das?"

„Weil ich keinen Scheiß baue, Ruby. Mit dir

auszugehen ist so was von das Gegenteil von Scheiße bauen, es nicht einmal witzig. Sie werden sehen, welch guten Einfluss du auf mich ausübst."

„Wolltest du deshalb mit mir ausgehen? Um dein Image aufzupolieren?" Obwohl sie bei dieser Stichelei, einem kleinen Scherz, lächelte, wusste er, dass das für sie vielleicht ein beunruhigendes Bauchgefühl war.

Er nippte an seinem Glas und versuchte den Blicken des Paares auszuweichen, das gerade an ihrem Tisch vorbeiging und sie anstarrte, um sicher zu gehen, dass das wirklich Alec LeBrun und seine PR-Managerin waren, die, wie heute Morgen gemeldet worden war, miteinander ausgingen. Als sie vorbei waren, sagte er: „Quatsch, ich wollte wegen deiner Titten mit dir ausgehen. Ohne jeden Zweifel sind deine Titten das Beste an dir."

Er wartete darauf, dass sie ihm einen bösen Blick zuwarf, doch stattdessen kassierte er einen Tritt unter dem Tisch. Genau ans Knie.

„Au!" Er rieb sich das Knie und musste sich ein Lächeln verkneifen.

„Du solltest besser aufpassen, LeBrun", schalt sie, lachend. „Ich bin immer noch deine Agentin, und ich werde dir auch weiterhin in den Hintern treten. Hast du das verstanden?"

Unterwürfig nickte Alec. „Verstanden, klar und deutlich, Sergeant O'Brien. Heilige Scheiße. Ich liebe es, dass du meinen Humor verstehst, Red. Du weißt, ich freue mich wie ein Schneekönig, dass wir zusammen sind, weil ich dich verdammt noch mal überhaupt nicht verdiene."

Ihr Blick wurde weich, als sie ihn ansah. „Glaubst du das wirklich?"

„Es ist die Wahrheit."

„Das ist nicht wahr, Alec. Ich bin nicht besser als du. Wir sind einander ebenbürtig."

Er würde sich nicht mit ihr deswegen streiten. Nicht bei ihrem ersten „offiziellen" Date in der Öffentlichkeit. Doch es war definitiv die Wahrheit. Ruby O'Brien war eine ganz andere Liga, eine nette Frau, die besser mit einem Steueranwalt, einem Banker ausgehen sollte, nicht mit einem schlecht erzogenen, gemeinen Footballspieler wie ihm. Dass sie großartige Titten hatte, war nur das Sahnehäubchen auf einer unglaublich heißen Festtagstorte. Zwei Sahnehäubchen, um genau zu sein.

Nach ihrem Essen begleitete Alec Ruby aus dem Restaurant, sein Arm um ihre Schulter gelegt. Er wusste, dass draußen einige Reporter auf sie warteten, und er wollte ihnen was zum Reden geben. „Bist du bereit?", murmelte er Ruby ins Ohr.

„Nicht wirklich", antwortete sie nervös.

„Großartig. Dann mal los!" Sie stießen die Türen auf zu einem wundervollen Oktobertag.

„Mr. LeBrun!"

„Mr. LeBrun!"

„Alec!"

Zuerst hatte er es für eine kleine Gruppe gehalten, doch dann entdeckte er einen größeren Schwarm von Paparazzi, die mit blitzenden Kameras auf sie zukamen, die Mikrofone vor sich ausgestreckt und filmend. Er spürte wie Ruby sich neben ihm verkrampfte. Er sah sich schnell um, um zu sehen, ob sie irgendwie hier wegkommen konnten, doch sein Auto war zu weit weg. „Lass es uns tun", sagte er zu Ruby und setzte das Lächeln auf, das er schon tausend Male zuvor benutzt hatte, und winkte freundschaftlich, als sie bei ihm waren.

„Hey, Leute." Er sprach mit dem charmanten Südstaatenakzent, von dem er beinahe vergessen hatte, dass es nicht seine natürliche Sprechweise war. „Schöner Nachmittag, wie? Habt ihr den Touchdown am Samstag gesehen? Verdammt umwerfend, ich weiß. Hey, in wessen Fantasieteam bin ich?" Er wusste, dass ihnen der Touchdown oder Fantasie-Football gerade am Hintern vorbei ging, doch er versuchte, sie davon abzubringen, Ruby noch mehr in Verlegenheit zu bringen.

„Mr. LeBrun, können Sie uns sagen, wie lange Sie und Ms. O'Brien schon zusammen sind?", fragte einer der Paparazzi und ein anderer rief: „Ist es was Ernstes?"

So viel zu meiner Ablenkungstaktik, dachte Alec, und seine Gedanken überschlugen sich. Es war schwierig nachzudenken, wenn so viele Menschen sich um einen herum drängten, größtenteils Menschen, denen seine Gefühle vollkommen egal waren, die nur aus den Dramen in seinem Leben Profit schlagen wollten.

Ruby trat einen Schritt zurück, als die Reporter um die besten Plätze vorne kämpften, Fotos schossen und Fragen stellten. „Ist sie der Grund, warum sie in letzter Zeit den netten Jungen geben, LeBrun?" Sie wandten ihre Aufmerksamkeit Ruby zu.

„Ja, haben Sie sich für sie gebessert?", fragte ein anderer.

Alec sah zu Ruby zurück, die sich hinter ihn gestellt hatte und irgendwie ihr Gesicht bedeckt hielt. Er griff nach hinten und warf ihr sein bestes, aufmunterndes Lächeln zu, bevor er sie nach vorn ins Rampenlicht zog. „Beruhigen Sie sich, meine Herren, wenn Sie möchten, dass ich Ihre Fragen beantworte." Als die Menge still war, fuhr er fort. „Wie jede frische Beziehung gibt es zahlreiche Möglichkeiten. Miss O'Brien arbeitet nun seit einem Jahr für mich als Publicity Agentin. Wir waren immer Freunde."

„Sind Sie sich sicher, dass Sie nur Freunde waren?", fragte irgend so ein Arschloch und unterstellte ihm damit, dass er schon mit ihr was hatte, als er noch mit Colleen zusammen gewesen war.

Alec beehrte ihn nicht mit einer Antwort.

„Wie Sie alle wissen", fuhr er unbeirrt fort, „hatte sie ein wenig mehr zu arbeiten, damit ich nach meiner schlechten Phase wieder zu mir kam. Und in der Zeit haben sich Gefühle entwickelt. Es ist kompliziert, weil sie ja nun mal meine Publicity Agentin ist, doch wenn Sie mal darüber nachdenken, dann ist es perfekt. Ich brauche jemanden, der mit mir arbeitet und mich versteht, der mir den Rücken stärkt, und ich vertraue niemandem mehr als Ruby. Wir werden also mal sehen, wie das ausgeht. Ich jedenfalls erwarte nur Großartiges."

Alle fingen zur gleichen Zeit zu schreien an. Nun füllten auch noch zufällige Passanten die Bürgersteige um sie herum. Alec zog Ruby näher an sich. „Einer nach dem anderen", rief er.

„Was ist mit Colleen?"

„Ich wünsche Colleen nur das Beste, aber zwischen uns gibt es nichts mehr."

„Warum Ruby, Alec? Warum keine andere?"

Alec sah zu der Frau an seiner Seite hinunter. Seinem Preis. „Ruby ist eine tolle Frau, die ich schon immer respektiert habe. Keine andere Frau kann ihr auch nur im Ansatz das Wasser reichen."

Ruby lächelte. Einen Moment lang sah es für ihn so aus, als überlegte sie, ob er das nur für die Reporter sagte, oder ob er das wirklich tief in seinem Herzen glaubte. Sie schien nach einer Antwort zu suchen, und er hoffte, dass sie es trotz der Meute von Haien um sie herum in seinem Gesicht sehen konnte.

Er hoffte, sie konnte die Antwort taghell sehen und würde ihm bald glauben. Bei Ruby O'Brien musste er niemandem mehr etwas vormachen.

KAPITEL ELF

Das war, mal Hand aufs Herz, das Gruseligste, das Ruby je hatte machen müssen.

Klar, Alec war vielleicht an Reporter und Kameras gewöhnt und Ruby auch – zumindest dahinter – aber sie stand selten vor ihnen und wurde befragt. Sie war nur froh, dass kein Reporter ihr ein Mikrofon vors Gesicht gehalten hatte, sonst hätte sie nicht gewusst, was sie sagen sollte. Alec hatte das ganze Reden übernommen. Und was er gesagt hatte, hatte sich gut angehört.

Doch wie viel davon hatte er auch so gemeint?

Sie musste zugeben, dass es schwierig war zu sagen, wo der ehrliche Alec aufhörte und der Rampenlicht-Alec begann, doch je mehr Zeit sie mit ihm verbrachte, desto leichter war es zu bestimmen. Wenn er es ernst meinte, lächelte er nicht. Dieses charmante Lächeln, das mittlerweile jeder kannte und liebte, das, das auf dem Cover von Sportzeitschriften zu sehen war und Werbeplakate zierte, war der Geschäftsmann Alec. Das angedeutete, ehrliche Lächeln, mit dem er sie vor den

Reportern angesehen und erklärt hatte, dass sie eine tolle Frau war ... das war der echte Alec.

„Noch zehn Minuten bis zu deinem Ziel", informierte Siri Alec, als er vom Restaurant davon fuhr. Ruby klammerte sich an ihren Türgriff, während er durch die Straßen kurvte.

„Ich weiß. Zehn Minuten, bis ich meine Lieblingsfrau küssen kann." Alec lächelte. „Hey Siri. Schreib bitte Ruby, dass sie heute umwerfend aussieht. Ich traue mich nicht, ihr das persönlich zu sagen."

„Okay. Ich werde Ruby schreiben, dass sie heute umwerfend aussieht, Alec."

Einen Moment später erhielt Ruby eine Nachricht von Alec LeBrun: *Dass sie heute umwerfend aussieht. Ich traue mich nicht, ihr das persönlich zu sagen.* Ruby lachte und antwortete: *Danke, Dummkopf.*

Ja, er meinte es verdammt ernst mit ihr.

Sie fühlte sich beinahe schlecht wegen der Frage, die sie ihm beim Essen gestellt hatte – ob er deswegen mit ihr ausging? Sie hätte sich am liebsten in den Hintern getreten. Im Auto, mit dem sie zu ihm nach Hause fuhren, damit sie ihr eigenes Auto holen konnte und sie endlich nach Hause kam, wandte sie sich Alec zu. „Es tut mir leid, was ich beim Mittagessen gesagt habe."

„Welcher Teil? Als du die Lobstercakes bestellt hast? Dafür musst du dich nicht schämen, Ruby. Ehrlich nicht." Er lachte vor sich hin, während er weiter vor sich auf die Straße sah.

„Du weißt, was ich meine. Als ich sagte, ich meinte, dass du nur mit mir zusammen bist, um dein Image aufzupolieren. Es tut mir leid, dass ich das gesagt habe. Verzeih, dass ich mich etwas unsicher fühle. Es ist nur ... manchmal kann ich es nicht glauben."

Es stimmte. Heute, beim Mittagessen hätte sie sich mal kneifen müssen. Besonders, als sie vor den Kameras und Reportern gestanden hatte. Die ganze Zeit über hatte sie gedacht: *Passiert das hier gerade wirklich? Gehe ich wirklich offiziell mit Alec LeBrun aus, dem Tight End der Savannah Bootleggers?*

Es stimmte schon, sie hatte ihr Leben lang mit einem Footballspieler zusammen sein wollen, doch sie wusste auch, dass das Teenagerfantasien gewesen waren. Als sie mit dem College fertig gewesen war, hatte Ruby gewusst, dass die Chancen, einen zukünftigen Klienten zu daten gegen Null gingen. Trotzdem rasten ihr die Erinnerungen an letzte Nacht durch den Kopf – wie er sie zum Höhepunkt geleckt hatte, wie er ihr befohlen hatte sich umzudrehen, was es bei ihr angestellt hatte ...

Im echten Leben hatte immer Ruby das Sagen gehabt. Doch als Alec ihr gestern Abend gesagt hatte, sie solle sich am Stuhl festhalten, als er verlangt hatte, dass sie ihn mit Sir ansprach, als sie ihn schmutzige Dinge hatte sagen hören, das hatte schon etwas gehabt, das sie an den Rand des Wahnsinns getrieben hatte. Das war sie nicht gewöhnt.

Doch sie wollte es wieder. Und wieder.

„Du? Ich bin derjenige, der nicht fassen kann, dass du Ja gesagt hast, Ruby. Und selbst jetzt noch schaue ich zu dir hinüber und denke, heilige Scheiße, diese nette Frau mag mich. Also, du magst mich doch, oder?" Er warf ihr ein paar gestellt ängstliche Blicke zu.

Ruby lachte. „Meistens schon, ja."

„Na! Das ist doch schon mal was. Ich werde daran arbeiten." Er schmunzelte und fuhr mit seinem Porsche 911 um Kurven als wären sie auf Schienen.

„Bleib auf der rechten Spur", sagte Siri.

Genau, Ruby, bleib auf der rechten Spur. Sei dir sicher, dass du das hier möchtest. Biege nicht falsch ab. Seufzend lehnte Ruby sich zurück und versuchte sich zu entspannen. Die letzten vierundzwanzig Stunden waren stürmisch gewesen. Alec hatte es unbedingt gebraucht, der ganzen Welt zu sagen, was er für sie empfand, um wirklich zu verstehen, dass er nicht nur so tat – er wollte sie. Jetzt musste sie sich nur noch an die Vorstellung gewöhnen – und an die Reporter.

„War es okay? Das, was ich der Presse gesagt habe?", fragte er.

„Ja, obwohl einige wohl immer noch glauben, dass ich dich und Colleen auseinander gebracht habe. Das hatte ich befürchtet."

„Daran können wir leider nichts ändern. Die Leute glauben, was sie glauben möchten, und diese Typen versuchen nur den Kessel anzuheizen, sie wollen den Leuten etwas zu reden geben."

„Weil sie dafür bezahlt werden", fügte Ruby hinzu.

„Ganz genau. Siehst du? Du verstehst es sogar besser als ich. Also hör zu, Ruby, wir sollten uns darüber keine Sorgen machen. In den nächsten Tagen sollten wir von Sports Armour hören, richtig?"

„Du hast in einer Woche ein Meeting mit denen." Sie hatte ganz vergessen, ihm das zu sagen. Heute, in den frühen Morgenstunden, als sie aufgestanden war, um für ihr Nachtlager an der frischen Luft eine Decke zu holen, hatte sie ihre Mails gecheckt und die von dem SA-Vertreter gesehen.

„Sieben Tage? In Ordnung..." Er dehnte seinen Nacken, und Ruby meinte, eine leichte Nervosität bei ihm zu spüren.

„Ist wahrscheinlich nichts. Sie haben wahrscheinlich über uns gehört und wollen nun sicherstellen, dass du immer noch ein guter Kandidat bist für ihre Werbekampagne, die ja quietschsauber, sportlich aber auch akademisch ist. Sie möchten einen guten Typen als Gesicht für ihre Produkte."

„Ich bin schon ein guter Typ", versicherte Alec ihr.

Das stand nie zur Debatte, dachte Ruby. Na ja, vielleicht ein wenig. Doch jetzt, da sie Alec besser kennenlernte als je zuvor, gefiel es ihr gar nicht, dass sie jemals an ihm gezweifelt hatte. „Und auf ach so viele verschiedene Weisen", erwiderte sie und warf ihm einen verführerischen Blick zu.

Alecs Brauen hoben sich, als er in den fünften Gang schaltete und ihre Hand ergriff. „Dein Ziel", warf Siri ein, „ist nur noch drei Minuten entfernt."

„Jetzt nur noch eine Minute", sagte Alec und trat aufs Gaspedal.

Sobald sie zu seinem Haus kamen hatte Ruby eigentlich geplant, nach Hause zu fahren, sich ein wenig um ihre Arbeit zu kümmern, um ihn dann später nach seinem

Training anzurufen. Doch der Plan wurde in dem Moment, als sie durch Alecs Haustür gingen, ausgehebelt. Er zog Ruby in seine Arme, gab ihr den intensivsten Kuss des Tages und zog sie weiter ins Haus hinein.

Was macht er nur mit mir? Warum habe ich nicht die Stärke, ihn aufzuhalten? Es erschreckte sie, das Ausmaß und die Geschwindigkeit, mit der sie sich in Alec verliebte.

Er zog sie hinein, bis zu seinem Bett. Sie hatte nicht einmal Gelegenheit, all die wundervollen Gemälde und gerahmten Fotos auf dem Weg zu seinem Schlafzimmer zu sehen, aber was soll's, es würde schon irgendwann Zeit geben, sie zu sehen, denn sie hoffte, dass das hier hielte. Diese „Sache " zwischen ihnen. Sie hatte keine Vorstellung, wie ihre Zukunft mit Alec aussehen würde, doch im Moment genoss sie es, mit ihm zusammen zu sein. Offiziell seine Freundin zu sein, seine Aufmerksamkeit zu genießen.

Endlich fühlte sie sich entspannt, war aufgeregt wegen der Möglichkeiten.

Plötzlich löste er sich von ihr und sah ihr tief in die Augen. „Weißt du, all das, was ich den Reportern über das Ausgehen erzählt habe?"

„Ja?" Eine Sekunde dachte Ruby, er würde jetzt sagen, dass das alles gelogen war, alles Quatsch. Was würde sie dann tun? Doch stattdessen sprach er weiter: „Das ist nicht nur Ausgehen, Ruby. Ausgehen ist für Babys. Ruby, du bist meine *Frau*. Immer wenn ich dich sehe, weiß ich es. Ich habe dich so lange gewollt, du bist für mich bestimmt."

Daraufhin küsste er sie so intensiv, bekräftigte damit seine Worte, dass ihr Körper ins Schwanken geriet, Hitze wallte in ihre Scham. Sie konnte nicht sagen, woher diese Reaktion kam. Hätte sie in der Vergangenheit solche Worte von jemand anderem gehört, dann hätte sie einen Lachanfall bekommen. Doch bei Alec waren sie echt, hatten eine Bedeutung, und sie glaubte es.

Sie glaubte, dass sie Alecs Frau war.

Er hatte sie gewählt, das war nicht mehr zu leugnen.

Seine Küsse waren lang und kontrolliert, und obwohl sie in dem Moment, als sie auf dem Bett landeten, spürte, dass sein Körper hart wurde, gefiel es ihr, dass er sich zurückhielt, sich nicht gleich hineinstürzte, wie sie es schon getan hatten, sondern sich langsam Zeit ließ. Dieses Mal wollte er sie erkunden, sie schmecken, die Frau kennenlernen, von der er der Welt erzählt hatte, dass er sie anbetete und respektierte. Und es machte ihr nichts, unter ihm zu liegen, in seine blauen Augen aufzuschauen, die Konturen seines Körpers zu spüren, zu spüren, wie sein Gewicht sie so überaus angenehm festhielt.

Er streichelte ihre Hand, was ihr Gänsehaut auf den Armen bereitete. „Du weißt gar nicht, wie viel Macht du über mich hast, Ruby." Das Geständnis schien tief aus seinem Inneren zu kommen, von einem dunklen Ort, und sie wusste, dass sie genau so empfand.

„Ich glaube, es zu wissen. Ich weiß es. Du hast die gleiche Macht über mich." Als sie ihn küsste, strich sie mit ihren Händen über seine Brust, bis sie ihm das Hemd hoch schob und seine nackte Haut berührte. So gut, so hart unter ihren Fingern, wie aus Stein gemeißelt.

Langsam wurde es heißer zwischen ihnen, bis sich Rubys Körper tatsächlich wie in Flammen anfühlte. Sie konnte kaum noch atmen – von Alecs Küssen, weil seine Hände ihre Brüste hielten, weil seine Härte drängend gegen ihre heiße Scham drückte. Er zog ihr das hübsche Top aus, das, das sie auf ihrem Weg ins Restaurant angezogen hatte, als sie ihn gebeten hatte, kurz an ihrem Haus anzuhalten. Sie erwiderte den Gefallen, wollte seine nackte Brust sehen.

Sie zog die Linien seiner Brustmuskeln nach. Seine Haut war weich, er hatte nur wenige Brusthaare, und sie beugte sich vor, um ihm einen Kuss aufs Herz zu drücken. Da spürte sie seinen Herzschlag und wusste, dass alles echt war. Alec hielt wirklich viel von ihr, an den Gedanken musste sie sich nun gewöhnen.

Als Ruby seinen Hosenbund fand und anfing, seine Jeans aufzuknöpfen, löste er sich lange genug von ihr, um seine Hose auszuziehen, sie an ihrem Hintern zu packen, ihre Beine um seinen Körper gewickelt, und dann drückte er sie gegen die Wand in seinem Schlafzimmer.

Er knabberte an ihrem Hals. „Wo waren wir stehen geblieben?"

„Ich glaube, ich war gerade hierbei..." Sie griff nach unten, um seinen Schwanz in die Hand zu nehmen, ihn mit einer Aufwärtsbewegung zu streicheln, sie fühlte sich von Alecs Armen unterstützt. Sein Schwanz fühlte sich zugleich hart wie Eisen und doch weich wie Seide an, und sie spürte, wie er unter ihrer Berührung erschauderte. Als sie mit dem Daumen über die Spitze seines Schafts strich, fluchte er leise.

„Wenn du so weiter machst, wird es bei mir nicht lange dauern", warnte er sie.

„Vielleicht möchte ich ja gar nicht, dass es lange dauert."

„Du möchtest definitiv, dass es lange dauert, Ruby." Jetzt war sie dran. Er stellte sie auf ihre Füße, um ihr die Jeans auszuziehen, dann tauchte er seine Hand unter ihr Höschen. „Verdammt, Baby, du bist schon so feucht für mich?"

„Ich kann nichts dafür. Du weißt einfach immer, was du sagen musst."

„Nicht nur Worte, meine Liebe. Aber ich glaube, wir sollten dich noch feuchter kriegen."

Sie stöhnte, als er ihre Schamlippen mit einer vorsichtigen Berührung auseinander drückte, dann zog er seinen Finger durch ihre Feuchtigkeit und benetzte sie mit ihren eigenen Säften. Sie hatte das Gefühl, gleich aus der Haut fahren zu müssen, besonders als er anfing, ihre Klitoris zu umkreisen. Wieder und wieder, doch er berührte sie nie direkt, er spielte mit ihrer Pussy, während sie ihre Nägel in seine Schulter stieß und sich zu seinem Streicheln bewegte. Ihr Orgasmus kam näher, eine Welle, die immer höher wurde.

„Komm auf meiner Hand, Baby", sagte er in ihr Ohr. „Ich möchte spüren, wie du meine Finger befeuchtest."

Dazu konnte sie nicht Nein sagen. Sie erreichte den Höhepunkt, kreischend, und Alec bedeckte ihren Mund mit einem intensiven Kuss, während sie kam. Genau wie er es ihr befohlen hatte. Sie nahm es kaum wahr, als er ihre Füße auf den Boden stellte, um sie besser halten zu können, sie dann wieder hochhob und ihre Beine wieder um seine Hüfte legte. Sein Schwanz stand zwischen ihnen, und er zog ihn mit seiner vollen Länge durch ihre noch pulsierenden Schamlippen.

„Ich brauche dich, Alec", keuchte sie. „Bitte, ich brauche dich."

„Ich hab dich." Er nahm seine Länge in die Hand und drückte sie gegen ihre glitschige Öffnung. Langsam drückte er in sie hinein, und beide stöhnten, als er sie ausfüllte. Ruby fühlte sich vollkommen erfüllt, bis in die Zehen und Fingerspitzen, so gut und vollkommen, sie musste ihn sich immer vorstellen als einen Wilden, der sie nahm, sie für sich beanspruchte.

Als er bis zum Anschlag in ihr war, bewegte er sich nicht mehr. Beide genossen das Gefühl, wieder miteinander verbunden zu sein. Warum hatte sie sich so lange dagegen gewehrt? Das hier war der reinste Segen, eins zu werden mit Alec. Sie schnappte nach Luft, wand sich, doch er hielt sie so fest, dass sie ihn nicht dazu bringen konnte sich zu bewegen.

„Alec", flehte sie. „Bitte."

Er legte seine Stirn an ihre. Dann zog er ihn wieder hinaus, bevor er erneut in sie hinein stieß. Sie spürte Wogen puren Segens durch ihren Körper rauschen, und sie konnte sich nicht davon abbringen, verzweifelte, tierartige Geräusche von sich zu geben, als er sie mit unnachlässigen

Stößen nahm. Sie griff nach seinem Kopf und zog ihn für einen Kuss herab, während er weiter in sie hinein rammte. Ihre Zungen spielten miteinander, und sie biss und knabberte an seiner Lippe, sog an seiner Zunge. Es war ein heilloses Durcheinander, doch gerade das gefiel Ruby so gut – das wilde Ficken.

Es machte ihr nichts, dass ihr Rücken über die raue Wand schrammte, oder dass ihre Lustschreie von allen Gärtnern, die gerade draußen seine Hecken schnitten, zu hören waren. Im Moment war ihr egal, ob der Coach oder Vincent oder Heath oder irgend jemand aus dem Team sie hörte. Es war ihr auch egal, ob Siri lauschte. Sie war einfach nur vollkommen zufrieden, dass sie wieder in Alecs Armen und nirgends sonst war.

„Fuck, Baby", murmelte er, und sie spürte, wie sein Schwanz sich in ihr zusammenzog, als er sich auf die Zähne biss und langsam kam. Sie drückte ihn an sich, sie liebte es, wie er sich ihrer Umarmung hingab. Dieser starke, vibrierende, arrogante Mann wurde Wachs in ihren Händen, wenn sie zusammen waren. Ihr Herz hüpfte bei dem Gedanken – so wie sie in seinen?

Er gehört mir.

Er ging auf seine Knie, legte sie auf den Boden, und sie schnappte nach Atem. Dann nahm sie einen scharfen Atemzug, als er ihren Fuß auf seine Schulter stellte, sich auf seine Ellbogen stützte und ihre Schamlippen auseinanderdrückte und sie mit heißem, nassem Lecken küsste, sodass sie zu fliegen meinte. Er ließ nicht nach, schnalzte seine Zungenspitze auf ihre Klitoris, schob einen und dann noch einen Finger in ihre sich verkrampfende Öffnung. Das Geräusch ihrer Feuchtigkeit heizte seine Leidenschaft nur weiter an, und als sie hörte, wie seine Lippen an ihr saugten und sich an ihr labten, steigerte sie sich nur um so schneller zu einem zweiten Orgasmus. Und als er da war, war seine Intensität beinahe schmerzhaft. Sie biss sich auf die Lippe, um nicht laut zu schreien, doch ihr Körper schüttelte sich so heftig, dass Alec sie fest in seinen Armen hielt.

Ruby schlang sich um ihn, ihr Geist beflügelt, ihr Körper komplett befriedigt. Als sie endlich von ihrem Hoch herunterkam, und Alec ihre Brüste an seine Wangen hielt, schlummerte sie ein. Sie fühlte sich geborgen und umsorgt. Es gab nichts anderes. Nur seinen Körper, als er in sie eindrang. Nur seinen Schwanz, als er tief in sie hinein tauchte. Nur sein Grunzen und die animalische Inbesitznahme, als er seinen Samen tief in sie hinein spritzte mit solch vollkommener Leidenschaft, dass sie beinahe zu träumen glaubte.

Er beanspruchte sie für sich.

Und sie ließ es zu. Denn er hatte sie gewonnen. In einem fairen Kampf.

Ruby gab sich Männern nicht leichtfertig hin. Sie gab weder ihren Körper noch ihr Herz einfach irgend jemandem. Doch Alec hatte geschworen, er werde sie beschützen. Hatte geschworen, er werde sie anbeten und sie so behandeln, wie sie behandelt werden sollte, und dafür würde sie ihm bis ans Ende der Welt folgen.

KAPITEL ZWÖLF

Auf seinem Weg zum Training an jenem Abend saß Alec auf dem Parkplatz der Bootleggers und starrte einfach geradeaus. Das Training begann erst in zwanzig Minuten, und er hatte noch mit niemandem gesprochen, seitdem sich die Nachrichten heute Morgen verbreitet hatten. Er wusste von einigen Leuten genau, wie sie reagieren würden. Heath und Kyle würden ihn darin bestärken, mit Ruby zusammen zu sein, der Coach würde ihm sagen, er solle vorsichtig sein, und Colleen...

Nun, Colleen hatte ihm den ganzen Tag in wechselnden Abständen Nachrichten geschickt, obwohl es ihm exzellent gelungen war, sie zu ignorieren. Er hatte nur immer ihren Namen aufpoppen sehen, aber in keine ihrer Nachrichten hineingeschaut.

Er warf einen raschen Blick auf ihre letzte Nachricht, er wollte nicht mehr Energie in sie investieren als nötig. Sie hatte geschrieben: *Ich hoffe, du bist jetzt glücklich.*

Genau genommen, ja, hätte er ihr am liebsten gesagt.

Mehr denn je, und alles hatte erst begonnen. Doch bis jetzt hatte er Ruby nur dazu bekommen, mit ihm auszugehen, hatte sie in sein Bett bekommen, und beides war Teil seines Traums gewesen. Er konnte nur erahnen, welch wundervollen Dinge noch kommen würden.

Doch wichtiger als Colleen war seine Mutter. Wie konnte es angehen, dass bereits zwölf Stunden verstrichen waren seit die erste Webseite, SportsBlog.com über ihn und Ruby berichtet hatte, es schon Tausende von Malen über Instagram und Twitter geteilt worden war und seine Mutter es noch nicht erfahren hatte?

Wenn er jetzt noch länger wartete, würde er was zu hören bekommen.

In der Einsamkeit seines Wagens rief er seine Mutter an und wartete. Sie ging beinahe augenblicklich ran. „Ich hatte mich schon gefragt, wann du mich wohl anrufen würdest. Ich erfahre mal wieder alles als Letzte."

Verdammt, sie hatte es schon gehört. Alec verzog das Gesicht. „Entschuldige, war ein hektischer Tag."

„Zu hektisch anscheinend, um deine Mom anzurufen, um ihr zu sagen, dass du mit jemand anderem zusammen bist." Sie seufzte. Er hörte wie im Hintergrund Töpfe und Pfannen in der Küche bewegt wurden. Egal, wie viele Haushaltshilfen er für seine Mutter engagierte, die Frau bestand darauf, nach dem Abendessen von Hand zu spülen.

„Mom, warum lässt du denn nicht Celia spülen? Ich habe sie eingestellt, damit du nicht mehr arbeiten musst."

„Was ist denn an Arbeit falsch, Alec? Ich bin doch

nicht allergisch dagegen. Und ich habe dir schon tausendmal gesagt, ich brauche etwas zu tun. Außerdem habe ich Celia heute früher nach Hause gehen lassen, und du weichst meiner Frage aus."

„Um genau zu sein hast du mir gar keine Frage gestellt." Er lachte leise. Es war sein Job als Sohn, es ihr immer möglichst schwer zu machen. „Aber immerhin habe ich dich angerufen, bevor du mich angerufen hast. Bekomme ich dafür etwa keine Punkte?"

Moms Stimme wurde sanfter. „Na schön, wenn du es so drehst." Das war das Schöne an seiner Beziehung zu seiner Mutter. Sie konnte so richtig durchdrehen und sich dann gleich wieder beruhigen. Sie konnte nie lange böse auf ihn sein. „Also, dann erzähl mal, was los ist, Alec. Und sag mir bitte nicht, dass es dabei nur um Publicity geht, denn das würde mir das Herz brechen."

„Was meinst du?"

„Ich meine, dass ich zu Gott bete, dass du wirklich mit diesem Mädchen zusammen bist und nicht nur so tust, damit deine Beliebtheit steigt, sonst würdest du damit meine Hoffnungen und Träume zerstören."

Alecs Kinnlade fiel beinahe hinunter. Seit wann hatte seine Mutter eine Meinung zum Thema Ruby O'Brien? „Moment mal, du *möchtest*, dass ich mit Ruby zusammen bin?"

„Alec, ich habe sie nie kennengelernt, aber so weit ich höre ist sie genau die Frau, die du brauchst. Sie ist fleißig, macht keinen Quatsch ... ein Mädchen, das dich auf Kurs hält."

„Ich – ich könnte nicht verblüffter sein." Alec schnaubte und rieb sich das Kinn. „Wie kannst du etwas von ihr wissen, wenn du sie nie kennengelernt hast? Ich denke, ich habe sie in den letzten zwölf Monaten vielleicht ... dreimal bei dir erwähnt? Und jedes Mal ging es darum, dass sie mir die Hölle heiß gemacht hat, wenn ich mich daneben benommen habe."

„Ganz genau. Das war der erste Punkt. Außerdem finden einige Mütter deiner Teamkollegen Ruby toll. Eine hat erwähnt, dass sie Ruby perfekt für dich fände. Ich muss halt die Stückchen zusammenfügen, die man mir gibt, Alec."

Und das war genau der Grund, warum er seiner Mutter nie etwas vormachen konnte. „Mom, warum noch mal hast du keine Detektivagentur? So wie du den Leuten Informationen entlockst ... Grundgütiger, Frau. Du und Nana, ihr beide!"

„Das ist auch gut so, sonst wüsste ich ja gar nicht, was bei dir so los ist. Football und andere Dinge okay, aber nichts über dein Liebesleben."

Das stimmte. So sehr Alec seine Mutter auch vergötterte, und er rief sie wöchentlich an, doch er erzählte ihr nie über seine zwischenmenschlichen Angelegenheiten. Sie hatte mit Alecs biologischem Vater schon mehr als genug für ein ganzes Leben durchgemacht, der abgehauen war, als er noch ein Baby gewesen war, durch die Collegejahre, als sie finanziell kämpfen musste und manchmal drei Jobs gleichzeitig hatte, um ihn zu unterstützen. Es war ihm nur so vorgekommen, dass seine

Mutter von seinen privaten Niederlagen lieber nichts hören wollte.

Außerdem hatte es nie jemanden gegeben, über den er ihr hätte erzählen wollen. Colleen hatte er nicht einmal erwähnt, bis es sich nicht mehr vermeiden ließ, als sie ihm von dem „Baby" erzählte. Und genau da war Alec klar geworden, dass er Colleen nicht heiraten konnte. Er hatte sie nicht einmal eingeladen, damit sie seine Mutter kennenlernen konnte.

„Weil es einfach nie ein Liebesleben gab, über das ich hätte *sprechen* können."

„Hmm."

Er hörte Wasser laufen, dann das Seufzen seiner Mutter in der Leitung. Er wusste, dass sie jetzt die Küche fertig machte, um es sich dann in ihrem Sessel gemütlich zu machen, wo sie sich für gewöhnlich einen vorher aufgenommenen Hallmark Film ansah. Nie am Sonntag, wenn er eigentlich ausgestrahlt wurde, denn die Sonntage waren reserviert, um ihn im Fernsehen zu sehen.

„Ruby O'Brien also, was? Irisch, vermute ich?"

„Irische Wurzeln höchstwahrscheinlich", erwiderte er, und ihm fiel auf, dass er Ruby das nie gefragt hatte. Plötzlich wollte er alles wissen, was es über sie zu wissen gab. „Mit wunderbar rotem Haar und blauen Augen."

„Natürlich."

„Was meinst du mit natürlich? Ich bin noch nie mit einem Rotschopf ausgegangen."

„Doch, bist du."

„Wann?"

„Im Kindergarten. Sonia Jones hatte rote Haare."

„Mom, Sonia Jones war vier Jahre alt."

„Sie hatte rote Haare, Alec, und sie war das erste Mädchen, von dem ich sagen konnte, dass du sie wirklich, wirklich geliebt hast, selbst in diesem zarten Alter. Du bist nach Hause gekommen und hast pausenlos von ihr erzählt, dann habe ich eines Tages gesehen, dass meine Rosen in der Vase einfach abgeschnitten waren. Die, die du mir zum Muttertag geschenkt hattest. Doch am Montagmorgen wurden sie Sonias Rosen."

Alec warf seinen Kopf zurück und lachte. „Das habe ich nicht gemacht."

„Doch, hast du." Er hörte ein Lächeln in der Stimme seiner Mutter. „Und der Lehrer hat mich nach der Schule angerufen, um mir zu sagen, dass es ja schon süß von dir war, aber dass du keine Rosen mitbringen solltest, wenn du nicht für alle Mädchen eine hast."

„Im Ernst?" Alec lachte. „Das ist so falsch!"

„Da wusste ich, dass ich auf Rotschöpfe achten musste. Oder Mädchen, die Football mögen, eins von beiden. Eines Tages habe ich wie ein Baby geweint."

„Warum?"

„Weil ich wusste, dass es eines Tages so kommen würde. Vielleicht nicht Sonia, aber eines Tages würde jemand anders dein Herz stehlen, und dafür war ich nicht bereit."

„Niemand wird je deinen Platz in meinem Herzen einnehmen, Mom", erwiderte Alec.

„Das weiß ich, Alec. Und wenn die richtige Frau

kommt, dann macht es mir auch nichts, dein Herz ein wenig mit ihr zu teilen."

Warum hatte er nie die Verbindung zu Sonia Jones gesehen? Er hatte vollkommen vergessen, dass sie rote Haare gehabt hatte und wie sehr er ihr auf dem Spielplatz nachgelaufen war, so sehr, dass die arme Sonia es ihren Eltern erzählt hatte, und am nächsten Tag hatte Mrs. Brenfold seinen Tisch auf die andere Seite des Raums gestellt.

„Du bist jetzt schon seit über einem Monat nicht vorbeigekommen", sagte Mom und schleifte ihn noch ein wenig länger durch sein Schuldgefühl. „Ich bräuchte mal deine Hilfe bei ein paar Sachen, es sei denn, du bist zu beschäftigt für deine liebe alte Mutter?"

„Nein, Ma'am. Niemals zu beschäftigt. Ich komme am Samstag vorbei. Was brauchst du denn?" Alec hörte den ersten Pfiff und wusste, dass er bald gehen musste, sonst würde das Training ohne ihn losgehen.

„Der Verandaschirm ist an einer Ecke eingerissen", sagte sie, „und die Spülmaschine bleibt immer an der gleichen Stelle hängen. Ein Haufen Dinge. Ich habe eine ganze Schatz-To-Do-Liste für dich."

„Ich kümmere mich gerne darum, Mom. Hör mal, ich muss los. Ich wollte bloß der erste sein, der dir von Ruby und mir erzählt, aber da bin ich wohl gescheitert. Zumindest war ich der erste, der dir gesagt hat, dass es echt ist. Kein Publicitygag. Bekomme ich dafür was?"

„Einen Backenkneifer." Sie lächelte. „Ich weiß doch, mein Schatz, Ich will's dir nur schwer machen. Sie ist übrigens die eine."

„Was?", fragte er, überrascht, dass sie solch eine Aussage machte, ohne sie überhaupt zu kennen. „Die eine was?"

„Na ja. Die eine, die Liebe deines Lebens..."

„Woher weißt du das?"

„Weil", sagte sie mit dieser allwissenden Mütterlichkeit. „Du hast Sonia meine Rosen gegeben und dieser Ruby meinen Schal."

„Deinen Schal?" Er musste eine Minute darüber nachdenken. Ach richtig. Der Schal von heute morgen. Die Reporter hatten schon die Fotos vom Nachmittag gepostet. „Verdammt."

„Verdammt ist richtig", lachte sie. „Und, Alec?"

„Ja, Ma'am?"

„Bring Ruby am Samstag mit. Ich möchte sie kennenlernen."

KAPITEL DREIZEHN

Ruby starrte auf den Bildschirm ihres Laptops, versuchte, sich auf ihre Arbeit zu konzentrieren, doch in ihrem Kopf wirbelten tausend verschiedene Gedanken durcheinander. Der größte, der ihr Gehirn zu verbrennen drohte: Wenn es nicht Liebe war, was war es dann?

Sich vorzustellen, dass sie sich gerade schwer in Alec LeBrun verliebte war schwierig für Ruby, doch was hätte es sonst sein sollen? Sie dachte ununterbrochen an ihn, sie fühlte sich so geliebt bei ihm, er sorgte sich um sie, gab sogar damit an, dass er mit ihr zusammen war, behandelte sie so nett, und im Bett war er einfach eine Wucht. Und außerhalb des Bettes auch. Die Terrasse hinten, die Schlafzimmerwand... Check, check, check, check!

Doch wie lange noch?

Vielleicht war er *jetzt* so ein Schatz, weil er einfach gut drauf war? Weil sie einverstanden war, mit ihm auszugehen? Welche Garantie hatte sie, dass er nicht wieder in dieses kindische Gehabe zurückfallen würde, wenn es nicht nach seinen Vorstellungen verlief? Mit dem alten Alec hätte sie auf keinen Fall zusammen sein können, dem Alec, der vor ein paar Monaten noch für Schlagzeilen gesorgt hatte. Und zwar *nicht* aus guten Gründen. Wie konnte sie sicher sein, dass er immer der Mann sein würde, den sie brauchte?

Es gab keine Garantien.

Es war noch früh, erinnerte sie sich. Romantische Gefühle waren eine Sache – wahre Liebe etwas vollkommen anderes. Obwohl sie in ihrem Leben erst einen richtigen Freund gehabt hatte, wusste sie genug, um diesen anfänglichen Hochgefühlen nicht zu vertrauen. Einige ihrer Freundinnen hatten sie im Laufe des Tages angerufen und wollten saftige Details über ihre Beziehung mit Alec LeBrun erfahren, doch sie konnte keiner von ihnen ehrlich sagen, was sie in ihrem Herzen empfand.

Ein Satz ging ihr immer wieder durch den Kopf: *Japp, es ist wahr! Jetzt lass uns mal sehen, wohin es führt.*

Ja, es war noch zu früh, um sagen zu können, dass sie ihn liebte. Sie würde ihn testen und es herausfinden müssen. Sich selbst Zeit geben, um da hineinzuwachsen. Herausfinden, wer er wirklich war. Das würde jede vernünftige Frau tun, und Ruby war eine vernünftige, praktisch denkende Frau. Es gab keinen Grund, gleich Nägel mit Köpfen zu machen und zu behaupten, dass es Liebe war.

Das war ihr Plan, und daran würde sie sich auch halten, sagte sie sich.

Sie schüttelte die Gedanken aus ihrem Kopf, dann

machte sie sich wieder an den PR-Plan für einen anderen Klienten. Sie musste den gleichen Satz wieder und wieder lesen, denn sie musste ständig an Alecs Lachen denken, Alecs Lächeln, Alecs Gesicht zwischen ihren Beinen, seine Augen, wenn er zu ihr aufsah, wie seine Zunge sich an ihr labte und sie an den Punkt brachte, von dem es keine Rückkehr mehr gab.

„Fuck, Ruby", ermahnte sie sich selbst. „Konzentrier dich!"

Als hätte sie noch eine weitere Ablenkung gebraucht, klingelte nun auch noch ihr Handy. Genervt griff sie danach und starrte auf den Bildschirm. Ihr Vater. „Puh, dazu bin ich jetzt überhaupt nicht in Stimmung", murmelte sie, doch sie musste. Er war ja außerdem ihr Boss. „Hey, Dad. Du, ich bin gerade mit etwas beschäftigt."

„Wie geht's denn meinem Liebling?"

„Dein Liebling reißt sich hier gerade den Arsch auf."

„Ja, ich weiß. Ich habe heute Morgen die Beiträge über dich und LeBrun gesehen. Ich muss schon sagen, das war ein Geniestreich, Ruby. Wie ihr beide das geschafft habt, aus diesem Restaurant spaziert zu kommen und dabei auszusehen, als wärt ihr schon seit Monaten zusammen ist unbegreiflich. Ihr hättet vielleicht Schauspieler werden sollen." Er war in selten fröhlicher Stimmung, sie wusste, das musste mit dem Sports Armour Angebot zu tun haben.

„Ha! Richtig! Absolut!"

„Hat sich Sports Amour bei euch wegen der Neuigkeiten gemeldet?"

„Nein, ich nicht, aber wir haben ein Meeting in ein

paar Tagen und die Personalabteilung hat mir gerade den Papierkram geschickt, also gehe ich davon aus, dass alles weiterläuft. Ich werde dich auf dem Laufenden halten, okay?"

„Japp, halt mich auf dem Laufenden. Ach, und, Ruby?"

„Ja, Dad?"

„Ich weiß es zu schätzen, dass du das alles für die Firma auf dich nimmst."

„Was meinst du damit?" *Die Firma?*

„Diese ganze Alec LeBrun-Sache. Ich weiß, du würdest dich niemals mit einem Typen wie dem erwischen lassen, und der verdient dich ja auch überhaupt nicht. Aber du tust das für mich, und das weiß ich zu schätzen."

Ruby hätte sich beinahe an ihrem Kaffee verschluckt.

Glaubte ihr Vater das wirklich? Was würde er wohl glauben, wenn er wüsste, dass sie *tatsächlich* etwas für Alec empfand? Dass sie tatsächlich mit ihm zusammen war? Dass sie sich tatsächlich auch etwas Langfristiges mit ihm vorstellen konnte? Dass sie möglicherweise schon eine Liebesaffäre mit ihm *hatte* und es ihm bloß nicht erzählt hatte? Vielleicht unterschätzte sie ihren Vater ja, aber sie war sich sicher, dass er enttäuscht wäre.

Er hatte es ja selbst gesagt – *er verdient dich überhaupt nicht.*

Na, jetzt wusste sie, was ihr Vater wirklich empfand, und das verkomplizierte die Dinge nur. Sie wusste selbst noch nicht recht, ob Alec sie verdiente – es war zu früh, dazu etwas zu sagen, doch sie wusste, dass sie gerne in seiner Nähe war. Er hatte sie zum Lächeln gebracht und dafür gesorgt, dass sie sich wie sie fühlte. Er ließ sie abschalten und einfach Spaß haben. Bei ihm ließ sie die Haare herunter!

Eigentlich ging ihr schon genug im Kopf herum, ohne dass auch noch die Meinung ihres Vaters mit ins Spiel kam, deswegen kürzte sie die Unterhaltung an dieser Stelle ab. „Klar, Dad. Wir profitieren doch alle davon, stimmt's? Ich spreche später mit dir."

Als sie aufgelegt hatte, lehnte sie sich in ihrem Stuhl zurück und stieß einen tiefen Atemstoß aus. Mann, die Sache wurde von Tag zu Tag verrückter. Eins nach dem anderen, ermahnte sie sich. Was anderes konnte sie nicht tun. Einen Augenblick später, klingelte ihr Handy erneut, und sie meldete sich unwirsch. „Ruby hier."

„Hey, Red."

„Alec!" Selbst ihr fiel die Aufregung in ihrer Stimme auf, sie merkte, wie sie sich von der genervten Publicity Agentin in das grinsende, alberne, verliebte Mädchen verwandelte. Sie schraubte es etwas herunter, bevor sein Ego noch größer wurde. „Wie sieht's aus an deinem Ende der Welt? An deinem Tight End. Ha – verstehst du?"

„Du hast einen Witz gemacht, Ruby. Das ist so süß."

„Halt die Klappe. Sag mir einfach was los ist."

„Meine Mom. Sie möchte dich kennenlernen, wenn ich am Samstag zu ihr fahre. Möchtest du mitkommen?"

„Samstag? Also in drei Tagen? Wir bereiten uns doch gerade auf das Meeting mit Sports Armour vor."

„Das ist doch aber erst am Montag. Nun komm schon,

Ruby. Eine kleine Fahrt nach Charleston. Nur wir zwei in meinem Auto. Ich würde sogar einen Ferrari stehlen für unsere kleine Spritztour. Das wird lustig."

Auch wenn sie wusste, dass er nur Spaß machte, stellte sie sich doch unweigerlich vor, wie sie beide über den Highway brausten, stundenlang in einem Auto säßen, sich über das Leben unterhielten, und vielleicht zwischendurch sogar auf das Thema Sex kämen. Mit ihm einen Ausflug zu machen reizte sie schon, aber seine Mutter kennenzulernen? Jetzt schon? „Alec, bist du dir sicher, dass das eine gute Idee wäre? Was, wenn deine Mutter mich nicht mag?"

„Und was, wenn meine Mutter dich ganz toll findet, wie es schon der Fall ist?" Wovon sprach er da? Er hörte sich an wie ein kleines Kind, das seine Weihnachtsgeschenke ein wenig zu früh bekommen hatte. „Vertrau mir doch einfach, Red. Sie weiß schon von dir, und sie ist ganz aufgeregt. Ich hole dich früh gegen acht Uhr ab. Hört sich das gut an?"

Worte wollten aus ihrem Mund, doch plötzlich hatte sie Bauchschmerzen. Alles veränderte sich gerade so rasant, und Ruby war das nicht gewöhnt. Die Dinge veränderten sich selten, und wenn, dann dauerte das seine Zeit. Doch all das hatte sich getan, nachdem sie an jenem verhängnisvollen Tag Ja zu Alec gesagt hatte.

Seitdem war nichts mehr wie es war.

„Supersüß." Ruby lächelte.

Als Alecs Wagen vor dem charmanten, aber bescheidenen zweistöckigen Haus in Charleston, South Carolina, hielt, fragte Ruby sich, warum Alec seiner Mutter nicht ein größeres Haus kaufte. Das machten die meisten ihrer Klienten, sobald sie es erst einmal zu Geld gebracht hatten. Es war ja nicht so, als hätte Alec sich das nicht leisten können. Aber vielleicht hatte seine Mutter ja auch einfach kein neues gewollt. Nach dem, was er ihr auf der Fahrt über seine Mutter Carolyn erzählt hatte, würde sie sich nicht wundern, wenn Mrs. LeBrun sich geweigert hätte, jegliche Form von finanzieller Unterstützung von Seiten ihres berühmten Sohnes schlichtweg abgelehnt hätte.

Schmetterlinge flatterten durch ihren Bauch, als sie ausstiegen, ihre Taschen herausholten und zur Haustür gingen. „Ma!" Alec klopfte dreimal. „So weiß sie, dass ich es bin", flüsterte er Ruby zu.

„Ah! Nicht etwa, weil da ein verrückter Mann an der Haustür steht und ruft?" Ruby zwinkerte, und Alec stieß sie von der Seite an. Sie hatten auf der ganzen Fahrt von Savannah hierher ihren Spaß gehabt, und Ruby vermutete, dass er das machte, damit sie sich wohl fühlte, weil er sicher wusste, dass es sie nervös machte, seine Mutter kennenzulernen.

Eine kleine Frau mit kurzen, sorgfältig frisierten Haaren öffnete ihnen die Tür. „Da ist er ja! Mein Junge!" Alec ließ seine Mutter noch winziger wirken, als er sie fest in die Arme nahm, er hob sie sogar vom Boden, und sie kreischte, dann stellte er sie wieder ab. „Und Sie sind wohl

Miss O'Brien."

„Nennen Sie mich doch bitte Ruby, Miss LeBrun."

„Dann müssen Sie mich Carolyn nennen." Die Frau sprach mit einem Südstaatenakzent, der so dick war wie Zuckersirup aus Georgia. „Kommt rein, kommt rein, bevor die Insekten euch auffressen. Die Mücken wollen dieses Jahr einfach nicht verschwinden."

Ruby musste über die Südstaatengastfreundlichkeit der Frau lächeln. „Danke! Sie haben ein schönes Haus!" Das hatte sie wirklich. Das Innere war tadellos, mit bescheidenen, aber schönen Möbeln eingerichtet und mit gerahmten Fotos von Alec als er noch klein war.

Er sah, dass sie die Fotos entdeckt hatte, und versuchte, ihr den Blick mit seinen breiten Schultern zu versperren. Er warf ihr einen vielsagenden Blick zu. „Schau dir nicht die Kinderfotos an!"

Ruby lachte und flüsterte, als Carolyn sie zum Wohnzimmer führte: „Dann schaue ich sie mir halt an, wenn du gerade nicht guckst."

Carolyn sagte über ihre Schulter: „Ich wohne hier schon seit Alec mir gerade mal bis zum Knie ging. Das ist eine ganz schön lange Zeit, wie Sie sich denken können. Soll ich euch Sandwichs machen?"

„Nein, Mama. Wir haben auf dem Weg hierher schon gegessen", sagte Alec, und Ruby fiel auf, dass er mit seiner Mutter ganz anders sprach als mit ... na ja, so ziemlich jedem anderen. Er sprach nicht nur respektvoll, sondern Ruby hatte den Eindruck, dass er sich bei seiner Mutter wieder in einen schüchternen Zehnjährigen verwandelte.

„Das ist schade", sagte Carolyn, als sie in die Küche kamen. „Dann trinkt ihr wenigstens einen Eistee, den ich extra für euch gemacht habe?"

Ruby war kein Eisteefan, aber wenn Alecs Mutter ihn schon extra gemacht hatte, dann würde sie ihn wenigstens probieren. „Oh ja. Das hört sich gut an. Danke!"

Carolyn wies auf den Küchentisch, und sie setzten sich ans Fenster. Davor war ein kleiner, aber bunter Garten zu sehen, bei dessen Anblick Ruby lächeln musste. „Also, mein Sohn hat mir erzählt, dass sie daran arbeiten, ihn wieder auf den richtigen Weg zu bringen?", fragte sie und goss Tee in drei Gläser. „Benimmt er sich anständig bislang?"

Ruby hätte beinahe gelacht, als sie sah, wie Alecs Augäpfel fast herausgefallen wären bei dem Kommentar seiner Mutter. „Oh ja! Er macht sich großartig!", erwiderte sie fast losprustend. „Einer meiner besten Klienten."

Offensichtlich wusste seine Mutter, dass er mehr als das war, doch sie konnte ihr ja wohl schlecht sagen, dass er der beste Liebhaber war, den sie je gehabt hatte. Alecs Augen glühten, als er sie von der anderen Tischseite aus ansah. „Ruby hat hart gearbeitet, Mama. Ich habe ganz schönen Mist gebaut, weißt du."

„Das weiß ich. Wie schon als kleiner Junge. Bist immer bei den Leuten in den Garten gestiegen und hast Blumen für mich geklaut." Bei der Erinnerung musste sie lächeln. „Hat er Ihnen von Sonia erzählt?"

„Mama, nicht jetzt", warnte Alec sie.

„Wer ist denn Sonia? Sollte ich mir Sorgen machen?" Ruby lächelte, und sie und Carolyn zwinkerten einander zu. Sie mochte diese Frau jetzt schon und fühlte sich gleich wohl.

„Ach, Schatz, warum denn nicht? Das ist so eine süße Geschichte", sagte seine Mutter. Nachdem sie den Eistee verteilt hatte, setzte Carolyn sich an den Tisch und hob die Abdeckung von einem gut aussehenden Zitronenkuchen. Wahrscheinlich ebenfalls selbstgemacht. „Na schön. Dann erzähle ich ihr das ein andermal. Aber dafür hat Alec mir ja auch immer einen Blumenstrauß gebracht, da konnte ich also gar nicht zu böse auf ihn sein."

Alec verdrehte die Augen, als sie so ihre Erinnerungen austauschten.

Ruby hörte gespannt zu, als sie sich weiter unterhielten. Es war ganz offensichtlich, dass Carolyn und Alec einander sehr nahe standen, und Ruby war unweigerlich neidisch auf ihn. Sie liebte ihren Vater, natürlich, und er liebte sie, doch Carolyn stand ihrem Sohn bei – in Dick und Dünn. Dafür war ihr Vater immer kritisch. Es sei denn, sie machte es so, wie er wollte.

„Also, Ruby... Alec hat mir erzählt, dass Sie in jeder Beziehung absolut perfekt sind."

„Mama!" Alec LeBrun, der Tight End der Savannah Bootleggers, wurde doch tatsächlich rot.

„Was denn? Um Himmels willen, Alec, genau das hast du doch neulich zu mir gesagt", sagte Carolyn kopfschüttelnd und wandte sich dann wieder Ruby zu, als würde von nun an Rubys und nur noch Rubys Meinung gelten. „Kümmert er sich gut um Sie? Denn wenn er sich nicht gut um Sie kümmert, dann werde ich ihm keine selbstgebackenen Kekse mehr schicken."

„Nein! Nicht die selbstgebackenen Kekse. Komm schon, Ma!" Alec tat so als wäre er tief getroffen und zwinkerte Ruby zu. „Alles, nur nicht die selbstgebackenen Kekse streichen!"

Ruby lachte leise in sich hinein, die Hand über dem Mund und wandte sich dann Carolyn zu. „Er ist großartig. Er behandelt mich wirklich gut. Bis jetzt."

Alec schüttete den Kopf und legte ihn dann auf seine Arme auf dem Tisch. „Ich wusste, es wäre keine gute Idee, dich herzubringen."

Ruby lachte so herzhaft mit Carolyn, dass sie schon zugeben musste, dass sie die Zeit wirklich genoss. Das hier könnte gut für sie sein. Niemand konnte einen Mann so gut zurechtstutzen wie die eigene Mama. „Hey, du wolltest doch, dass ich mitkomme. Und jetzt bin ich da." Ruby reichte über den Tisch und zerstrubbelte Alec das Haar, sodass Carolyn hinter ihrem wissenden Lächeln ganz nett zwinkerte.

Sie unterhielten sich den ganzen Nachmittag, und Ruby hatte sich noch bei keiner Mutter irgendeines Freundes so wohl gefühlt. Sie konnte sich diese Frau als ihre beste Freundin vorstellen. Vor allem, wenn sie sich beide gegen Alec verschworen hatten, sodass er den Kopf schüttelte oder unter falschem Protest das Zimmer verließ. Nach dem Abendessen wurde aufgeräumt, und sie verbrachten noch ein wenig Zeit an dem kleinen Kamin, da wandte Carolyn sich an Alec: „Du spielst morgen aber nicht, oder?"

„Nein, ist ein freies Wochenende."

„Großartig. Na, ich sehe euch beide dann morgen früh. Ihr könnt das Gästezimmer oben haben."

Von Alecs überraschtem Gesichtsausdruck entnahm Ruby, dass das wohl eine große Sache war, die Erlaubnis zu bekommen, gemeinsam im gleichen Haus zu übernachten. „Ich soll nicht auf der Couch hier unten schlafen, Mama?"

„Himmel, nein! Ruby kann doch gar nicht auf dich aufpassen, wenn du nicht bei ihr bist, oder, Ruby?" Carolyn blieb an der Treppe stehen, schob ihre Lesebrille hinunter, um Rubys Gesicht besser zu sehen.

„Nein, Ma'am. Was immer Sie für richtig halten, Carolyn."

„Schlaft miteinander." Seine Mutter tat die Sache mit einer Handbewegung ab. „Wir sind doch emanzipierte Frauen, nicht wahr, Ruby?"

Ruby hätte sich beinahe die Lunge aus dem Hals gehustet. „Ja, Ma'am. Schlafen Sie gut!"

Als sie weg war, sahen Alec und Ruby einander an. Beide waren erleichtert, dass sie nun nicht mehr aufpassen mussten. „Mann, das war anstrengend", rief Alec aus, dann führte er Ruby nach draußen, um ihr die Nachbarschaft zu zeigen. Obwohl das Haus klein war, war es gut in Schuss, und Carolyns Garten sah draußen noch schöner aus als vom Fenster aus. Ruby bewunderte die Rosen, die hinter dem Haus wuchsen, und sie beugte sich zu einer großen roten hinunter.

„Deine Mutter ist eine tolle Frau", sagte Ruby, während sie so über die Straße schlenderten. Glühwürmchen flogen von der Wiese auf und leuchteten träge, während die Sonne unterging.

„Das ist sie. Auf gewisse Weise erinnerst du mich an sie. Hart arbeitend, achtbar." Alec schob im Gehen seine Hände in die Taschen, und Ruby fragte sich: wollte sie nur als hart arbeitend und achtbar angesehen werden? Sie hatte die Art von Frauen gesehen, die Alec in der Vergangenheit gedatet hatte, das waren alles sexy, heiße Frauen gewesen. Sie wollte auch sexy und heiß für Alec sein. „Als Kind wusste ich nicht, wie hart sie gearbeitet hat", fuhr Alec fort und nahm Rubys Hand. „Also, natürlich wusste ich, dass sie viel arbeitete, aber ich wusste nicht, dass sie das tat, damit ich Football spielen konnte."

„Wow! Das ist wirklich bewundernswert!"

„Danke! Ja, sie hat sich wirklich die Finger wund gearbeitet für mich, weil sie immer an mich geglaubt hat." Er schüttelte den Kopf. „Ich habe ihr alles zu verdanken."

„Weil ich dich kenne, wundere ich mich, dass du ihr nicht ein großes, schickes Haus gekauft hast."

Er lachte. „Hey, was soll das heißen, weil du mich kennst? Ich bin nicht so ein Schicker. Und ich habe es versucht, aber sie hat gesagt, sie wollte in diesem Haus, für das sie so hart gearbeitet hat, um es sich kaufen zu können, eines Tages sterben. Ich habe es nicht übers Herz gebracht, sie mehr unter Druck zu setzen. Ich habe ihr aber ein niegelnagelneues Auto gekauft."

„Und sie wird keinen Tag ihres Lebens mehr arbeiten müssen", fügte Ruby hinzu.

„Das ist wahr, ich möchte sie nicht mehr kämpfen sehen. Ich habe mir den Arsch aufgerissen, um hinzubekommen, dass sich das ändert." Schweigend gingen sie weiter. Ruby nahm die Nachbarschaft in sich auf, genoss es, Leute zu sehen, die auf ihrer Veranda in Schaukelstühlen saßen oder Abendspaziergänge machten. Es war eine freundliche Gegend in Charleston, und Ruby konnte verstehen, dass Carolyn hier nicht weg wollte.

„Weißt du, warum ich wirklich habe Football spielen wollen?", fragte Alec mit traurigem Lächeln.

„Die Cheerleader?"

„Das trifft es nicht einmal annähernd." Alecs ganze Haltung änderte sich. Ernsthafte, nichts verbergende Wahrheit. „Als Kind wollte ich gerne in die NFL, damit, wenn ich dann im Fernsehen wäre, mein Dad mich sehen und es bedauern würde, dass er uns verlassen hat."

Ruby blieb abrupt stehen und berührte Alecs Wange. Ihr Herz schmerzte für ihn. „Das ist so traurig Alec. Tut mir leid, das zu hören." Das war eine so anrührende Geschichte, die hätte man gut für PR-Zwecke nutzen können. Doch Alec machte so etwas nicht. Er wollte sein Privatleben, insbesondere seine Mutter vor dem öffentlichen Auge schützen, und sie respektierte ihn nur um so mehr dafür.

Sie hatte mit vielen berühmten Personen zusammengearbeitet, die meisten würden ohne mit der Wimper zu zucken, ihre Familie für ihr Image gebrauchen.

Und doch, während sie so neben Alec herging und sie langsam zu Carolyns Haus zurückkehrten, musste sie seine Integrität bewundern. Er würde seine Mutter bis zu seinem letzten Atemzug beschützen, er hielt sie aus allem raus, aus den Medien und allem anderen, und auch wenn er sie sicher mit Leichtigkeit zu einem Interview hätte überreden können, um noch sympathischer dazustehen, weigerte er sich, auch nur daran zu denken. Es war ihm lieber, seinem Image – und vielleicht auch seiner Karriere – zu schaden, als eventuell die Beziehung zu dem Menschen zu riskieren, den er womöglich am meisten auf der ganzen Welt liebte.

Ihr Herz verkrampfte sich bei dem Gedanken. Wie wäre es wohl, so von einem Mann geliebt zu werden? Einem Mann, der alles daran setzen würde, einen zu beschützen? Das war ein gefährlicher Gedanke, einer, den sie am liebsten von sich geschoben hätte. Schließlich hatte sie sich vorgenommen, erst einmal nur Spaß zu haben, die Sache mit Alec nicht zu ernst zu nehmen. Doch das hing für den Rest des Abends über ihr, während sie ein wenig an ihrem Laptop arbeitete und Alec im Haus hantierte, den Verandaschirm seiner Mutter reparierte, sich um einen Wasserhahn kümmerte und noch einige andere Dinge erledigte, bei denen sie Hilfe brauchte. Dieser Mann war ein Macher. Er hatte nicht nur eine Position in einem NFL-Team bekommen. Er hatte sie sich durch harte Arbeit und Hingabe verdient, und dafür respektierte sie ihn nur um so mehr.

Mit einem Mal, als sie so beobachtete, wie er eine

Fußleiste befestigte, die sich gelöst hatte, als sie so sah, wie seine Muskeln sich wölbten und ihm die Schweißperlen vor Anstrengung hinabrannen, wusste sie, das war der Mann den sie wollte. Ein Mann, der seine Mutter so liebte, würde auch sie so lieben. Nein, sie war nicht nur nicht abgeneigt, mit Alec LeBrun zusammen zu sein – sie war in ihn verliebt.

Sehr.

Obwohl sie sich vorgenommen hatte, erst weitere Informationen zu sammeln.

Einen Moment lang konnte sie nicht atmen. Es war, als wäre sämtlicher Sauerstoff aus dem Raum gesogen worden. Die Wahrheit traf sie hart, und als sie es tat, konnte sie sich nicht mehr auf ihre Arbeit konzentrieren. Sie musste mit diesem Mann – diesem schönen, süßen Mann – jetzt sofort nach oben, in dieser Sekunde, und ihn lieben.

KAPITEL VIERZEHN

Er wusste nicht, warum Ruby jetzt auf ihn zukam, ihm die Fugenspritze aus der Hand nahm und sie auf den Küchenschrank legte, doch ihr Blick verriet ihm, dass er es gleich herausfinden würde.

„Was ist los?", fragte er lachend.

Ruby sah aus, als wollte sie ihm unzählige Dinge sagen, doch am meisten sprachen ihre Augen. „Wir können morgen damit weitermachen. Bring deine Frau ins Bett, Alec."

Bei den Worten wurde er gleich hart.

Ruby zog sein Gesicht hinab und küsste ihn, fest und mit einer Dringlichkeit, als wurde sie gerade von etwas Tiefem und Mächtigem für Alec erfüllt. Er wusste, was sie dazu brachte. Hier mit Ruby in dem Haus seiner Mom zu sein war ein neuer Schritt in eine neue Richtung. Es war ganz klar, dass seine Mutter Ruby mochte, und sie würden eine ganze Nacht im gleichen Bett schlafen. Und nicht in irgendeinem Bett, sondern in genau dem Zimmer, das einmal seins gewesen war.

Er war nach Hause gekommen. Und er hatte seine neue Liebe mitgebracht.

Sie nahm seine Hand und führte ihn nach oben. Sie übersprangen ein paar Stufen, nur um so schnell wie möglich hinauf zu kommen. Die Tür seiner Mutter war geschlossen, Gott sei Dank, und das sanfte Fernsehlicht plus das leise Schnarchen verrieten ihm, dass seine Mutter auf der Stelle eingeschlafen war.

Ruby brachte Alec in sein Zimmer und schloss die Tür.

Plötzlich explodierten die Dinge zwischen ihnen. Er konnte sie nicht schnell genug küssen, sie berühren oder ausziehen. Alec hob Ruby aufs Bett, zog ihr die Leggings hinab, spreizte dann ihre Beine, damit er zu ihrem Höschen vordringen konnte. Er nahm sie unter den Knien und hielt diese hoch, bis ihre heiße, feuchte Scham gegen seinen Schwanz stieß. Beide stöhnten bei der Berührung.

Als sie sich aufsetzte, um ihn leidenschaftlich zu küssen, strich Alec mit seinen Fingern durch ihre langen Haare und löste sie aus dem festen Knoten. Die Nadeln pingten, als sie auf dem Tisch landeten. „Ich brauche dich, Ruby", murmelte er, als er ihre Bluse aufriss. Knöpfe flogen, doch selbst Ruby war schon zu weit, um ihn deswegen anzubrüllen. Sie wollte ihn so sehr wie er sie, und sie stöhnte, als er ihre Nippel durch ihren Seiden-BH saugte, doch er musste sie nackt haben. Als er ihre Brüste befreite, ihren BH gegen die Footballlampe warf, die als Kind ihm gehört hatte, umfasste er eine runde Titte und saugte an der anderen.

Sie wand sich unter ihm, fuhr ihre Finger durch sein Haar.

„Du bist so feucht, Ruby." Alec schob den seidigen Stoff beiseite, um an ihre Pussy zu kommen, strich mit seinen Fingern zwischen ihren Schamlippen entlang, genoss es, wie sie vor Lust ihren Kopf zurückwarf.

„Du machst mich so feucht", sagte sie, schob ihr Höschen beiseite, bot ihm sich als Geschenk. Sie sah ihm zu wie er mit ihrer Pussy spielte, wobei er immer härter wurde und seine Hose sich spannte. Er spürte, wie sie feuchter und feuchter wurde, bis seine Hand schließlich klitschnass von ihren Säften war. Er wusste nicht, wie es ihr ging, aber er musste sie jetzt probieren. Er führte seine Finger an den Mund und leckte sie ab.

Rubys Mund öffnete sich, dann legte sie ihm die Hand auf den Nacken und zog ihn zu einem tiefen Kuss hinunter, um selbst zu probieren.

Röte kroch ihr die Brust hinauf, und mit einem leisen Geräusch in ihrem Rachen griff sie nach seinen Hosenknöpfen. Innerhalb von Sekunden hatte sie seinen Schwanz befreit, der schon beinahe schmerzhaft hart war, und begann, ihn zu streicheln. Jetzt war es an ihm, den Kopf in den Nacken zu legen und zu stöhnen. Ihre Finger griffen nach ihm und zogen, und als sie dann seine Eier in die andere Hand nahm, musste er ihre Hände beiseite schieben, damit er nicht über ihre hübschen Finger kam.

Doch Ruby hatte andere Pläne, und er konnte ihr keinen Vorwurf machen für das, wohin ihr netter, verschlagener Geist sie trieb. „Ich möchte dich auch schmecken", sagte sie. Sie spreizte ihre Beine am Bettrand, supersexy, und nahm ihn in den Mund.

Alec keuchte.

Er strich mit seinen Fingern durch ihr wallendes Haar und sah ihr zu wie sie ihre Lippen um die Spitze seines Schwanzes legte und ihn langsam wieder herauszog, bis er aus ihrem Mund ploppte. Sie lachte und schob das ganze gottverdammte Ding wieder hinein. Er spürte, wie er hinten in ihrem Rachen anstieß und meinte zu explodieren, doch er hielt seine Augen geschlossen, dann sah er auf und dankte dem Himmel für diese unglaubliche Frau.

Ruby zog ihn heraus und stieß seinen Schwanz dann wieder in ihren Mund zurück, machte einen Rhythmus daraus, während sie seine Eier mit der anderen Hand hielt. „Heilige Scheiße, Babe, du bringst mich um."

„Möchtest du sehen, wie feucht mich das macht?", fragte sie, nahm seine Hand und führte sie zu ihrem durchnässten Höschen. Verdammt, sie hatte seinen Schwanz wirklich gern im Mund, und sie war mehr als bereit für einen guten Fick – sie war herrlich geil auf ihn.

Etwas löste sich in Rubys Seele. Innerhalb von Sekunden beobachtete er, wie diese Frau, die er mal als professionell und zurückhaltend gesehen hatte, jetzt völlig aus den Angeln gehoben wurde. Sie saugte und saugte an seinem Schwanz, führte ihn in ihren Mund und zog ihn mit lustvoller Qual wieder hinaus, und Alec wusste, dass er das nicht lange aushalten würde.

„Das reicht." Seine Stimme war wie Kies, tief und

beinahe heiser vor Lust. Als er sich von ihr löste, um sich zu sammeln, war er erstaunt, dass seine Hände ein klein wenig zitterten. Er schaffte es gerade noch, ihr das Höschen hinunter zu ziehen und selbst aus dem Rest seiner Kleidung zu kommen, ohne rumzufummeln, bevor er sich hinabbeugte, um Ruby zu küssen. „Das war ... wahnsinnig sexy."

Dann spreizte er ihre Beine und sah auf seine Frau hinab, seinen Gewinn, diese wunderhübsch rasierte Pussy, die sich nach ihm verzehrte, und er drang mit köstlicher Langsamkeit in sie ein. Obwohl ihr letztes Mal noch gar nicht so lange her war, fühlte es sich wie eine Ewigkeit an. Tausend Jahre. Er wollte sie jeden Tag. Den Rest seines Lebens, wenn sie ihn ließe. Langsam, darauf achtend, dass es auch passte, schob er seinen Schwanz bis zum Anschlag in sie hinein.

Sie keuchte, ihr Atem war heiß und süß an seinem Ohr, dann senkte er sich auf sie. „Halt dich an mir fest", sagte er.

Sie schlang ihre Arme und ihre Beine um seinen Körper. „Fick mich, Alec", flüsterte sie ihm ins Ohr.

Das musste man ihm nicht zweimal sagen. „Sehr wohl, Ma'am. Sag mir einfach, was ich tun soll. Ich höre auf dich. Ich brauche dich, Ruby. Du musst mich führen."

„Gut, dann fick mich hart. Ich habe dir so lange widerstanden."

„Und?"

„Mach, dass ich es bereue."

Er zog ihn hinaus und stieß kräftig wieder in sie

hinein, pumpte in diese süße kleine Pussy, und sie quietschte vor Lust. Er bedeckte ihren Mund mit seiner Hand, damit seine Mutter es nicht hörte, und Ruby stöhnte mit heißem Atem in seine Hand. Ihre Körper klatschten aneinander, und Alec spürte, wie sich seine Sicht vernebelte. Wenn das überhaupt möglich war, wurde er in ihrer engen Pussy nur noch härter, und er spürte, wie seine Eier sich nach nur wenigen Stößen hinaufzogen. Er würde innerhalb von Sekunden explodieren, und er wollte sicher sein, dass auch Ruby so weit war. Er zwang sich, langsamer zu machen.

Ruby stöhnte frustriert, und er musste lächeln. „Hör nicht auf", sagte sie und drückte ihre Nägel in seine Schulter. „Ich bin so nah dran."

„Dann schau hinunter. Sieh zu wie ich dich ficke." Er winkelte ihre Beine so an, dass sie sehen konnte, dann stieß er langsam in sie hinein und zog ihn wieder heraus. Beide beobachteten ihre Vereinigung, und seinen Schwanz mit ihrer Feuchtigkeit bedeckt zu sehen, brachte seine Erregung auf ein Maximum. Glücklicherweise ging auch Rubys stoßweiser Atem immer schneller, und als sie sich zu seinen Stößen bewegte, wusste er, dass auch sie sich auf ihren Orgasmus konzentrierte und nichts anderes mehr im Kopf hatte.

Er presste seinen Daumen auf ihre Klitoris und umrundete sie langsam, während er sie fickte. Er sah wie ihre Klitoris aus ihrer Hülle auftauchte, zart und geschwollen. Sie war so nah dran. Ihre Vagina verengte sich um ihn, und er musste seine ganze Stärke aufbringen, um nicht sofort zu kommen.

„Komm für mich, Baby. Komm genau jetzt für mich."
Er rieb ihre Klitoris mit mehr Druck, zwischen ihren
zitternden Muskeln.

Ruby schnappte nach Luft, und als Alec sie ein letztes
Mal komplett ausfüllte, kam sie. Ihr Körper erbebte vom
Kopf bis zu den Füßen, und als ihre Pussy sich um seinen
Schwanz zusammenzog, konnte er nicht mehr. Er fluchte,
als er in ihr detonierte, pumpte und pumpte, sie ausfüllte,
und er wusste nicht, wie er es schaffte, nicht auf ihr
zusammenzubrechen, er war völlig fertig.

Meine Frau, mein Leben. Er hatte ihr alles gegeben.

Sie hatte ihn in ihr Leben gelassen, in ihre gesamte
Existenz.

Sie waren verschwitzt und zerzaust, als sie
versuchten, wieder zu Atem zu kommen. Lustschauder
liefen weiter Alecs Rücken hinauf und hinunter. Er
streichelte Rubys Rücken, und sie kuschelte sich an ihn als
müsste sie sich an etwas festhalten, nachdem der
Luststurm ihren Körper aufgewühlt hatte.

Scheiß auf die Dusche. Das konnten sie auch morgen
tun.

Denn nichts – ich wiederhole, nichts – konnte mit dem
Gefühl, wie sie sich so auf die Kissen sinken ließen und
die Decke über sich zogen, um ihre nackten Körper zu
bedecken, auch nur im Ansatz mithalten, wie sie Wärme
bei dem anderen fanden, Arme und Beine miteinander
verknotet. Er wollte die ganze Nacht so schlafen, mit
ihrem Kopf an seiner Brust, sie halten ... sie beschützen ...

Sie lieben.

KAPITEL FÜNFZEHN

Die Fahrt zu Alecs Mutter hatte ihr die Augen geöffnet.

Die Rückfahrt nach Savannah? Nicht so sehr. Obwohl Alec gut gefahren war und größtenteils ging es einfach geradeaus Richtung Süden den Highway entlang ohne viele Kurven, war Ruby schlecht von der Fahrt. Zumindest hoffte sie, dass ihr von der Fahrt schlecht war und sie sich nicht am Tag vor dem großen Meeting mit Sports Armour den Magen verdorben hatte. Denn das wäre so richtig ätzend.

„Bei dir alles in Ordnung? Du siehst ganz grün aus", sagte Alec und öffnete ein Fenster, um frische Luft für sie hereinzulassen.

„Besser. Ich bin nur wegen morgen nervös." Wenn alles glatt lief, wäre das für sie der erste große Werbevertrag für einen ihrer Klienten. Sie musste ihn an Land ziehen. Sie musste ihren Vater und jeden in der Firma beeindrucken, ihnen ein für alle Mal klar machen, dass sie es wert war dort zu sein, und jede Meile Richtung Heimat erinnerte sie daran, dass das Meeting näher und näher rückte.

„Babe, alles wird gut werden. Meine Beliebtheitswerte sind wieder oben, der Agent hat dir die Papiere geschickt..."

„Ich weiß, aber es könnte alles Mögliche passieren, Alec", erinnerte Ruby ihn. „Du weißt, wie unberechenbar diese Firmen sind. Die kleinste Sache geht schief, und sie möchten nicht mehr, dass du ihre Linie repräsentierst." Je mehr sie darüber nachdachte, desto fester wurde der Knoten in ihrem Magen.

Dass sie sich jetzt noch Zeit genommen hatte, um Alecs Mom zu besuchen, hatte die Sache nicht wirklich besser gemacht. Sie musste nach Hause, ihre Arbeit beenden und morgen wie ein wilder Löwe auf den Plan treten. Am liebsten wie ein gesunder ohne Reiseübelkeit.

Montagmorgen war Showtime. Alec holte sie bei ihr zu Hause ab. Er sah verdammt gut aus in seinem schicken silbernen Anzug. Sie wünschte, sie hätten Zeit für einen Quickie gehabt, um ein wenig ihre Nervosität loszuwerden, doch sie mussten gleich los.

„Du siehst toll aus", sagte Alec, nahm ihre Hand und führte sie zu seinem Auto. Er konnte die Augen nicht von ihr nehmen. Okay, sie trug ihren üblichen schwarzen Hosenanzug, dieses Mal mit einer rosa Bluse, die perfekt zu ihren roten, hochgesteckten Haaren passte, aber sie sah vollkommen heiß aus, auf professionelle Weise.

Ruby kicherte nervös. „Zeit, ihn klar zu machen, Alec." Sie dachte nicht gerne daran, doch sie war froh gewesen, dass er gestern Abend nicht noch in irgendeinen Ärger verwickelt worden war, während sie geschlafen hatte. Was für ein Scheiß wäre das gewesen, am Morgen des Meetings aufzuwachen, und die Zeitungen wären voll mit ihm gewesen, weil irgend etwas schief gelaufen war.

Nein, Alec war auf der Spur, und zwar nur ihretwegen. Es würde heute alles perfekt laufen – sie wusste es einfach. Es war Zeit, keine Angst mehr zu haben und zu akzeptieren, dass alles nach ihrem Plan lief. Ihre Karriere war auf einem aufsteigenden Ast, mit Alec lief alles seidenglatt und jetzt das Traummeeting.

Als sie eintrafen, wurden sie wie Rockstars behandelt, man führte sie in einen großen Besprechungsraum mit makellosen Akzenten und rot lackierten Stühlen. Eine Basketballlampe hing von der Decke, umgeben von Bällen anderer Sportarten. Ruby setzte sich neben Alec und legte die Hände ineinander. Obwohl in der Firma sicher bekannt war, dass sie zusammen waren, wollte sie doch professionell bleiben.

Ein großer, älterer Mann, umgeben von anderen großen, älteren und gut aussehenden Männern kam herein. Diese Firma wurde offensichtlich nur von ehemaligen Profisportlern geleitet. „Guten Morgen zusammen. Miss O'Brien ... Mr. LeBrun, vielen Dank für Ihr Kommen!" Alle setzten sich, und eine junge Frau schloss die Tür vom Besprechungsraum. „Wir werden gleich auf den Punkt kommen. Wir freuen uns, wie ihr Image sich gebessert hat, Mr. LeBrun", sagte der Mann und nickte Alec zu. „Sie haben in letzter Zeit auch einige wundervolle Dinge bei Wohltätigkeitsveranstaltungen für Kinder getan. Mögen Sie Kinder, Mr. LeBrun?", fragte der CEO.

„Definitiv, Sir." Alec strahlte, doch Ruby sah, wie sein Knie mit einer Geschwindigkeit von einer Meile pro Minute wippte. Sie berührte es, und es hörte auf sich zu bewegen.

„Könnten Sie sich vorstellen, selbst Kinder zu haben?"

Ruby hielt das zunächst für eine merkwürdige Frage, doch dann verstand sie, in welche Richtung das hier lief, und plötzlich war sie glücklich. Sie boten ihm die Kinderlinie an, nachdem sie gesehen hatten, wie er mit Kindern umging.

Alec neigte den Kopf, ihm war die Frage ein wenig unangenehm. „Das tue ich, ja, aber nicht im Moment."

„Das ist in Ordnung", sagte der CEO. „Wir fragen nur, weil wir einen Langzeitvertrag wollen, jemanden, der die Marke eine Zeitlang vertritt, jemanden, der selbst Vater werden könnte. Für das Image eines Sportdads, wissen Sie. Wir haben gesehen, wie sie mit den Kleinen gerauft haben, wie sie Ihnen auf den Rücken gesprungen sind." Der Mann lachte und sah sich zu seinen Kollegen um. „Wir mögen solchen Mist."

„Danke, Sir." Alec sah Ruby an und lächelte.

„Wir hoffen, dass eine natürliche Einstellung zum Vatersein in unserer Werbung durchkommt, um Väter und

Eltern sportlicher Kinder allgemein anzusprechen. Was denken Sie können Sie beitragen, Alec?"

Während der CEO zuhörte, wie Alec über seine Liebe zum Football sprach, darüber, dass er von einer hart arbeitenden Mutter groß gezogen worden war, dass er sich immer gewünscht hatte, einen Vater zu haben, brachte er eine persönliche Note in die Verhandlungen, und Ruby wäre froh gewesen, wenn sie nicht das Gefühl gehabt hätte, sie hätte keine Luft mehr in den Lungen.

Entspann dich, Ruby. Alles wird gut werden, sagte sie sich selbst.

Ihr Vater würde sie gleich nach dem Meeting anrufen, um zu hören, wie es gelaufen ist, und sie konnte nicht mehr Angst davor haben. Was, wenn Alec es wieder vermasselte? Was, wenn es zwischen ihnen nicht klappte, aus irgendeinem Grund, und er sich wieder etwas erlaubte, noch ein Auto klaute, noch eine Szene in der Endzone hinlegte?

Dann wäre ihre Karriere beendet. Ihr Vater würde sie sofort hinausschmeißen. Alles hing von diesem Moment ab, von diesem Meeting. Als sie sich so zu all den Gesichtern umdrehte, hauptsächlich männlichen, fiel ihr ein, dass es für eine Frau in dieser Industrie ohnehin schon schwer genug war, ohne dass das Leben um einen herum zerbrach.

„Na ja, natürlich möchte ich dann auch heiraten", hörte sie Alec sagen. Es hörte sich an, als spräche er hinter einer dicken Glaswand.

„Gut, denn das Playboy, böser Junge Image ist nicht

gerade das, was wir suchen", sagte jemand anderes. Playboy, böser Junge. Das war er die ganze Zeit über gewesen, und Ruby hatte ihn verändert, doch konnte ein Tiger wirklich jemals seine Streifen ablegen?

Sie hatte das Gefühl als drehe sich der Besprechungsraum, und Ruby musste aufstehen und sich entschuldigen. „Ich brauche nur etwas frische Luft, meine Herren. Bin gleich zurück." Sie setzte ihr bestes Lächeln auf, als besorgte Blicke sie umgaben, darunter auch Alecs, doch sie wusste, sie würde nicht in den Raum zurückkehren.

Sie fühlte sich hundeelend und musste da raus, bevor sie quer über den Besprechungstisch kotzte. Sie eilte aus dem Gebäude, rief ein *Lyft*-Auto herbei, dann schrieb sie Alec: *Ich fühle mich furchtbar. Ich muss zum Arzt. Tut mir leid, Alec.*

Gott, das passierte jetzt nicht. Sie machte jetzt nicht im wichtigsten Moment schlapp. Doch eine Sache beruhigte sie – Alec. Er würde wissen, was zu tun war, was er vor diesen Typen sagen musste. Bislang hatte er es toll gemacht. Ihre Anwesenheit bei dem Meeting war nur der Vollständigkeit halber und um aufzupassen, dass er keinen Quatsch sagte. Nein, sie hatte sich definitiv eine Magen-Darm-Grippe zugezogen und musste jetzt gleich zum Arzt, ansonsten wäre sie in der Lobby von Sports Armour umgekippt.

Eine Antwort traf ein. Mach dir keine Sorgen. Krieg das hin. Ich treff dich dann da. Schick mir die Adresse, wenn du da bist. Ich liebe dich.

Ich liebe dich.

Wow! Das war das erste Mal, dass er das einfach so ausgesprochen hatte. Während Ruby auf ihr Auto wartete, starrte sie auf die Worte. Er hatte noch ein Smiley drangehängt. Sie hätte ihren Kopf da einsetzen können. Sie war schon lange in Alec verliebt, doch weil sie nun mal solch ein verantwortungsbewusstes Mädchen war, hatte sie sicher stellen wollen, dass alles in Ordnung war, bevor sie es zugab.

Als das Auto eintraf, beugte Ruby sich vornüber und übergab sich in die Gosse. Die Fahrerin, eine Frau mit dunklem Haar und einem hübschen Lächeln, beugte sich über den Vordersitz und fragte: „Geht es Ihnen auch gut? Ich garantiere Ihnen, ich bin eine gute Fahrerin."

Ruby zwang sich zu lächeln und bat sie dann, sie zur nächsten Notaufnahme zu bringen. In keiner Stresssituation war ihr je so schlecht gewesen. Was für ein Scheißtiming. Ihrem Vater würde das gar nicht gefallen, dass sie das Meeting verlassen hatte. So wie sie ihn kannte, hätte er gewollt, dass sie bliebe, dass sie es durchhielt, auch wenn sie todkrank gewesen wäre, doch das war immer der eine große Unterschied zwischen ihnen beiden gewesen – Ruby war die vernünftige.

Fünf Minuten später meldete Ruby sich am Arztzentrum an, gab ihnen ihre Papiere und setzte sich dann mit einer Plastiktüte ins Wartezimmer. In einer weiteren Nachricht teilte Alec ihr mit, dass sie jetzt eine Pause machten, und dass alles gut lief. In Teil zwei des Meetings würde es dann um die Verträge gehen.

Der Gedanke, dass in ihrer Abwesenheit über die Verträge verhandelt werden würde, gefiel ihr gar nicht. *Unterschreib nichts, bevor ich die Verträge nicht gesehen habe. Wir können noch einen neuen Termin ausmachen,* schrieb sie Alec.

Ein Daumen-hoch-Emoji tauchte genau in dem Moment auf, als sie von einer Sprechstundenhilfe geholt wurde. „Ruby O'Brien? Kommen Sie bitte hier entlang." Ruby rappelte sich auf, musste sich bemühen, nicht das Gleichgewicht zu verlieren, als sie der jungen Sprechstundenhilfe einen Gang entlang und in einen mit Vorhängen versehenen Untersuchungsraum folgte. Nach den üblichen Fragen ließ man sie mit einem Urinbecher und einer Papiertüte allein.

Sie wusste nicht wieso, doch plötzlich hatte sie das Gefühl, als bräche die Welt für sie zusammen, dass sie Alec bei dem Meeting im Stich gelassen hatte, ihren Vater im Stich gelassen hatte, versagt hatte. Sie hatte sich auf dieses Meeting vorbereitet und hatte so ein gutes Gefühl deswegen gehabt, trotz ihrer Nervosität, doch jetzt lief alles schief, und sie konnte nicht umhin, es als ihren Fehler zu betrachten.

Vielleicht konnten sie ihr irgendetwas verabreichen, damit ihr Magen sich beruhigte, und sie konnte noch vor Ende des Meetings zurück sein? Sie würde den Arzt fragen, sobald er kam. Doch bis jetzt hatte nur diese Krankenschwester ihren Kopf hereingesteckt.

„Was sagten sie noch, wann Ihre letzte Periode war?", fragte die Krankenschwester und neigte ihren Kopf.

Ruby dachte zurück. „Oktober ... am zwanzigsten?"
Stimmte das? Nein, das konnte nicht sein. Hatte sie
wirklich schon seit zwei Monaten ihre Tage nicht mehr
gehabt? Was die Schwester da andeutete, gefiel ihr gar
nicht. Schließlich nahm sie die Pille, aber, Himmel, das
würde so einiges erklären.

Ein Schauder lief über Rubys Rücken und ließ sie bis
auf die Knochen frieren.

Die Schwester zuckte die Schultern. „Sie sind nämlich
nicht krank, meine Liebe", sagte sie. „Sie sind
schwanger."

KAPITEL SECHZEHN

Ruby antwortete nicht auf seine Nachrichten.

Sie ging nicht an den Apparat.

Ließ ihn nicht herein, als er zu ihrem Wohnkomplex kam.

Er hatte nun schon seit Tagen keinen Kontakt mehr zu ihr gehabt und fragte sich, was zum Teufel bloß los war. Das einzige, was er hatte, ihre letzte Kommunikation, war eine Nachricht, die er von ihr bekommen hatte, als er noch in dem Meeting bei Sports Armour gewesen war. Er hatte gefragt, ob beim Arzt alles in Ordnung war, worauf sie geantwortet hatte: *Ja. Lass mich eine Weile allein. Brauche Zeit.*

Zeit wofür?

Hatte sie sie bei dem Meeting über Babys und Heirat sprechen hören und plötzlich gemerkt, dass sie nicht mehr mit ihm zusammen sein wollte? So eine Art Weckruf? Ihr war schon im Auto auf der Rückfahrt von seiner Mutter schlecht geworden. War es zu früh gewesen, sie seiner

Mutter vorzustellen?

Ruby war unentschlossen, was ihre Beziehung anging, doch jetzt fragte er sich, ob er sie wohl zu sehr damit überfallen hatte. Er hatte darauf bestanden, dass sie ausgingen, darauf bestanden, dass er sie glücklich machte, darauf bestanden, dass sie seine Mutter kennenlernte. Ja, irgendwas hatte wohl bei ihr klick gemacht, und jetzt zahlte er den Preis dafür.

Er hatte den Vertrag nicht unterschrieben, wie sie es gesagt hatte. Er hatte mit Phil, Rubys Dad gesprochen, der ihm den Rat gab, genau das zu tun, was Ruby gesagt hatte, und ihr ein paar Tage zu lassen, weil sie höchstwahrscheinlich krank war und allein sein musste. Alec hatte nachgegeben, doch jetzt nach seinem Training zwei Tage später, musste er sie einfach sehen.

Wenn etwas mit Ruby nicht stimmte, dann musste er es wieder hinbiegen. Seinen Fehler wieder gut machen, was auch immer es war. Er stieg nach seinem Training ins Auto, hielt kurz bei einer Bäckerei und kaufte Suppe und Brot, bevor er zu Rubys Haus fuhr. Es war ihm egal, dass sie ihn nicht sehen wollte. Pech gehabt – er würde sie nicht ohne Kampf gehen lassen.

Was immer es war, sie konnten drüber reden.

Außerdem, wenn er noch länger wartete, dann würde sie ihm vorwerfen, dass er sich gar nicht um sie kümmerte, und genau das Gegenteil war der Fall – er *sorgte* sich um sie, tief im Innern. Doch er wollte auch nicht aufdringlich sein, wenn es das war. Wenn das vielleicht von Anfang an die Wurzel des Problems gewesen war. Wenn er seine

Gefühle näher überprüfte, entdeckte er Dinge, für die er noch nicht bereit war – wie tief sein Empfinden und seine Sorge für Ruby gingen. Doch eins war klar: er war entschlossen, sie zurückzubekommen.

Am Tor ihres Wohnkomplexes drückte er auf ihre Nummer, doch niemand antwortete. Er nahm sein Handy, um sie anzurufen, doch die Voicemail sprang an. Er entschied, ihr noch einmal zu schreiben. „Ruby, ich habe die Laptoptasche, die du beim Meeting gelassen hast. Du kannst mir nicht ewig aus dem Weg gehen", sprach er in die Diktierfunktion. „Lass mich bitte herein. Ich habe Suppe dabei."

Das mussten wohl die magischen Worte gewesen sein, denn das Tor wurde plötzlich geöffnet.

„Danke!", diktierte er weiter. Alec stieß einen Atem aus und fuhr hinein. Er bog um eine Kurve zu ihrem Haus ganz hinten.

Als er ihren Wagen in der Einfahrt sah, seufzte er erleichtert. Er war sich nicht sicher gewesen, ob sie wirklich krank war und hatte sich vorgestellt, dass sie vielleicht weggefahren war, weg aus Savannah, weit, weit weg von ihm. Er stieg aus, hing sich ihre Laptoptasche um, nahm Suppe und Brot in eine Hand, seinen Schlüssel und andere Dinge in die andere.

Mach dich auf alles gefasst, sagte er sich.

Was auch immer, er würde es reparieren.

Als sie endlich, nach dem zweiten Klopfen, die Tür öffnete, fühlte er sich schuldig, dass er gedacht hatte, sie wäre vielleicht gar nicht krank. Die Frau sah buchstäblich grün aus, was sich mit ihren roten Haaren biss, die jetzt um ihr Gesicht verstrubbelt waren. Ohne Make-up und in einem zu großen Flanellpyjama sah sie ganz und gar nicht wie die Frau aus, die er kannte und die immer gefasst war. Doch er fand diese Version von Ruby genauso schön – vielleicht sogar noch schöner. Das war eine Seite an ihr, die sie anderen nicht zeigte.

„Was machst du denn hier?", krächzte sie. Sie machte keine Anstalten, ihn hereinzubitten.

„Ich bringe dir Suppe." Er hielt ihr sein Mitbringsel entgegen. „Und deine Laptoptasche." Er drehte sich um, um ihr die Tasche auf seinem Rücken zu zeigen. „Lass mich kurz rein. Ich verspreche, dich in Ruhe zu lassen."

Sie zögerte, öffnete dann aber doch seufzend die Tür, um ihn hereinzulassen. Er ließ sie sich gleich hinsetzen, während er die Suppe in eine Schüssel füllte und sie ihr mit einem Stück Brot und einem Löffel brachte. Obwohl sie beharrlich behauptete, keinen Hunger zu haben, meinte er, er werde nicht eher gehen, ehe sie nicht etwas gegessen habe.

Grummelnd machte sie sich schließlich daran, die Suppe zu essen.

„Was hast du denn? Die Grippe?" Er rutschte seinen Stuhl näher an den Tisch und sah sie mit aufrichtiger Sorge an. „Du hast mir überhaupt nicht erzählt, was der Arzt in der Notaufnahme gesagt hat."

„Weil es auch nicht wichtig ist."

„Was ist nicht wichtig, Ruby?"

Sie sah aus, als wollte sie sich auf eine Diskussion mit

ihm einlassen, doch dann schüttelte sie den Kopf. „Mach dir deswegen keine Gedanken."

„Ich mache mir aber Gedanken darüber. Ich mache mir Gedanken um dich, Red. Um uns." Er legte seine Hand auf ihre. „Was ist los?"

Sie wollte ihn nicht ansehen, schien sich komplett auf den Teller vor sich zu konzentrieren. „Es ist nicht die Grippe. Und mach dir keine Sorgen, es ist nicht ansteckend."

„Das würde mir nichts machen. Hast du Fieber? Übelkeit, Erbrechen?" Er beugte sich vor und legte ihr die Hand auf die Stirn, doch sie wich ihm aus. Abgesehen von ihrer Übelkeit stimmte definitiv etwas nicht. „Du scheinst mir schon warm zu sein. Soll ich ein Thermometer holen?"

Sie seufzte genervt. „Nein. Hör zu, Alec, es ist ja nett, dass du extra hergekommen bist, aber das hättest du nicht gemusst. Es wird schon wieder."

Alec hätte am liebsten gefragt, *Und was ist mit uns? Ist das auch in Ordnung?*

Sie sah so bemitleidenswert aus, dass er es nicht übers Herz brachte, sie traurig zu stimmen. Gerade jedoch, als er aufstehen und gehen wollte, wurde sie blass, sprang auf und raste aus dem Zimmer. Besorgt folgte er ihr, doch er sah nur wie die Badezimmertür zugeknallt wurde, dann hörte er aus dem Bad das unverwechselbare Geräusch wie sie sich übergab.

„Ruby? Ist alles in Ordnung?" Er klopfte vorsichtig an die Tür.

„Oh Gott", ächzte sie. „Geh einfach. Bitte."

217

Er wollte nirgendwohin, wenn sie so krank war, doch er ging wieder hinunter, um ihr ein wenig Privatsphäre zu lassen. Nach einer Weile kam sie mit einem Glas Wasser in der Hand zurück. Sie setzte sich erschöpft hin, und ihm fiel auf, dass sie abgenommen hatte, mitgenommen aussah und ihr eindeutig etwas in den Knochen steckte.

„Wie lange übergibst du dich jetzt schon?", fragte Alec und setzte sich ans andere Ende der Couch.

„Es ist nichts."

„Das sieht mir nicht nach nichts aus."

„Es *ist* aber nichts." Sie warf ihm einen wütenden Blick zu. „Normalerweise übergebe ich mich nur morgens..."

Wie sie das sagte ... morgens ... übergeben. Wieder wurde sie kreidebleich, da wusste Alec was los war. „Moment mal. Bist du schwanger?" Seine Augen verengten sich. Sie sah aus als würde sie jeden Moment umkippen. Er sprang an ihre Seite und hielt sie am Oberarm fest. „Ruby, bist du? Schwanger?" Er konnte es kaum aussprechen.

Ihre Unterlippe zitterte, und endlich nickte sie, Tränen füllten ihre Augen.

„Heilige Scheiße, wie lange weißt du das schon?" Er hielt sie an sich, doch sie drückte ihn fort. Jetzt, da er ihr Geheimnis kannte, konnten sie darüber reden, daran arbeiten. Warum also schob sie ihn fort?

Ruby hielt ihren Blick auf ihren Schoß gesenkt. „Seit der Notaufnahme", flüsterte sie. „Ich hatte das Gefühl, ohnmächtig zu werden. Gott, ich fühle mich so dämlich,

Alec. Es tut mir so leid, dass ich dich da ganz allein gelassen habe."

„Soll das ein Scherz sein?" Er versuchte, nicht zu aufgebracht zu klingen, doch was sie sagte, ergab keinen Sinn. „Dir war schlecht. Du bist schwanger. Das war vollkommen gerechtfertigt. Mein Gott!" Plötzlich hatte er das Bedürfnis, aufzustehen und im Raum umherzulaufen. Es war ihm gar nicht in den Sinn gekommen, dass jemand anders der Vater sein konnte, also nur, um sicher zu gehen...

„Ruby, der Vater..."

„Das bist du, Alec." Jetzt begann sie richtig zu weinen.

„Okay, hör zu." Er fuhr sich mit den Händen durchs Haar. Heilige Scheiße. Erst Colleen, jetzt Ruby. Nur, dass Colleen gelogen hatte, und doch, zweimal die Nachricht serviert zu bekommen, dass er Vater werde, war schon ziemlich aufwühlend. „Wir kriegen das hin."

Obwohl ein Teil von ihm zu wissen verlangte, warum sie es ihm nicht in dem Moment, als sie es erfahren hatte, erzählt hatte, konnte ein anderer Teil von ihm die Neuigkeit noch gar nicht verarbeiten. Ruby war schwanger. Mit seinem Kind. Wie konnte das passiert sein? Sie sagte doch, sie nehme die Pille. Eine heimtückische innere Stimme fragte sich, ob sie ihm die Wahrheit sagte, doch er wusste, das war nur der Schock. Ruby würde ihn niemals anlügen wie Colleen es getan hatte, außerdem täuschte sie ihre Morgenübelkeit eindeutig nicht vor.

„Da gibt es nichts hinzukriegen, Alec. Du willst keine Kinder, und jetzt habe ich dein Leben schon wieder ruiniert."

„Wovon sprichst du denn? Ich liebe Kinder. Weswegen denkst du denn, dass nicht?"

Wieder flossen die Tränen aus ihren Augen. „Beim Meeting hast du gesagt, du wärst noch nicht bereit für Kinder. In der Zukunft vielleicht, aber nicht jetzt. In dem Moment hätte ich schon wissen sollen, dass das ein Zeichen war, dass ich schwanger bin. Es lief einfach zu glatt mit uns."

Er wusste, er hätte ausrasten sollen, doch zu seiner Überraschung empfand er einzig und allein Freude. Freude, weil er nun wirklich die Gelegenheit bekam, ein Vater zu sein, und dieses Mal auch nicht mit einer Frau, die er nicht liebte. Sondern mit einer Frau, die er anbetete.

Das hieß, dass Ruby nicht mehr vor ihm davonlaufen konnte. Er würde immer ein Teil ihres Lebens sein, und sie ein Teil des seinen. Das musste einfach funktionieren. „Dann werden wir heiraten." Als er ihren entsetzten Gesichtsausdruck sah, wusste Alec, dass er das besser hätte formulieren sollen. Um ihre Hand anhalten, nicht sie fordern.

Doch im Moment musste er sie nur überzeugen.

Sie schüttelte den Kopf. „Spinnst du? Genau davor hatte ich Angst, deshalb wollte ich nicht, dass du kommst. Du fühltest dich verpflichtet, Colleen zu heiraten, und jetzt fühlst du dich verpflichtet, mich zu heiraten. Alec, ich weiß, du bist ein guter Kerl, aber das hier wird dein Leben nicht ruinieren, das verspreche ich."

„Mein Leben ruinieren? Ruby, wenn ich dich heiraten könnte, wäre das die Erfüllung meines Traums. Verstehst du das nicht? Es ist als hätte das Universum mir das Problem abgenommen–"

„Und dir ein anderes gegeben. Ich weiß." Sie wischte sich die Tränen von den Augen und schluchzte in ein Sofakissen.

„Was ich sagen wollte, war, Und hat mir einen neuen Start ermöglicht, mit einer Frau, die ich liebe."

Sie sah durch die Tränen auf zu ihm, um seine Antwort einzuschätzen, seine Augen. Sie sah gerne seine Augen an, um sicher zu sein, dass er nicht log. Ja, er sagte es – er liebte sie. Weil es die Wahrheit war, gottverdammt. „Ich habe alles ruiniert."

„Du hast gar nichts ruiniert." Er setzte sich neben sie, einen Arm um sie gelegt. Jetzt schob sie ihn nicht beiseite. „Das ist die perfekte Zeit, um darüber zu reden. Du bist schwanger, und ich bin der Vater. Ich nehme an, du möchtest dieses Baby nicht allein großziehen, richtig?"

„Ja, das heißt aber nicht, dass wir heiraten müssen. Ist ja nicht so, als wäre ich gebrandmarkt, wenn ich ein uneheliches Kind bekomme", deutete sie trocken an. „Du kannst auch weiterhin frei sin. Mach dir keine Sorgen."

„Ich möchte keine Freiheit, und es ist mir egal, was irgendwer denkt. Was mir nicht egal ist, ist, dass ich alles richtig mache." Er nahm ihre Hand und drückte ihre Finger.

„Ich möchte nicht, dass du mich heiratest, weil dir das

richtig erscheint. Wäre ich nicht schwanger, hättest du mich nicht gebeten, dich zu heiraten, deswegen möchte ich jetzt auch nicht, dass du mich bittest. Verstehst du? Das hätte nicht passieren dürfen." Ruby heulte in ihr Kissen, und Alec wusste genug über schwangere Frauen, um sie nicht zu sehr zu drängen.

Eine ganze Weile sagte er nichts, rieb nur ihren Rücken, bis das Schluchzen nachließ. „Ruby, ich verstehe ja, was du sagst, und ich respektiere deine Gefühle. Ich werde jetzt nicht auf der Sache bestehen, weil ich weiß, dass du ohnehin schon eine Menge durchmachst. Aber du sollst wissen ... dass ich dir vielleicht nicht in genau dieser Woche einen Antrag gemacht hätte, aber ich habe schon oft daran gedacht. Wir passen gut zusammen. Wir sollten zusammen sein. Und mit dir ein Baby zu bekommen lässt mich nicht vor Angst umkommen, wie es bei Colleen der Fall war. Okay?"

Sie brachte ein kleines Lachen zustande.

Da war es, dieses Lächeln. Auch wenn es winzig war, er liebte es. „Ich meine es ernst. Jetzt bin ich glücklich. Ich mache mir nur um dich Sorgen, Ruby, die Dinge laufen jetzt vielleicht schneller als erwartet, aber ich liebe dich, Mädchen. Hörst du? Und wir passen gut zusammen."

„So sollte man die Sache aber nicht angehen. Wegen eines Kindes zu heiraten ist das Schlimmste, das man tun kann. Ein todsicheres Rezept für eine Scheidung.

„Das weißt du nicht. Ich kenne Leute, die eines Kindes wegen geheiratet haben und immer noch zusammen sind."

„Wen, Alec? Wen kennst du?"

„Mir fallen jetzt keine Namen ein, aber ich weiß, dass es welche gibt." Oh Mann, dieses Argument war dämlich. Aber es stimmte. Viele Menschen auf der Welt heirateten wegen einer Schwangerschaft, und es funktionierte. Nebenbei bemerkt fielen ihm keine ein, aber es musste sie geben!

Sie machte ein frustriertes Geräusch. „Schau, wenn ich dir verspreche, dass du dich genauso um das Baby kümmern kannst wie ich, würde dir das genügen? Denn du solltest wissen, Alec, dass das für mich in Ordnung ist. Ich hatte nicht vor, dein Leben zu ruinieren."

Sie konnte die Tränen nicht zurückhalten. Es war wie ein Brunnen am Bellagio in Las Vegas!

„Hör doch auf, das zu sagen. Du ruinierst nicht mein Leben. Ruby ... Babe ... ich möchte, dass du als meine Frau mit mir lebst. Ich möchte, dass wir unser Kind großziehen. Gemeinsam." Er senkte seine Stimme, wollte, dass sie es verstand. „Colleen hat mir eine Familie versprochen, und dann teilte sie mir mit, dass es eine Lüge war. Das hat etwas in mir verändert."

„Was meinst du?"

Er sah weg. Er war sich gar nicht sicher, was er meinte. „Ich schätze ... ich hatte gar nicht gewusst, wie unbedingt ich Vater sein wollte, bis sie es mir genommen hat." Er sah zu ihr auf. „Das ist meine Gelegenheit, alles richtig zu machen. Mein Leben in den Griff zu bekommen. Die Frau zu heiraten, die ich will. Bitte. Lass es mich tun. Das wird das Beste für alle sein."

Sie sah ihn lange an, und er dachte schon, sie würde nachgeben. Doch plötzlich stand sie vom Sofa auf, als könnte sie seine Berührung nicht ertragen. Sein Herz wurde schwer. „Mich, mich, ich, ich", sagte sie. „Mehr höre ich nicht. Ich weiß, du meinst, ich bin nur in dein Leben gekommen, um es zu richten, Alec. Ich weiß, ich repräsentiere Veränderung in deinen Augen. Aber was ist denn mit mir? Was ist mit dem, was ich will?"

Natürlich. Wie hatte er so dumm sein und seine Worte so formulieren können? Sie sollte doch nur verstehen, dass es für ihn in Ordnung war, dass er glücklich über das alles war. Stattdessen hatte er unüberlegt drauf los geredet und kam daher wie ein Egoist. „Natürlich zählt, was du willst", sagte er und stand auf, um ihr zu folgen.

Sie streckte ihre Hand aus. „Dann verfolge mich nicht. Und komm nicht wieder her. Ich werde mich jetzt ausruhen. Ich rufe dich demnächst an, damit wir die Logistik besprechen. Du weißt ja, wo es nach draußen geht." Seine Augen blickten ihr nach, als sie die Treppe hinauf ging, bis sie nicht mehr zu sehen war.

Sein Herz tat weh, als hätte jemand ein Buttermesser hineingestoßen. Das konnte doch nicht das Ende sein. Es konnte nicht so etwas Kurzlebiges gewesen sein. Selbst seine Mutter hatte es gesagt, das war die eine. *Nein, sie braucht nur Abstand*, sagte er sich. Zeit, nachzudenken. Er konnte das. Er konnte ihr alle Zeit und allen Raum der Welt geben.

Doch so oder so, sie musste verstehen, musste glauben, dass er sie immer geliebt hatte. Vom ersten Moment an. Und nicht nur wegen des Babys. Sondern weil sie die wunderbarste Frau der Welt war.

Und jetzt die Mutter seines Kindes.

KAPITEL SIEBZEHN

Sie stand nach dem Duschen vor dem Spiegel, vollkommen nackt.

Bis zu diesem Moment hatte sie nicht in den Spiegel gesehen. Hatte ihren Bauch nicht berührt. Hatte es nicht akzeptiert. *Es konnte nicht sein, sie würde es sich die ganze Woche sagen müssen. Sie konnte einfach nicht schwanger sein. Es musste ein Fehler sein.*

Ruby war immer das brave Mädchen gewesen, das Mädchen mit lauter Einsen, das, das immer alles richtig machte, das, das immer bis an die Spitze kletterte und Respekt erwartete. Das, das sogar verhütet hatte, als es überhaupt keinen Freund gehabt hatte, um Gottes willen! Und jetzt hatte sie einen und war trotzdem irgendwie schwanger geworden. Heute Morgen hatte sie sich endlich überwinden können und sich von ihrem Gynäkologen bestätigen lassen, was die Schwester in der Notaufnahme ihr gesagt hatte.

Dass genau in diesem Moment ein kleines Leben in

ihr wuchs.

In der wievielten Woche war sie? Fünfte ... sechste? Wenn sie ihre letzte Periode gehabt hatte in der Woche, bevor Alec sich mit Connors in der Umkleide geprügelt hatte, dann hieß das, dass sie ihren Eisprung ungefähr gehabt hatte, als sie und Alec Sex in seinem Haus gehabt hatten. *Manchmal versagt die Verhütung eben*, hatte die Schwester ihr gesagt, als sie meinte, die Welt breche gerade zusammen. Hatte sie bei einer Packung zu spät angefangen oder eine Pille vergessen?

Ja. Das passierte jeden Monat mindestens einmal. Sie vergaß eine und nahm sie dann so früh wie möglich. Diese Lücke hatte wahrscheinlich den Schutz gesenkt.

Nun, es brachte nichts, jetzt zu jammern. Es war geschehen. Ruby wusste im Innern, dass sie damit klarkommen musste. Es ging nicht anders. Sie war alt genug, sie hatte eine großartige Karriere, konnte dem Baby alles bieten, außer ... was war mit dem Vater?

Konnte sie Alec heiraten? Ja, sie war verrückt nach ihm, fand ihn wahnsinnig sexy und wusste tief in ihrem Herzen, dass er ein großartiger Vater sein würde, doch sie waren gerade erst zusammen gekommen! Das war verrückt, Ruby schüttelte den Kopf und berührte ihren Bauch. Man sah noch nichts, aber ihr Busen war voller, fühlte sich empfindlicher an, so als hätte sie ihre Tage. Auch ihre Hüfte sah irgendwie anders aus, etwas dicker und breiter. Ruby hatte immer gute Proportionen gehabt, doch jetzt fühlte sie sich etwas geschwollen.

Ein Leben. Ein kleines Leben, das in ihr wuchs.

Es war so schwer, das zu glauben.

So einsam sie sich auch fühlte, sie wusste, das war sie nicht. Alec wusste es, und er hatte ihr die Zeit und den Raum gegeben, die sie gebraucht hatte und um die sie gebeten hatte. Er hatte sich täglich bei ihr gemeldet, sich erkundigt, wie es ihr ging und ob sie etwas brauchte, doch größtenteils hatte er ihr Luft zum Atmen gelassen. Endlich würden sie heute mal nicht darüber reden, wie es ihr ging, und sie hatte ihm grünes Licht dafür gegeben, den Vertrag mit Sports Armour zu unterzeichnen.

Ihr Vater hatte angerufen, um sie zu beglückwünschen, doch ihr war nicht nach Feiern zumute. Ihr Herz wurde schwer, weil sie etwas vor ihren Eltern geheim hielt, aber sie wusste nicht, wie sie es ihnen beibringen sollte. *Ach, hey, Leute, ihr kennt doch meinen Klienten, Alec, richtig? Ja, genau der, der so schlechte Presse gemacht hat neulich. Na ja, er hat mich geschwängert. Gibst du mir mal den Pfeffer?*

Es gab keinen geschickten Weg, das zu tun. Sie würde einfach ehrlich sein müssen. Musste ihnen sagen, dass sie schwanger war, und dass sie und der Vater das freundschaftlich regeln würden. Sie konnte Alec nicht heiraten. Ein tiefes Bauchgefühl sagte ihr, dass es falsch war, eines Babys wegen zu heiraten. Das war der Grund gewesen, warum Alec Colleen nicht hatte heiraten können, und das hatte er ihr auch gesagt. Was wäre hier der Unterschied?

Nein, sie konnte sein Leben nicht ruinieren. Sie konnten beide Eltern sein und das großartig machen. Es wäre in Ordnung. Eine Heirat war nicht nötig. Und trotzdem brannte es in ihr. Immer das brave Mädchen, das alles richtig machte. Nun, dieses Mal wohl nicht.

Ruby zog sich an und setzte sich an ihren Schreibtisch, in der Hoffnung, sich konzentrieren zu können und etwas zu schaffen. Verträge mussten gelesen, Artikel und die sozialen Netzwerke mussten ausgewertet werden, und bloß, weil ein winziges Leben in ihr heranwuchs, hieß das nicht, dass die Welt sich nicht mehr drehen durfte. Sie starrte auf den Vertrag auf ihrem Schreibtisch, und Ruby spürte die Emotionen in sich aufwallen.

Natürlich durfte die Welt sich nicht mehr drehen.

Warum ging sie damit um als hätte sie ein Loch im Zahn oder einen Harninfekt, der schon wieder weggehen würde?

Das hier war ein Baby, um Gottes Willen! Ein Baby! Sie sollte glücklich sein und feiern. Nur weil es überraschend gekommen war, musste sie sich nicht ihr Glücksgefühl nehmen lassen. Alec hatte recht gehabt – es war an der Zeit sich zu freuen, und sie ließ es einfach nicht zu. Das nächste Mal, als er anrief und fragte, wie es ihr ging, und sie zu sich einlud, wies sie ihn nicht mehr zurück.

Dieses Mal sagte sie Ja.

In dem Moment, als Ruby Alecs Haus betrat, fühlte sie sich zu Hause. Von Alec, der ihr einen Kaffee gab und sie fest in den Arm nahm, hin zu Henna, die ihr miauend durchs ganze Haus folgte, fühlte Ruby, dass sie eine kleine Familie waren. „Sie weiß es", sagte Alec.

„Wie sollte sie das wissen? Sie ist eine Katze, kein Ultraschallexperte."

Er schmunzelte. „Ich weiß es nicht, aber Katzen spüren Dinge, Dummerchen." Alec sah sie eindringlich an, als sie in die Küche kamen, als hätte er sie berühren wollen, doch versuchte immer noch, ihr Raum zu lassen. „Du siehst übrigens toll aus."

„Danke, aber ich fühle mich beschissen."

„Na ja, das ist verständlich, aber du siehst fabelhaft aus." Er lächelte sie sanft an, traurig. Bereute er es, dass es ihr seinetwegen so ging? Es war ja nicht seine Schuld, wenn er das meinte. „Kann ich...", hob er an, dann drehte er sich weg und goss auch sich Kaffee ein.

„Kannst du was?", fragte Ruby. „Meinen Bauch berühren? Ich schätze schon." Sie hatte mittlerweile akzeptiert, dass sie schwanger war und wollte nun unbedingt beginnen, sich auf diese Reise zu freuen, komme was wolle. Verheiratet oder nicht, sie war jetzt auch bereit, Alec zu beteiligen. Das war nur fair.

Er stellte seinen Becher ab und kam um die Kochinsel herum, nahm ihre Hände und küsste ihren Kopf. Passend dazu, dass sie in letzter Zeit sehr emotional war, sammelten sich wieder Tränen in ihren Augen. „Wenn du es nicht möchtest, werde ich es nicht tun", sagte er.

„Ich möchte aber", sagte sie und wischte die Tränen fort. „Ich möchte, dass du es tust."

„Ruby, ich weiß, diese Woche war schlimm für dich, ah, ah, ah!", machte er, als sie einen Finger hob als wollte sie ihn daran hindern weiterzureden. „Ich wollte sagen, dass ich aufgeregt bin. Ob wir nun heiraten oder nicht, ich freue mich über dieses kleine Mädchen oder diesen kleinen Jungen."

„Bist du dir sicher, Alec? Bei dem Meeting hast du dich nicht gefreut. Bei Colleen hast du dich nicht gefreut."

„Das habe ich dir doch schon gesagt. Ich glaube, ich habe mich gefreut. Ich war bereit, Vater zu werden. Es war nur die Vorstellung, ein Kind mit Colleen zu haben, die mich hat durchdrehen lassen. Aber du..." Er hob ihr Gesicht und küsste ihr die Tränen auf beiden Seiten fort. „Du bist etwas Besonderes. Du bist umwerfend, und ich hoffe, du gibst mir eine Chance, Ruby, das hoffe ich wirklich." Dann ging er in die Hocke und legte seine Hände auf ihren flachen Bauch, drückte seine Wange an sie. Er schloss die Augen und inhalierte sie, inhalierte diesen Moment, und Ruby wäre beinahe wieder in Tränen ausgebrochen.

„Meine Güte, ich bin das reinste Wasserwerk." Sie wischte mit einem Tuch über ihr Gesicht. „Wird das jetzt neun Monate lang so gehen?" Ja, sagte ihr ihre Intuition. Mach dich auf was gefasst.

Dann küsste Alec ihren Bauch und stand auf, um sie zu umarmen. Kein verführerischer Kuss, und das war auch gut so. Sie fühlte sich überhaupt nicht verführerisch im Moment. Er schien genau zu wissen, was sie im Augenblick brauchte, und dafür war sie dankbar.

„Okay, bereit zu sehen, was ich so die ganze Woche gemacht habe?" Seine Augen wurden ganz weit wie die eines Kindes.

Ruby neigte den Kopf. „Was? Was hast du gemacht? Alec?"

„Was ganz Tolles, das verspreche ich. Komm mit mir nach oben", sagte er und nahm ihre Hand. „Ich muss dir etwas zeigen."

Rubys Intuition lief in letzter Zeit auf Hochtouren, und jetzt wusste sie plötzlich, was er vorhatte. Er hatte besser nicht schon ein Zimmer für das Baby hergerichtet. Erstens, weil sie nicht sicher war, dass sie hier mit Alec leben, ihn heiraten wollte oder dass sie bereit war, ein Kinderzimmer zu sehen. Zweitens, wenn sie ein Kinderzimmer einrichteten, dann wollte sie das selbst machen.

Kerle, die hatten doch keine Ahnung, wie ein Babyzimmer eingerichtet werden musste. Sie ging mit ihm nach oben und wusste, er hatte es wahrscheinlich in grässlichem Blassrosa oder Hellblau gestrichen, hatte wahrscheinlich hässliche gekaufte Wandaufkleber angebracht und eins von diesen scheußlichen Plastikmobiles für die Wiege gekauft. Puh, das würde schrecklich werden, sie wusste es. Und dann wäre sie in der fürchterlichen Situation, ablehnen zu müssen, was er sich hatte einfallen lassen.

Doch als er die Tür ein paar Räume von seinem Schlafzimmer entfernt öffnete, brauchte sie einen Moment, um zu begreifen, was sie sah. Ja, es war ein

Kinderzimmer, wie sie erwartet hatte, aber es war wahnsinnig niedlich. Der Raum war lichtdurchflutet und in verschiedenen Grüntönen gestrichen, an den Wänden Zootiere wie Giraffen und Elefanten. Es gab sogar einen „Baum" aus Stoff, der in der Ecke hing und Sitzkissen-"Berge".

Mit der Hand vor Überraschung auf ihrem Mund betrat sie den Raum, ihr Herz pochte wie wild. „Alec..."

„Ich wollte dich überraschen. Gefällt es dir?" Er klang unsicher. „Ich weiß, du willst das Geschlecht nicht vorher wissen, deswegen habe ich geschlechtsneutrale Farben gewählt. Du sagtest, Grün sei deine Lieblingsfarbe, deswegen hat sich die Raumgestalterin dafür entschieden."

Sie konnte einfach nur starren. Es hätte nicht perfekter sein können, wenn sie es selbst entworfen hätte. Etwas im Raum sorgte dafür, dass sie am liebsten geblieben wäre, es hinbekommen hätte, das Baby mit Alec groß gezogen hätte, mit oder ohne Hochzeit, aber wenigstens zusammenleben. Möglicherweise.

„Ruby, du sagst ja gar nichts. Das macht mich verrückt. Geht es dir gut?"

Es ging ihr nicht gut. Doch nicht aus den Gründen, die er befürchtete. Sie ging zu der Wiege, einem wunderschönen Möbelstück aus Walnuss, einer Decke mit grünen und blauen Streifen, sie musste einfach die Baumwolllaken berühren und die Tränen hinunterschlucken. Als sie ans Regal trat, das mit allen möglichen Bilderbüchern gefüllt war, schluchzte sie dann doch.

Er hat das alles für mich getan.

Weil er mich liebt, und er liebt unser Baby.

„Ruby?" Er sah ihr vorsichtig in die Augen.

Bei dem Gedanken musste sie nur noch mehr weinen, besonders als der nächste kam: *Ich liebe ihn, oder? Ja, das tue ich. Jetzt hör auf, so dumm zu sein und akzeptiere ihn endlich.*

„Scheiße, Ruby, wein doch nicht. Warum weinst du? Gefällt es dir nicht? Wir können alles ändern. Ich habe der Innenarchitektin gesagt, dass das Mobile zu viel ist, aber sie hat darauf bestanden–"

Ruby schüttelte den Kopf, bevor sie ihn beruhigte. „Es ist perfekt, Alec", sagte sie durch die Tränen. „Es ist absolut schön. Ich weine vor Glück. Ich hätte mir nie ein schöneres Kinderzimmer für unser Baby vorstellen können."

Darauf erschien das breite Lächeln in seinem Gesicht, das sie so liebte. Er zog sie an sich und streichelte ihren Rücken, während sie weinte. Als sie ihre Emotionen schließlich etwas unter Kontrolle gebracht hatte, zeigte er ihr jedes kleine Detail des Kinderzimmers.

„Siehst du die Tiere an der Wand? Die hab ich gemacht. Hab eine Ewigkeit dafür gebraucht, aber ich glaube, sie sind ganz gut geworden."

Er hatte sie selbst gemalt?

Er hatte für ihr Baby Wandbilder gemalt?

Dann deutete Alec auf eine Stoffgiraffe, die aussah, als hätte sie schon bessere Zeiten gesehen. „Die hat mir gehört, als ich ein Baby war. Ich habe meine Mutter danach gefragt. Ich habe ihr von dem Baby erzählt. Ich war mir nicht sicher, was du davon hältst, aber es ist schließlich meine Mutter. Du weißt, dass sie diskret ist, Ruby. Sie wird es keiner Menschenseele sagen. Sie sagte allerdings, dass ich ein Riesenidiot wäre, wenn ich dich nicht heiratete."

Sie unterdrückte ein Lachen und nahm sich dann die Giraffe, um deren weichen Kopf zu streicheln. „Es gefällt mir sehr, Alec", murmelte sie. Als sie in seine dunklen Augen sah, sagte sie: „Ich meine es ernst. Ich hatte befürchtet, dass du das tun würdest, befürchtet, dass das ganz falsch sein würde, aber..."

„Aber?"

„Aber du hast mir keinen Grund gegeben, vor irgend etwas Angst zu haben", sagte sie, und er seufzte erleichtert. „Im Gegenteil, du hast alles richtig gemacht."

„Und warum ist das schlecht?"

„Weil ich das Gefühl habe, in einem Traum zu sein. Als wenn irgend etwas schief gehen würde. Als könnte das Leben – oder du – nicht so perfekt sein. Ich weiß nicht, was die Zukunft bringen wird. Ich weiß nicht einmal, wie ich morgen empfinden werde, aber jetzt kann ich dir sagen, dass ich dich liebe. Und dafür danke ich dir." Sie schlang ihre Arme um ihn und schmolz an seinen Körper.

Sie liebte ihn. Sie konnte es nicht mehr leugnen.

„Obwohl ich dich verrückt mache?"

Sie nickte, von der Emotion überwältigt.

Seine Augen verdunkelten sich, und er atmete unregelmäßig. „Gott, Ruby, ich bin so froh, dass du das gesagt hast." Er nahm ihr Gesicht in die Hände, streichelte zärtlich ihre Wangen. „Ich liebe dich auch. Ich weiß, wir werden so glücklich sein mit diesem Baby. Ich weiß, du möchtest nicht übers Heiraten sprechen, und das sollte auch kein Trick sein, um dich dazu zu bringen. Ich wollte wirklich nur einfach, dass du siehst, wie aufgeregt ich darüber bin. Ich bin für dich da, Ruby. Und für das Baby."

Sie warf ihm die Arme um den Hals, umarmte ihn ganz fest. Er erwiderte die Umarmung, und eine Weile standen sie einfach so da, genossen die Wärme des anderen. Ruby atmete Alecs Duft ein, er roch so gut. Sie wusste nicht, was es war – seine Seife? ein Parfum?– doch immer, wenn sie in seiner Nähe war, konnte sie nicht genug von diesem Duft bekommen. Sie roch an seinem Hemd, und ihr Körper wurde heiß.

Es war das erste Mal, dass sie etwas anderes empfand als Angst, Trauer und Verzweiflung. Es war auch seit einer Woche das erste Mal, dass sie die Einsamkeit ihres Hauses verlassen hatte. Es tat ihr gut, bei Alec zu sein, stellte sie fest.

Sie legte ihren Kopf in den Nacken, um ihn anzusehen. Seine Augen waren dunkel, suchend. Er blähte die Nasenflügel, und sie merkte, dass er heftiger atmete. Sie berührte seine Brust und drückte ihre Hand auf sein Herz. Sie spürte, wie es unter ihren Fingernägeln pochte.

„Ruby", sagte er mit rauer Stimme.

Sie hörte so gerne, wie er ihren Namen sagte. Seine Stimme hatte ihr vom ersten Moment an gefallen. Sie unterdrückte ein Lächeln, fragte sich, ob ihr sein Duft oder seine Stimme mehr gefiel. Sie ging auf Zehenspitzen und drückte ihren Mund auf seinen. Eine Millisekunde lang reagierte er nicht, doch dann übernahm er die Kontrolle über den Kuss.

Ich habe mich getäuschte, dachte sie bei sich, *am meisten gefällt mir, wie er schmeckt.* Als er sich von ihr löste hob er ihr Kinn, wie er das so gerne tat. „Du weißt schon, wodurch du schwanger geworden bist, oder?", fragte er.

„Sex?" Sie lachte.

Er schüttelte den Kopf. „Mein Supersperma. Es hat sich durch das Verhütungsmittel durchgeschlagen und den Weg nach oben geschafft." Er ließ seine Muskeln in Armen und Brust zucken. „Du musst schon zugeben: ganz schön beeindruckend. Hab ich recht?"

Ruby schlug ihn auf die Brust und verdrehte die Augen. „Das ist ja wieder typisch für dich."

An jenem Abend machte er ihr Essen, und als er sie ins Bett brachte, als er in sie hineinstieß, vollkommen nackt, vollkommen der Ihre, genoss sie es. Die Offenheit. Die Freiheit. Keine Angst zu haben, wenn auch nur für eine Nacht. Sie flüsterte, wie sehr sie ihn liebte, und als sie gemeinsam kamen, wusste Ruby, dass sie füreinander bestimmt waren. Es hieß jedoch nicht, dass sie heiraten mussten. Dabei bliebe sie. Doch unabhängig von ihren eigenen Bedenken oder ihrer Sorge wegen ihres Vaters und um ihren Job oder die Zukunft allgemein – es war ihnen bestimmt, einander zu lieben. Und ihr Kleines, das sich auf den Weg gemacht hatte.

KAPITEL ACHTZEHN

Mit jedem Tag, der verstrich, wurde Alec ungeduldiger. Nicht nur, weil ein Baby unterwegs war, sondern auch, weil er einfach nichts machen konnte. Ruby hatte ihn wieder in ihr Leben gelassen, das war gut, aber er hatte sie immer noch nicht davon überzeugen können, dass es für sie am besten war, wenn sie heirateten. Ruby glaubte immer noch, dass Alec nicht an Hochzeit denken würde und erst recht nicht an Kinder, wenn es nicht das Schicksal war, das sie dazu zwang.

Sie wollte mit ihm zusammen sein. Sie akzeptierte und genoss es auch, dass sie einander liebten. Doch weil die Sache mit Colleen so den Bach runtergegangen war, weil Alec ihr gesagt hatte, er könne sie nicht heiraten, und dann die Verlobung aufgelöst hatte, schien Ruby zu meinen, dass sie und das Baby in einer ähnlichen Situation waren. Es war ganz egal, wie oft er ihr sagte, dass dem nicht so war — dass er sich tatsächlich über die Möglichkeiten mit Ruby freute, dass sie sofort bei ihm einziehen sollte – sie schüttelte immer nur den Kopf und sagte, dass er ja nur der Gute sein wolle.

Seit wann war es schlecht, ein guter Junge zu sein?

Diese Ausflüchte brachten ihn um den Verstand, so sehr, dass er am Abend raus musste. Er rief Kyle und Heath an, und sie verabredeten sich unten in der Bar. Ruby war zu Hause und arbeitete, und heute Abend gab es kein Training.

„Himmel, siehst du scheiße aus!", sagte Kyle, als Alec und Heath sich im Duffy's, ihrer Stammkneipe, ihm gegenüber hinsetzten. „Was ist los?"

Alec hatte die beiden gebeten, sich mit ihm auf einen Drink zu treffen, und hatte ihnen gesagt, dass er ihnen etwas erzählen müsse. Sie waren einverstanden gewesen, ohne nach den Details zu fragen, doch sie hatten ja keine Ahnung, in welcher Klemme er saß. Sie sollten es nun erfahren.

„Okay, Leute, ihr wisst doch, dass Ruby und ich zusammen sind?", sagte Alec mit einem schweren Seufzer.

„So nennt man das also heute?" Heath lachte und nahm sich eine Serviette.

Alec warf ihm einen säuerlichen Blick zu.

„Scheiße, Mann", sagte Kyle und bestellte eine Runde Bier für alle drei. „Alec meint es ernst. Also, was ist los? Was ist passiert? Habt ihr schon Probleme?"

„Nein, das ist es ja."

„Macht Colleen dir Ärger wegen Ruby?", fragte Kyle.

„Schon, aber das ignoriere ich größtenteils. Das Problem ist, alles war großartig. Wirklich großartig. Es hat eine Weile gedauert, bis Ruby meine Gefühle für sie akzeptiert hat. Und meine Gefühle sind stark. Na ja, ihr beide wisst ja, wie toll sie ist."

Heath nickte. „Sie ist ziemlich umwerfend. Auch Camille findet es toll, dass du mit ihr zusammen bist. Sie spricht von nichts anderem."

„Ja, ich habe sie sogar mit zu meiner Mom genommen, und ihr wisst ja, dass ich das mit Colleen nie gemacht habe. Ich hatte einfach das Gefühl ... ich weiß nicht ... dass sie die eine ist."

„Ich glaube, ich sehe das Problem nicht, Kumpel." Kyle nippte an seinem Bier und reichte die anderen beiden über die Theke weiter.

Alec wusste, dass das, was er nun sagen würde, seinen Kumpeln nicht gefallen würde. Er hatte ihnen vor kaum drei Monaten erzählt, dass Colleen schwanger war, und am Ende war das eine Lüge gewesen. Würden sie sich über ihn lustig machen, wenn er es wieder sagte, diesmal nur mit einer anderen Frau? „Das Problem ist ... Ruby ist schwanger."

Zwei Paar Augen starrten ihn an. Ruhig. Abschätzend. Dann sahen sie einander an. Und dann brach Heath in Gelächter aus. „Soll das ein Scherz sein?"

„Na großartig", sagte Alec. „Schönen Dank auch!"

„Nein, es ist nur ..." Heath packte seine Schulter. „Ich bin überrascht, aber ich freue mich für dich. Richtig, Kyle? Wir freuen uns?"

„Wir freuen uns wahnsinnig, Mann. Wie verrückt. Ich meine das ernst." Kyle hob sein Glas, und die drei stießen an. „Auf Alec, den fruchtbarsten von uns dreien. Ihr werdet euch also bald verloben?"

„Leute", sagte Alec kopfschüttelnd. „Das ist es ja. Werden wir nicht. Ruby möchte nicht heiraten. Sie ist davon überzeugt, dass ich ihr nur einen Antrag gemacht habe, um das Richtige zu tun, wie bei Colleen", beendete er den Satz, bevor er einen langen Schluck von seinem Bier nahm. „Sie denkt, ich möchte erst einmal keine Kinder, weil ich irgendwie so was in der Art bei dem Meeting mit Sports Armour gesagt habe. Ich weiß nicht, wie ich sie davon überzeugen kann, dass ich schon immer verrückt nach ihr war, und dass ich ihr einen Antrag mache, weil ich sie will. Ich wollte sie schon vor Colleen."

Heath stieß einen Pfiff aus. „Verdammt. Und ich dachte, Camille und ich hätten eine komplizierte Beziehung."

„Ähm, Moment, wer hat hier eine komplizierte Beziehung? Ich doch wohl." Kyle hob seine Brauen. „Schließlich bin ich mit einer Prinzessin zusammen, wie ihr wisst."

„Ja, und bald schon wirst du ihr Prinz Charming sein, Kumpel", neckte Heath ihn.

„Daran habe ich natürlich keinen Zweifel", sagte Kyle. „Also, was werdet ihr jetzt tun?", fragte er Alec.

„Ich weiß es nicht." Alec legte seine Stirn auf den Tresen. „Mal ehrlich, ich sehe die Dinge wie sie. Ich liebe sie. Ich denke, ich hätte sie ohnehin früher oder später gebeten, mich zu heiraten. Dass sie nun schwanger ist, hat die Dinge nur beschleunigt. Aber ich liebe sie. Ich liebe sie wirklich. Sie zu heiraten ist für mich keine Pflicht oder eine Last, sondern ein wundervoller Fortschritt in unserer Beziehung. Es wäre letztendlich eh so gekommen, das weiß ich. Warum kann sie es nicht auch sehen?"

„Da kannst du vielleicht nichts tun", sagte Kyle. „Sie muss es selbst sehen, und alles, was sie dafür braucht, ist Zeit."

Vielleicht hatte Kyle recht – vielleicht brauchte es einfach seine Zeit. Er konnte Ruby nur zeigen, wie sehr er sie liebte, und dann würde sich hoffentlich alles Weitere ergeben.

„Mal etwas anderes...", überlegte Kyle. „Hast du versucht, um Gnade zu winseln?"

Heath nickte. „Hört sich an als müsstest du um Gnade winseln, und zwar richtig."

„Aber ich habe doch nichts falsch gemacht." Na ja, vielleicht war sein Supersperma schuld, aber, Himmel, es war ja nicht so, als hätte er das geplant.

„Ganz egal", sagte Heath. „Du bist ein charmanter Junge, Alec."

„Und das ist schlecht?"

„In diesem Fall irgendwie schon. Du gehst die ganze Zeit auf Pressekonferenzen, um die Leute von irgendeinem Scheiß zu überzeugen. Ruby weiß das. Ruby ist ja diejenige, die dich immer ermuntert hat, wenn du in Schwierigkeiten gesteckt hast. Und dann noch die eine große Sache – Colleen hat dir erzählt, dass sie schwanger ist, und du hast keinen Moment gezögert, um ihre Hand anzuhalten. Verdammt, selbst als du erfahren hast, dass sie gelogen hatte, wolltest du niemandem etwas sagen. Du willst immer das Richtige tun, selbst wenn du dich dafür verstellen musst. Ja, dieses Mal ist es echt, aber vielleicht kannst du jetzt verstehen, warum sie so ihre Zweifel hat."

„Sie ist es doch wert, dass du um sie kämpfst?", fragte Kyle.

„Fuck, ja, Mann." Alec sah zu ihnen auf. „Das hier hätte ich bei keiner anderen gemacht."

„Dann denk nicht weiter darüber nach. Beweise dich wieder und wieder. Winsle um Gnade. Irgendwann wird sie erkennen, dass es echt ist, wie Arabella es bei mir getan hat."

Alec verzog das Gesicht, als er sich daran erinnerte. Wegen Kyles Scheißvater hatte Arabella eine Zeitlang gemeint, Kyle habe sie an die Presse verkauft. Gott sei Dank war für seine Freunde am Ende alles gut gegangen. Konnte es sein, dass Ruby und er am Ende genauso glücklich sein würden?

„Darauf, dass Ruby die Wahrheit erkennt." Heath erhob sein Glas, Kyle und Alec folgten seinem Beispiel.

„Nein, auf die Frauen, bei denen wir um Gnade winseln", sagte Kyle. Sie stießen miteinander an.

„Auf die Frauen, bei denen wir um Gnade winseln", sagten Alec und Heath gleichzeitig.

KAPITEL NEUNZEHN

Ruby betrat zum ersten Mal seit zwei Wochen die O'Brien PR-Agentur. Sie hatte allen gesagt, dass sie eine schlimme Magen-Darm-Grippe gehabt hatte, sodass sie lahm gelegt war, ans Bett gefesselt, doch jetzt war sie wieder da und bereit, mit neuem Elan zurückzukehren.

Auf dem Weg zu ihrem Büro gratulierten ihr alle zu dem Sports Armour Vertrag. *Super gemacht, Ruby. Herzlichen Glückwunsch auch, dass du Alec zur Raison gebracht hast, Ruby. Wie hast du das bloß hinbekommen?* Jeder wollte es wissen. Was besaß sie für Zauberkräfte, dass Alec LeBrun, der böse Junge par excellence der NFL, gekuscht hatte und sich jetzt benahm wie ein vorbildlicher Bürger?

Sie hatte das bewirkt. Indem sie einfach sie selbst gewesen war, ihm einen bösen Blick zugeworfen hat, wenn er das verdient hatte, und die Peitsche schwang, wenn er wieder aus der Reihe getanzt war. Auch er hatte das bewirkt. Die Liebe war ein erstaunlicher Anreiz, und er hatte Ruby beweisen wollen, dass er der Mann sein konnte, den sie brauchte.

Bislang war er erfolgreicher gewesen, als er je hätte planen können. Nur indem er Alec war. Der talentierte Footballspieler. Der gute Freund. Der großherzige Mann, der das Haus seiner Mutter reparierte und mit krebskranken Kindern „Tackle-"Football spielte und ein Kinderzimmer für sein ungeborenes Kind entwarf. Mit jeder Stunde, die verging, schaffte er es, Rubys Ängste niederzureißen, dass er sie nur des Babys wegen heiraten wollte. Denn, mal ganz ehrlich, hatte er ihr nicht schon gezeigt, was er für sie empfand, bevor er überhaupt wusste, dass sie schwanger war? Vielleicht musste sie Alec einfach mehr vertrauen. Als Footballspieler hatte sie dieses Vertrauen in ihn immer gehabt. Konnte sie es für ihn als den Mann, den sie liebte, auch haben?

Konnte sie glauben, dass die Situation mit Alec und dem Baby ganz anders war als das, was er mit Colleen gehabt hatte, und dass es nur darum ging, was das Schicksal für sie geplant hatte, damit sie ihr „Glücklich bis ans Lebensende" bekamen, das sie verdient hatten?

Sie meinte schon, und bei dem Gedanken fühlt sie sich so leicht wie seit Wochen nicht.

Und warum bekam sie dann plötzlich ein schlechtes Gefühl, als ihr Vater nun den Kopf aus seiner Bürotür steckte, als er von ihrer Rückkehr hörte, und verlangte, sie solle gleich in sein Büro kommen?

„Zu mir. Jetzt!"

Ein Schauer überkam sie.

War es der Vertrag? Ist er durchgefallen? Hat Alec gestern Abend irgendeinen Blödsinn gemacht, und das kam gerade in den Nachrichten? Ihr Körper zitterte vor Unbehagen und das, zusammen mit ihrer Schwangerschaft, musste in einem Desaster enden. „Ja, Sir", erwiderte sie automatisch.

Unweigerlich verglich sie seinen Tonfall mit den Malen, wenn er sie als Kind angebrüllt hatte, weil sie einen Fehler gemacht oder etwas nicht so gut gemacht hatte, wie sie es konnte. *Eine Zwei plus! Ruby Marie, das kannst du besser. Es ist mir ganz egal, wie schwer die Klausur war. Du wirst an dieser Note arbeiten, bis es eine glatte Eins ist!*

Sie verdrängte die Erinnerungen. Sie war kein kleines Mädchen mehr, auch kein Teenager: Sie war eine Frau mit einem „erwachsenen Hintern", wie Alec es so gerne formulierte. Um ihre Gedanken zu sammeln, dachte sie an ihn, an seine Liebe für sie und an ihr Baby. Beide gaben ihr die Kraft, in das Büro ihres Vaters zu gehen und sich seiner Wut über was auch immer passiert war, zu stellen.

Sie schloss die Tür, doch bevor sie sich gesetzt hatte, bellte Phil los: „Stimmt es?" Er wirbelte herum und schlug die Hand auf den Tisch, sodass Ruby zusammenzuckte. „Bist du mit Alec LeBruns Kind schwanger?"

Ihr wich das Blut aus dem Kopf, und sie taumelte, um sich hinzusetzen. Wie hatte er das herausgefunden? Sie schluckte, ihre Kehle war trocken und sie krächzte: „Ja, es stimmt. Aber lass es mich bitte erklären."

Phils Gesicht sah aus wie ein Vulkan, der kurz davor

stand auszubrechen. Es war mit verschiedenen Rot- und Rosatönen gefleckt. „Ruby Marie, es war eine Sache, mit ihm auszugehen. Ich wollte, dass er einen guten Eindruck in der Öffentlichkeit machte. Niemand hat dir gesagt, dass du auch noch schwanger werden solltest!", brüllte er.

So hatte sie ihrem Vater definitiv nicht sagen wollen, dass er bald Opa werde. Die Tränen stiegen ihr in die Augen, doch sie hielt sie zurück. „Das war nicht geplant, Dad. Es ist eben nicht so gelaufen, wie du gedacht hast."

„Und ich habe gedacht, du wärst krank und zu Hause. Ich habe gegen meinen Zweifel zu deinen Gunsten geurteilt und dich bei allen entschuldigt. Und in der Zwischenzeit hast du mich angelogen. Ich weiß gar nicht, was mich wütender macht – dass du schwanger bist oder dass du mich und deine Mutter angelogen hast."

„Dad... ich habe auf den richtigen Moment gewartet, es euch zu sagen." Ruby rang sich die Hände und fragte sich, wie er das nur hatte erfahren können. Die einzige Person, die davon gewusst hatte, war Alec, und der würde ihr sicher nicht in den Rücken fallen.

Es sei denn…

„Ich bin doch nicht blöde", fuhr ihr Vater fort. „Ich habe dein Gesicht bei diesem Interview vor dem Restaurant gesehen. Eure Beziehung hat nicht erst mit diesem ‚Kuss zur Feier des Tages' begonnen, stimmt's?"

Sie schüttelte den Kopf. „Nein."

„Natürlich nicht. Du musst ja in der fünften oder sechsten Woche sein." Er schüttelte ungläubig den Kopf. „Ich kann nicht fassen, dass du etwas so Dämliches tun kannst und dann noch bar jeden Gefühls für Schicklichkeit."

„Schicklichkeit? Dad, Alec und ich lieben einander. Er hat um meine Hand angehalten, und so langsam beginne ich darauf zu vertrauen, dass er das nicht aus Pflichtgefühl sagt, sondern weil er wirklich mich und das Baby für immer in seinem Leben haben will. Ich weiß, so haben wir es nicht geplant, aber es wird alles gut werden. Das weiß ich."

„Du hast mit einem *Klienten* geschlafen, Ruby. Das oberste Gebot im Geschäftsleben. Man schläft niemals mit einem Klienten. Und zweitens hast du gelogen. Drittens verheimlichst du es vor deinem eigenen Vater."

Schamesröte stieg in Rubys Wangen, doch sie weigerte sich, ihren Vater sehen zu lassen, wie sehr seine Worte sie trafen. „Es tut mir leid, dass ich es dir als Boss nicht gesagt habe. Aber es tut mir nicht leid, dass ich es dir als Vater nicht gesagt habe. Du kannst sehr hart mir gegenüber sein, Dad. So sehr, dass ich mich zwei Wochen lang gehasst habe, nur weil ich schwanger bin. Ich bin nicht das Eins Plus-Kind, das du dein ganzes Leben über wolltest. Das Leben ist nicht perfekt, und ich bin es auch nicht. Manchmal bin ich eben nur eine Zwei plus. Aber wenn du mich liebst, dann freust du dich für mich."

Phil starrte sie verletzt an.

„Ich wollte es dir dann erzählen, wenn ich bereit dazu gewesen wäre, nicht als du es herausgefunden hast", sagte sie. „Du wirst schließlich ein Enkelkind haben."

„Ruby, im Moment spreche ich als dein Vorgesetzter

zu dir." Er setzte sich schwerfällig hin, legte einen Moment seinen Kopf auf die Hände, ließ die Schultern hängen. „Auch wenn ich mich für dich freue, ich werde dir kündigen müssen."

Nein.

„Du hast von Anfang an gewusst, dass es eine fristlose Kündigung für derlei Verhalten gibt. Ich mache das nicht gerne. Wirklich nicht, aber wenn ich dir nicht kündige, wird das ein übler Präzedenzfall für das Team sein."

Rubys Augen füllten sich mit Tränen, doch sie hob ihr Kinn, ließ nicht zu, dass sie fielen. Alles um sie herum schien zusammenzubrechen. Wie hatte sie nur glauben können, ihr Vater würde anders reagieren? Sie hatte sich tausend Male gewarnt, dass es so kommen würde – sich in Alec zu verlieben wäre das Ende ihrer Tätigkeit als Publicity Agentin für ihn.

Sie räusperte sich. Sie musste wissen, wer ihr Leben ruiniert hatte. „Wie hast du es herausgefunden?"

Phil machte ein genervtes Geräusch. „Dein Freund. Sagte, er wollte es beichten, weil du es nicht tun würdest. Hat mich sogar um meinen Segen gebeten, um dich heiraten zu können. Ehrenhaft, nicht wahr? Ich wünschte, du hättest es mir selbst gesagt, Ruby."

Ihr Hirn setzte komplett aus. Niemals. Das konnte nicht stimmen. Alec hatte es ihm erzählt? Obwohl er versprochen hatte, es nicht zu tun?

Alle Hoffnungen, die sie für ihre Zukunft gehabt hatte, zerfielen in zahllose Teilchen.

Sie hätte es besser wissen müssen. Er war einfach zu

perfekt gewesen. Er musste einen Fehler haben, und da war er – keine Loyalität. Warum nur war er ihr in den Rücken gefallen und hatte das getan?

„Hat er dich angerufen?" Ihre Stimme zitterte. Sie wusste nicht, weshalb sie überhaupt fragte. Das würde den Dolch nur tiefer stoßen.

„Er hat mir gemailt – auch das noch! War schon eine Überraschung, das gestern Abend bei meinen Mails zu finden." Er sah sie mit leichter Sorge an. „Wird es dir gut gehen? Ich weiß, das hast du nicht hören wollen, aber du musst verstehen, dass ich keine andere Wahl hatte. Du weißt, das Image und der Ruf sind alles."

Sie nickte. In diesem Augenblick war es ihr egal, dass er sie rausschmiss. Sie konnte nur an Alec denken und warum er ihrem Vater so von ihnen erzählen sollte. Plötzlich kam ihr ein Gedanke ... hatte er das getan, um sie zu einer Ehe zu drängen?

Ungebremste Wut kam in ihr auf. Erstens, weil sie Alec vertraut und ihm geglaubt hatte, zweitens für das, was er getan hatte. Nachdem sie ihre Sachen gepackt und das Gebäude verlassen hatte, wobei sie sich fühlte, als wäre sie gebrandmarkt, ging sie schweren Schrittes zu ihrem Auto.

Der Gedanke, dass er das getan hatte, um sie zu einer Heirat zu zwingen, nahm Gestalt an in ihrem Kopf.

Wenn sie ihren Job verlor, hatte sie keine andere Wahl als ihn zu heiraten, oder? Alec wollte das unbedingt, der bildliche letzte Nagel am Sarg. Sie könnte nirgendwo anders hingehen. Und schwanger würde es schwierig, wenn nicht gar unmöglich sein, vor der Entbindung einen neuen Job zu finden, und dann würde sie ohnehin in den Mutterschutz müssen.

Sie konnte sich jetzt nicht mit ihm befassen.

Sie musste sich überlegen, wie sie das allein schaffte, wie sie es immer getan hatte, bevor sie Alecs Manipulationsversuchen nachgegeben hatte.

Ganz benebelt versuchte Ruby, ihre Autotür zu öffnen. Sie bekam kaum mit, dass die Kiste mit ihren Sachen auf dem Rücksitz umfiel oder dass sie in einer Tiefgarage saß und um Atem rang. Sie hatte das Gefühl, die Wände bewegten sich auf sie zu, und sie musste ihre Willensstärke aufbringen, nicht vollkommen in Panik zu verfallen.

Alec hatte ihr eine Falle gestellt, um zu bekommen, was er wollte. Um seine *Pflicht* zu tun.

Ohne sich irgendwelche Gedanken um Rubys Belange zu machen.

Ruby fuhr auf direktem Wege zu Alec. Sie musste die Wahrheit hören, es aus seinem eigenen Mund hören. Sie verdrängte ihre Furcht und Verzweiflung so lange, bis sie sicher zu seinem Haus gelangte und kam in Rekordzeit dort an. Als sie sein Auto nicht in der Einfahrt stehen sah fürchtete sie schon, er könnte nicht zu Hause sein.

Ich würde auch zusehen, dass ich nicht zu Hause wäre, wenn eine schwangere Frau meinetwegen angepisst wäre, dachte sie betrübt.

Sie wollte gerade schon wegfahren und sich überlegen, was sie nun tun sollte, als sie Alec aus der Haustür kommen sah, um sie zu begrüßen. „Ruby! Was machst du denn hier, Babe? Also, ich freue mich natürlich, dich zu sehen. Versteh das nicht falsch." Er beugte sich für einen Kuss durchs Autofenster.

Dieser heuchlerische, manipulative Alec.

„Wie...?"

„Wie was? Geht es dir gut? Stimmt etwas nicht?" Er bemerkte ihre feuchten Wangen, das zerzauste Haar und ihre roten Augen. „Ist was mit dem Baby?"

Sie konnte nur den Kopf schütteln und erbebte erneut. Alec öffnete die Tür und führte sie hinein. Sie wollte nicht, dass er sie berührte. Gleichzeitig sehnte sie sich nach seiner Umarmung. Sie wollte in seine starken Arme sinken, damit er ihr die Unsicherheit und den Schmerz nahm.

Den Schmerz, den er verursacht hatte.

Er hielt ihre Hand auf dem Weg zu seinem Schlafzimmer, doch sie hatte nicht die Energie zu protestieren. Er setzte sie so vorsichtig aufs Bett, dass sie beinahe erneut geweint hätte, doch sie musste stark sein. „Ich kann dir nicht glauben, Alec."

„Ruby, erzähl mir, was passiert ist." Alec versuchte, sie zu umarmen, doch sie machte sich von ihm frei. Er sah sie verletzt an.

„Ich bin gerade gefeuert worden", flüsterte sie.

Er wurde kreidebleich, dann verzog er vor Wut das Gesicht. „Dein Vater? Weswegen? Du bist die beste

Mitarbeiterin, die er hat. Was für eine Laus ist dem denn über die Leber gelaufen?"

Sie sah ihm ins Gesicht, hätte ihm am liebsten eine geknallt. Was fragte er denn noch? Es war doch alles seine Schuld. „Du musst nicht so tun, als wüsstest du es nicht", erwiderte sie mit müder Stimme. „Mein Dad hat mir erzählt, dass du ihm eine Mail geschickt hast, in der du ihm erzählst, dass ich mit deinem Baby schwanger bin."

Alec starrte sie an. Ihm hatte es die Sprache verschlagen. Er konnte nichts sagen. Dann explodierte er. „Was zum Teufel?" Als sie zusammenzuckte, kniete er vor ihr nieder und ergriff ihre Hände. „Ich meine doch nicht dich, Baby. Es tut mir leid. Aber was zum Teufel meint dein Vater denn? Das würde ich niemals tun. Warum sollte ich das tun, wo ich dir doch versprochen habe, kein Wort zu sagen?"

„Genau das möchte ich ja wissen!", weinte sie. Sie wollte ihm so unbedingt glauben, dass es schon weh tat. Das Herz in ihrer Brust zog sich zusammen. „Aber warum sollte er mich belügen? Es gibt doch einen Beweis, dass du ihm diese Mail geschickt hast. Warum sollte er sich das ausdenken?"

Alec erhob sich und schüttelte angewidert den Kopf. „Wie zum Teufel soll ich das denn wissen? Ich habe ihm keine Mail geschickt. Ich habe es niemandem erzählt. Na ja, ich habe es Heath und Kyle gesagt – das gebe ich zu –, aber, Ruby, du musst mir glauben, Babe ... sie würden es nie weitererzählen."

„Nicht sie haben meinem Dad geschrieben, sondern

du."

„Ich schwöre, dass ich es nicht getan habe." Er räusperte sich und fuhr sich mit den Händen durchs Haar. „Du bist erwachsen, Ruby, kein Kind. Du kannst schlafen und ein Baby bekommen mit wem immer du möchtest. Du kannst deinen Job nicht verlieren, weil du dich in jemanden verliebt hast."

„Nicht nur jemanden, Alec – einen Klienten. Ich bin von einem Klienten geschwängert worden", fügte sie hinzu, um die Sache auf den Punkt zu bringen.

Er schnaubte. „Einen Klienten, der auch schon einen erwachsenen Hintern hat und niemanden braucht, der ihm sagt, in wen er sich zu verlieben hat und in wen nicht. Ich wusste, was ich tat, du wusstest, was du tatest, es sei denn, du willst jetzt behaupten, ich habe dich gezwungen, mit mir zusammen zu sein–"

„Nein! Alec, das sollst du niemals glauben. Ich wollte dich, und ich will dieses Baby." Ihre Augen füllten sich mit Tränen, und sie versuchte sie wegzuwischen. Doch es half nichts. Sie kamen immer wieder, egal, wie sehr sie sie zurückhalten wollte. „Aber ich weiß auch, dass du mich heiraten wolltest, und als ich da nicht gleich Ja gesagt habe..."

„Was sagst du denn da?" Seine Stimme war leise, unsicher.

Gott, sollte sie den Vorwurf aussprechen? Was würde das für ihre Zukunft bedeuten?

Aber es sprach doch alles gegen ihn...Sie stand vom Bett auf. Sie fühlte sich nur noch schlechter, wenn Alec so über ihr stand. „Was ich sage, ist, dass du meinem Dad von unserem Geheimnis erzählt hast, um mich zu einer Hochzeit mit dir zu zwingen. Sobald ich keinen Job mehr habe, kann ich nirgendwo anders mehr hin, besonders nicht, wenn ein Baby unterwegs ist."

Ihm fiel die Kinnlade hinunter, und er neigte den Kopf. „Ich kann nicht fassen, dass du das gerade gesagt hast. Warum sollte ich dir so etwas antun? Ich liebe dich." Er wollte sie noch einmal berühren, doch Ruby ließ es nicht zu.

„Ich glaube nicht, dass du es böse gemeint hast", räumte sie schweren Herzens ein, „aber du bist der Typ Mann, der seinen Willen durchsetzt. Du hast getan, was du tun musstest. Doch obwohl ich dich jetzt nicht heiraten kann, sollst du immer noch Anteil am Leben deines Kindes haben. Das habe ich dir versprochen." Sie wollte gehen, es war alles gesagt, es war vorbei.

„Du wirst mich heiraten, Ruby, weil du mich liebst, und ich liebe dich, und wir werden eine Familie sein." Er legte seine Arme um sie und versuchte sie zu küssen, doch sie löste sich von ihm und zeigte auf ihn.

„Tu das ja nicht! Du hältst mich für schwach und meinst, ein Kuss von dir macht alles wieder gut? So funktioniert das nicht im wahren Leben, Alec. Ich bin keine Märchenprinzessin, und du bist nicht der Prinz, der alles mit ein wenig Charme wieder hinbekommt."

Einen Moment lang war es ihr fast egal, dass er sie angelogen hatte. Sie liebte ihn so sehr, dass ein Teil von ihr vergessen wollte, was geschehen war. Doch sie wusste auch, was sie sich selbst schuldete. Schließlich war sie Ruby O'Brien – eine vernünftige, praktische, starke Frau, die die Dinge auf ihre Weise machte. Keine Art von Manipulation konnte sie verändern, ganz egal wie sexy Alec war und duftete.

Mit einem Wort – er hatte alles kaputt gemacht.

Mit einer Willenskraft, die sie an sich nie vermutet hätte, schob Ruby ihn beiseite. Ein Schluchzen entwich ihrem Hals, und als Alec ihren Namen murmelte, drehte sie sich um und rannte aus seinem Haus, während ihr Herz in eine Million Stücke zerbrach.

KAPITEL ZWANZIG

Nachdem Ruby gegangen war, überprüfte Alec als erstes seine Mails.

Keine Spur von einer Mail, die in seinem Namen verschickt worden war.

Was zum Teufel ging hier vor sich? Konnte Phil O'Brien sich irgendwelchen Mist ausgedacht haben, nur um seine Tochter hinauszuschmeißen, ihr eins auszuwischen, zu beweisen, dass er recht hatte, dass sie noch nicht bereit war, in seiner Firma zu arbeiten? Was für ein Arschloch von einem Vater würde das tun? Alec konnte sich nicht vorstellen, seinem eigenen kleinen Mädchen jemals eine solche Sackgesichtaktion anzutun.

Eltern liebten, Eltern unterstützten, Eltern schimpften, wenn erforderlich, doch sie würden niemals den Erfolg ihres Kindes sabotieren. Alec dachte an die eine Frau, die immer und trotz allem seinen Rücken stärkte, und rief sie an. Er hatte niemanden, mit dem er sonst hätte reden können. Er war im Moment nicht einmal sicher, ob er

Heath und Kyle vertrauen konnte.

„Was ist los, Baby?", fragte Carolyn mit besorgter Stimme. Sie hatte sogar aufgehört zu spülen, um sich zu setzen und mit ihm zu sprechen.

„Ruby hat ihren Job verloren, Mom. Ich bin nicht sicher, was passiert ist, aber sie glaubt den Dreck ihres Vaters, dass ich ihm eine Mail geschickt und ihm von der Schwangerschaft erzählt habe. Ich habe keine Mail geschickt, aber jetzt ist sie aufgebracht, und ich kann nichts unternehmen."

„Wer hat denn die Mail geschickt?", fragte sie. Alec liebte seine Mom. Er liebte sie so sehr. Sie glaubte ihrem Sohn sofort, wie es ja auch sein sollte.

„Es gab keine Mail, Mom."

„Nicht, wenn du deinen Account überprüfst. Aber könnte sie nicht jemand gelöscht haben? Was ist mit deinem Server? Wäre sie da nicht noch drauf?"

Alec starrte vor sich hin. An die Möglichkeit hatte er gar nicht gedacht, und seine Mom schon? „Ich wusste gar nicht, dass du dich so mit Technik auskennst."

Sie zuckte die Schultern. „Ich schreibe dir doch schließlich auch Mails, oder? Also, wer weiß sonst noch, dass Ruby schwanger ist?"

Alec erklärte, dass er es Heath und Kyle erzählt hatte, aber denen vertraute er mit seinem Leben. Kumpel, die ihn nicht in tausend Jahren verraten würden. Natürlich ging Verrat immer von Menschen aus, von denen man es am wenigsten erwartet hatte, doch Alec war sich verdammt sicher, dass hier etwas gewaltig stank.

„Was ist mit Colleen?", fragte seine Mutter.

Alec hielt inne. Colleen hätte einen Grund dazu, doch Colleen wusste nichts von der Schwangerschaft. Er hatte es ihr nicht erzählt, und keiner seiner Kumpel würde es wagen, mit dieser Frau zu sprechen. „Mom, es ist ein Geheimnis."

„Du wirst es schon rausfinden, da bin ich mir sicher. Aber hör zu, du musst das tun, was für dich, das Kind und Ruby am besten ist. Als dein Vater gegangen ist, habe ich alles daran gesetzt, dass er blieb, doch er war fest entschlossen. Dein Vater war ein ängstlicher Mann, nicht bereit, sich mit einer Vaterschaft auseinanderzusetzen. Du dagegen bist mein reifer, intelligenter Sohn, der das Richtige tut."

„Ich versuche es, Mom, es gelingt mir nicht immer."

„Du wirst es", sagte seine Mom, und Alec konnte das Lächeln in ihrer Stimme hören. „Überzeuge sie davon, dass du sie liebst. Setz alles daran. Überzeuge sie, dass du mit ihr zusammen sein möchtest, für sie und für dich. Eine Frau möchte sich respektiert fühlen, Alec, das habe ich von deinem Vater nie bekommen, aber ich habe es so sicher wie das Amen in der Kirche von dir bekommen."

Alec wollte darauf etwas erwidern, doch er konnte nur seine Tränen hinunterschlucken.

„Okay, Jungs, hört zu!", dröhnte Coach Reddick im vorderen Bereich des Raums. „Wir werden diese Woche Pittsburgh da haben, und die werden eine ziemliche

Herausforderung für uns sein, auch wenn es ein Heimspiel ist. Wir wollen uns also jetzt konzentrieren, hört ihr?"

Für Alec war es ein Himmelsgeschenk, sich nun für die nächsten drei Stunden auf Football konzentrieren zu müssen.

Sein Kopf brauchte mal eine Pause oder zumindest eine Abwechslung von dem einen Thema – Ruby, Ruby, Ruby ... Ruby. Er hatte es mit einer Dusche probiert, um einen klaren Kopf zu bekommen. Er hatte es mit Kochen probiert. Er war laufen gegangen, dann lange Fahrrad gefahren, dann schwimmen. Kein Glück. Alec hatte sogar Yoga eine Chance gegeben, um seinen aufgewühlten Geist zu beruhigen. Nichts.

Selbstbefriedigung war ein Fehler gewesen. Ein großer Fehler. Er brauchte Ruby, um angetörnt zu werden. In der Sekunde, als er sich selbst berührt hatte, fluteten die Bilder seiner umwerfenden, rothaarigen Schönheit seinen Kopf, und egal wie viele Pornos er sich ansah, das Mädchen war immer Ruby.

Er hatte nun schon seit Tagen nicht mit ihr gesprochen. Er vermisste sie furchtbar.

Die wütenden Schimpftiraden des Coachs, weil irgendwer falsch gelaufen war, seine beiden Hände nicht am Ball halten konnte oder was er sonst noch verbockt hatte, waren eine großartige Ablenkung. Doch als beim Film die Lichter gedimmt wurden und er seinen Kopf abgelegt hatte, fielen Alec schnell die Augen zu. In den letzten Tagen hatte sich kein Schlaf einstellen wollen. Normalerweise hörte sich die Stimme des Coachs an wie

Fingernägel auf einer Tafel, doch heute Morgen merkte er, wie er langsam die Schultern hängen ließ und der gedehnte Tonfall des Coachs war mehr wie ein beruhigendes Schlaflied.

Heath musste ihn mehrmals mit den Ellbogen anstoßen, aber entweder hatte er damit aufgehört, oder das überwältigende Gefühl der Erschöpfung hatte nun die Kontrolle übernommen. Er konnte sich nicht mehr wirklich daran erinnern, dass er eingeschlafen war, doch als laute Jubelrufe und Pfiffe den Raum erfüllten, zuckte Alec zusammen.

Es dauerte einen Moment, bis er sich erinnerte, wo er war, und dann noch ein wenig länger, um zu verstehen, warum die Typen um ihn herum solch einen Lärm machten und seinen Schlaf störten.

„Na, was ist los, Romeo", rief Hewitt, der ganz vorne stand, Alec grinsend zu.

„Von wem hast du geträumt, LeBrun?", fügte Plough hinzu.

Martinez hob seinen Kopf über die anderen Typen. „Hey, Heath, hat er eine Beule in der Hose?"

Alec hatte nicht die leiseste Idee, was eigentlich vor sich ging. Heath neben ihm lachte sich tot, und seine einzige Antwort war, dass er auf den Bildschirm vorne im Raum zeigte.

Ruby.

Es war das erste Spiel der Saison, das Spiel gegen Sacramento, nach den Trikots der Fans um sie herum zu urteilen. Seine Frau – nicht seine Frau zu der Zeit (vielleicht auch nie wieder) – saß mit einigen Freunden auf der Tribüne, lachte und sah sich das Spiel an. Ihr Haar trug sie in diesem strengen Knoten, doch eine Strähne war herausgerutscht und flatterte ihr ums Gesicht. Sie sah so schön aus, so glücklich.

Einen Moment lang vergaß Alec seine Verwirrung und blendete das Jubeln und Ärgern seiner Teamkollegen aus. Er wollte sie nur ansehen, sich in Ruby O'Briens Lächeln verlieren. Es war so fröhlich, und es war richtig und wert, dass er darum kämpfte. Dort auf dem Bildschirm, in Ordnung. Doch was machte Rubys Foto bei der Spielbesprechung des Teams ...

„LeBrun!"

Das Knurren des Coachs riss ihn gleich in die Gegenwart zurück, und er bemühte sich, sich auf seinem Platz aufrecht hinzusetzen. „Ja, Coach?"

„Während du dir da hinten einen kleinen Schönheitsschlaf gegönnt hast, haben die Jungs und ich versucht, ein Rätsel zu lösen, das mich beschäftigt."

Alec kratzte sich im Nacken und sah die anderen dämlich an. „Sorry, Coach, hab in letzter Zeit wenig Schlaf bekommen, aber ich bin jetzt da. Vollkommen wach."

„Das will ich dir auch raten. Weißt du, welches Rätsel das ist, LeBrun?"

„Ähm, nein, Coach, ich denke nicht."

Der Coach hatte ihn früher schon mal beschämt. Das hatte er mit allen gemacht. Das Beste war, so wenig wie möglich zu sagen und es über sich ergehen zu lassen.

Coach war wie ein Fels, der auf einen zugerollt kam, wenn irgendwer Mist gebaut hatte. Da sollte man besser nicht im Weg stehen.

Coach atmete einmal tief für seine Tirade ein und begann. „Nun, Cinderella–"

„Dornröschen", korrigierte Martinez.

„Was soll das?", fragte der Coach.

„Sie meinen Dornröschen. Cinderella ist die mit dem Kürbis und den sprechenden Ratten", erklärte Martinez. „Unser Junge da hinten hat überall Sabber auf der Brust."

„Ich meine, es wären Mäuse gewesen", lachte Plough.

Der Coach atmete vernehmbar aus und strich sich mit den Händen über das Gesicht. „Ich bin zu alt für diesen Scheiß", seufzte er. „Ihr beschäftigt euch wohl beide gerne mit hübschen Prinzessinnen?" Der Coach schüttelte den Kopf in Ploughs Richtung, der auf seinem Stuhl in sich zusammensank. „Wie ich gerade sagte, Dornröschen." Der Coach wandte seinen wütenden Blick nun wieder Alec zu.

„Ich habe mich gefragt, warum du immer so spät aus der Line kamst. Und weißt du, was ich entdeckt habe?"

Alec versuchte bescheiden und ruhig zu wirken. „Nein, Coach."

„Ich habe mir das Band angesehen und etwas entdeckt. Die ganze Vorsaison über hast du an der Gedrängelinie niemals den Ball angesehen, bevor ihn sich jemand geschnappt hatte."

„Coach?"

„LeBrun, du hast die ganze Zeit über in die entgegengesetzte Richtung gesehen. Genau auf die

Tribüne. Das war mir ein Rätsel, ein Rätsel, das ich lösen musste. Weißt du also, was die Jungs und ich gerade getan haben?"

„Ich habe Angst es zu erfahren, Coach."

Der Raum vibrierte vor unterdrückten Lachern.

„Wir haben versucht, herauszubekommen, was deine Aufmerksamkeit von diesem verdammten Ball, den du verdammt noch mal hättest fangen sollen, abgelenkt hat." Die anderen Spieler machten ‚uuuuh'-Geräusche wie in der Schule, wenn ein Kind zum Direktor geschickt wurde. Der Coach stemmte seine Fäuste in die Hüfte und ging zu Alec. „Weißt du, was wir gefunden haben?"

Alec spürte, wie seine Wangen rot wurden. Er lächelte dümmlich. Er wusste, wohin das hier führte. „Sorry, Coach."

„Sorry?" Frustriert warf der Coach seine Arme in die Luft und schlug Alec auf den Hinterkopf. „LeBrun, du stehst da draußen, um Footballspiele zu gewinnen. Warum zum Teufel suchst du die Tribüne nach deiner Agentin ab? Jedes verdammte Mal, dass eine Aufnahme von dir gemacht wurde, schaust du mal nach links, mal nach rechts, dein Hals immer in die verdammte Richtung von Red O'Brien verdreht."

Es stimmte, dass er schon vor Colleen verrückt nach ihr gewesen war. Bei jedem Training hatte er angegeben, hatte versucht, ihre Aufmerksamkeit zu bekommen, war enttäuscht gewesen, wenn sie ihn nicht angesehen hatte. Er hatte nur nicht gewusst, dass es fotografische Beweise von seiner Verzückung gab.

„Ruby", sagte Alec.

„Was?"

„Ihr Name, Coach", murmelte Alec und starrte immer noch Ruby auf dem großen Bildschirm an, „ihr Name ist Ruby."

Der Coach griff sich mit beiden Händen in die Haare und knurrte. „Das ist doch hier nicht der Punkt, Romeo! Der Punkt ist, dass du deine verdammte Karriere riskierst, um eine Lady anzustarren. Habt ihr Kerle keinen Porno oder so was? Martinez, ich weiß, dass du welche hast. Kannst du ihm nicht einen guten Porno zeigen, damit er das aus dem Kopf bekommt?"

Es wurde gelacht und gescherzt, doch Alecs Augen wanderten zu dem angehaltenen Bild von Ruby, die bei dem Spiel lachte. Es brauchte einen weiteren Schlag auf den Hinterkopf, damit Alec wahrnahm, dass der Coach ihn anbrüllte. „Dein Kopf muss wieder beim Spiel sein, in Ordnung? Ich möchte, dass du aufhörst mit diesem ... diesem ... Mist. Spiel endlich Ball!"

Doch die Rädchen in Alecs Kopf hatten begonnen zu rattern, und wenn bei Alec die Rädchen ratterten, konnte man nicht viel dagegen tun. Ideen sprudelten nur so und wurden in Aktion umgesetzt, und aus der Aktion wurde Realität.

„LeBrun, hörst du mich überhaupt?"

Er hatte schon immer genau gewusst, wen er wollte – Ruby O'Brien auf der Tribüne, die ihn ansah. Jetzt musste er sie nur noch erobern.

„Coach?", fragte Alec.

„Was?"

„Wie viele weitere Tapes haben Sie von mir, wie ich Ruby ansehe?"

Sein Coach runzelte die Stirn und verschränkte schnaubend die Arme vor der Brust. „Leider eine ganze verdammte Menge." Alec grinste. „Weswegen in Teufels Namen grinst du, LeBrun?"

„Coach? Kann ich mir die leihen?"

KAPITEL
EINUNDZWANZIG

Manchmal laufen die Dinge richtig im Leben. Manchmal tun sie das nicht, und man muss einige Schläge einstecken. So sehr Ruby auch gehofft hatte, dass Alec ihr Mann war, war sie nun doch froh herausgefunden zu haben, dass er es nicht war.

Dann würde sie später weniger Kopfschmerzen haben.

Er hatte sie also verraten. Er hatte seinem eigenen Ego nachgegeben und ohne sie vorher zu fragen mit ihrem Vater gesprochen. Das war typisch für Alec LeBrun, und es machte Ruby nur traurig, dass sie nicht früher dran gedacht hatte. Natürlich würde er ihr in den Rücken fallen und direkt mit ihrem Vater sprechen. Er hatte ihr das eine Mal, als sie ihren Vater angerufen hatte, das Handy aus der Hand genommen, um ihm zu sagen, was er dachte.

Es drehte sich alles immer nur um ihn – Alpha und egoistisch.

Sie würde aber nicht bedauern, dass sie schwanger

von ihm geworden war. Was passiert ist, ist passiert, und in dem Moment war sie wild auf Alec gewesen. Egal, was passierte, sie war sich sicher, dass sie dem Baby sagen konnte, dass er oder sie in Liebe gezeugt wurde. Es stimmte – Ruby hatte Alec geliebt. Dumm zwar, aber die Wahrheit.

Jetzt war es an der Zeit, Alec zu sagen, dass es vorbei war. Nachdem sie ein paar Salzcracker gegessen hatte, um ihren Magen zu beruhigen, fuhr sie zum Spiel. Das zweite Trimester hatte begonnen und man sah kaum etwas, aber sie spürte es zu hundert Prozent. Einatmen, ausatmen. Nur Mut, Ruby. Mut, das Richtige zu tun. Nach dem Spiel wäre die beste Zeit. Sie konnte nicht riskieren, ihn zu Hause aufzusuchen und sich wieder in einem Netz von Manipulationen zu verstricken. Bevor sie wüsste, was geschah, wäre sie wieder in seinem Bett und von seinem Lächeln gefangen.

Nein, das durfte nicht noch einmal passieren.

Als sie ihren Sitz gefunden hatte und sich das Spiel ansah, erinnerte sie sich an ihre Liebe zum Football, warum sie in erster Linie gerne ins Stadion ging – die Menschenmenge, die Lichter, der Duft nach Brezeln, die an den Ständen gebacken wurden. Sie konnte nicht zulassen, dass Alec ihr das ruinierte. Egal was passierte, sie würde diesen Sport immer lieben, und sie schwor, die Bootleggers auf jeden Fall zu unterstützen.

Selbst wenn der Mann, der sie belogen hatte, gerade da draußen auf dem Feld war und sich den Arsch aufriss, um zu gewinnen. Hoffentlich geriet er jetzt nicht wieder in eine weitere Schlägerei, weil es in seinem Leben nicht allzu gut lief. Und wenn doch – ach, was soll's – war ja nicht mehr ihr Problem, sie war ja nicht mehr seine Publicity Agentin.

„Hey, du!"

Ruby sah nach links und entdeckte Camille, Heaths Freundin, die die Reihen entlanggekurvt kam, um sich neben sie zu hocken. Sie setzte sich auf eine Stufe und achtete darauf, dass sie dem Verkäufer nicht im Weg saß. „Hey, Camille. Wie geht es dir?"

„Mir geht's gut. Ich würde dich das Gleiche fragen, aber eigentlich weiß ich ja schon, wie es dir geht." Camille legte ihr eine Hand auf die Schulter, und sah sie so mitleidig an, dass Rubys Augen ganz weit wurden. Doch dann erinnerte sie sich daran, dass Camilles Freund, Heath Dawson, einer von Alecs besten Kumpeln war.

„Er hat Heath erzählt, dass ich schwanger bin?", flüsterte Ruby.

Camille nickte. „Man könnte eher sagen, er hat damit angegeben. Er ist glücklich, dass er ein Baby mit dir haben wird, Ruby. Ich weiß aber auch von der Mail, die dein Vater bekommen hat. Nicht, weil Alec dich hintergehen wollte, aber er ist so niedergeschlagen. Und, na ja ..." Sie kaute auf ihrer Lippe herum.

„Und was?"

„Und er hat diese Mail nicht geschickt, Ruby."

Ruby musste schwer schlucken und instinktiv löste sie sich aus Camilles Berührung. Sie war überrascht, als Camille sie nicht ließ. „Camille, ich weiß, dass du und

Heath Alecs Freunde seid, und du möchtest glauben, dass er so etwas nicht tun würde, aber–"

„Colleen hat sie geschickt, Ruby."

Entsetzen machte sich in ihr breit. „Bitte?"

„Colleen ist eine Schlampe, und wir könnten niemals befreundet sein, aber sie und ich haben eine gemeinsame Freundin. Eine, für die ich schon mal intime Fotos gemacht habe. Sie weiß, dass Heath und Alec befreundet sind, und na ja, sie hat dich schon immer gemocht, Ruby, und als sie dann hörte, was Colleen getan hatte..."

„Was hat sie denn getan, Camille? Und woher hätte sie das wissen sollen? Woher wusste sie, dass ich schwanger bin?"

Camille lächelte traurig. „Schau doch mal, was du gerade tust, Ruby."

Camilles Blick senkte sich, und Ruby tat es ihr nach. Sie sah gleich, dass sie ihre Hand schützend auf ihren Bauch gelegt hatte. Sie beschützte das wertvolle Wesen, das sie und Alec geschaffen hatten.

„So simpel? Sie hat einfach geraten?"

Camille zuckte die Schultern. „Sie wollte unbedingt schwanger von Alec werden. Das war nicht schwierig zu erraten."

Ruby schüttelte den Kopf. „Alec war so stolz auf sein Supersperma. Es hätte sie *umgebracht*. Aber die Mail wurde von Alecs Account geschickt."

„Sie haben zusammen gelebt, als sie verlobt waren, auch wenn sie getrennte Schlafzimmer hatten. Sie konnte auf seine Mails zugreifen. Sie hat einmal beobachtet, wie er sein Passwort eingab, und selbst das hat sie schon angepisst."

„Warum war sie deswegen angepisst?"

„Weil sein Passwort REDRUBY lautet, Ruby. Alec hatte schon lange ein Auge auf dich geworfen, offensichtlich sogar, als er mit Colleen verlobt war."

Ruby konnte es Colleen nicht vorwerfen, dass sie das angepisst hatte. Aber, *mein Gott*. Er hatte die ganze Zeit, die er mit Colleen zusammen gewesen war, gar nicht zu ihr gehört. Er gehörte zu Ruby. Das hatte er ihr wieder und wieder gesagt, und auch wenn sie es nicht unbedingt bezweifelt hatte, war das doch jetzt das erste Mal, dass sie es wirklich glaubte. „Sie hat die Mail von seinem Account geschickt und dann wahrscheinlich aus seinem Ordner mit den gesendeten Mails gelöscht, damit er es nicht sah."

„Der Mail-Server sollte es noch gespeichert haben, nicht dass das eine Rolle spielt. Wenn du immer noch denkst, dass Alec sie geschickt hat–"

Ruby schüttelte den Kopf, auch wenn ihr Tränen in die Augen traten. „Ich kann nicht. Ich kann nicht glauben, dass ich das je getan habe."

Es war zwar November, aber der Schauer, der Ruby nun über den Rücken lief, kam nicht vom Wetter. Es kam von dem, was sie hörte.

Wie hatte sie nur denken können, dass er zu so etwas Schrecklichem in der Lage war? Hatten der Stress und die Verwirrung der letzten paar Wochen sie so blind gemacht, dass sie genau dem Mann, den sie liebte, nicht glauben konnte? Genau dem Mann, mit dem sie Leben gezeugt hatte?

„Ach, komm her, Süße." Camille zog Ruby auf der Tribüne in eine Umarmung.

Scham und Erleichterung erfüllten Rubys Herz. „Ich danke dir so sehr, dass du mir das erzählt hast. Das erklärt eine Menge."

Ruby wünschte, sie könnte Colleen für den Ärger, den sie verursacht hatte, hassen, doch sie konnte den Schmerz, der dafür nötig gewesen wäre, nicht aufbringen. Colleen war schon schlimm genug dran, weil sie einen tollen Typen verloren hatte. Aus welchem Grund auch immer konnte sie mit der Ablehnung nicht umgehen und verabscheute den Gedanken, dass ihr Mann die ganze Zeit über jemand anderen geliebt hatte.

Jemanden, der unerreichbar war.

Und dieser Jemand war Ruby.

Sie jubelte ihrer Lieblingsmannschaft zu, wie sie es schon immer getan hatte.

Nur, dass ihr Herz sich jetzt so erleichtert fühlte. Sie war mit der Vorstellung hergekommen, dass sie nun mit Alec Schluss machen würde, doch wie es aussah, würde sie ihm nun sagen, dass sie sich in ihm getäuscht hatte. Sie hatte ihn als manipulativen Lügner bezichtigt, und sie hätte sich nicht mehr schämen können. Die manipulative Lügnerin war Colleen gewesen, nicht er. Er hatte Ruby erzählt, dass Colleen so sein konnte, und doch hatte sie keinen Moment an sie gedacht.

Stattdessen hatte sie Alec die Schuld gegeben.

Sie musste so viel wieder gut machen. So vieles neu beginnen. Doch wenigstens wusste sie nun eines – er liebte sie. Er hatte immer REDRUBY geliebt. Sie lächelte in den kühlen Novemberwind.

Nach der Halbzeit hielt Ruby den Atem an, als sie beobachtete, wie die Bootleggers aufs Feld zurückkehrten. Sie führten 14:0, und dennoch sah Alec nicht so aus als wäre er in einer seiner glücklichen Tanzlaunen. Stattdessen konzentrierte er sich auf das Feld, weniger wie ein Kind, sondern viel mehr wie ein erwachsener Mann. Ein Mann, dessen Leben kürzlich komplett umgekrempelt worden war.

Für einen Moment hatte sie ihn aus dem Blick verloren, aber die Verteidigung sollte ja auch dieses Quarter beginnen. Es war mehr als wahrscheinlich, dass er irgendwo in dem Gedränge an der Seitenlinie war und sich Gedanken über seinen nächsten Spielzug machte. Als sie gerade an all die Dinge dachte, die sie ihm sagen musste, wenn das Spiel vorüber war, erschien ihr Gesicht auf dem Großbildschirm. Sie hätte losheulen können.

Doch dann ...

„Ruby..."

Sie erstarrte, fragte sich beinahe, ob sie vielleicht halluzinierte, doch dann drehte sie sich um und sah sein Gesicht direkt neben sich. Auf der Tribüne! Ein Kameramann war bei ihm, und ihr war gleich klar, dass das hier keine Vision und auch kein Traum war. Es war Alec mit einem Mikrofon.

Er hatte etwas vor.

„Was machst du denn?" Ihr wäre beinahe die Handtasche aus den Fingern geglitten. Sie sah sich zu all den lächelnden Menschen um und hörte das Jubeln der Fans, die ihren Namen riefen.

„Ich möchte, dass du mir bitte zuhörst."

Sie legte ihre Hand auf das Mikrofon. „Alec, ich weiß, bei der Sache mit meinem Dad habe ich mich geirrt – ich weiß, was geschehen ist."

„Ich weiß es auch. Es wurde mir klar, nachdem ich mit meiner Mom gesprochen hatte."

„Mit deiner Mom?", fragte Ruby.

„Ja, sie ist eine ganz schön schlaue Frau, weißt du? Es ging um Colleen."

„Und die Mail, die sie geschickt hat?"

„Ja. Hör mal, wir sprechen später darüber. Sie haben mir nur ein paar Minuten für das hier gegeben. Ich habe dich vermisst, Baby. Komm mit mir." Er küsste ihre Wange und ergriff ihre Hand.

Und sie hätte sich ihm am liebsten an den Hals geworfen. Er roch verschwitzt und nach Gras, doch sein Gesichtsausdruck war einfach ganz Alec. Seine Augen glühten voller Liebe, und sie wusste, dass er nicht für die anderen Menschen grinste – es war nur für sie.

Er zog sie mit sich, die Stufen hinunter, über die Gänge, die Wendeltreppen hinunter, den ganzen Weg durch die Tunnel und aufs Feld hinaus. Sie kam kaum mit. „Alec! So schnell kann ich nicht laufen!"

„Komm schon, Ruby!" Er lief und lachte, sodass auch

sie lachen musste.

Das, dachte sie.

Das ist der Moment, den ich nie vergessen werde. So etwas Verrücktes, das nur aus Alecs verrücktem Kopf stammen konnte. Seine verrückten Ideen. Seine verrückte Liebe für sie. Eine Liebe, von der sie nun wusste, dass sie echt war. Es immer gewesen war, schon lange, bevor er es ihr gestehen konnte.

Jetzt fielen die Tränen, während sie rannte. „Es tut mir so leid, Alec", rief sie, als sie sich dem Feld näherten. „Ich hätte dir glauben sollen. Ich hätte wissen sollen, dass du mir so etwas niemals antun würdest." Sie hielt ihren Bauch, als ihr der Atem ausging, und sie konnte nicht weiter sprechen.

„Babe, du hattest Angst, und du warst am Ende. Es ist okay." Er zog sie in seine Arme, umarmte sie ganz fest, während der Kameramann immer noch alles auf dem Großbildschirm festhielt. „Ladys and Gentlemen, Jungs und Mädchen ... sehen Sie diese Frau hier?"

Das Stadion brach in Applaus aus. Das halbe Team stieß Pfiffe aus, und Alec grinste sie an. Ruby konnte nicht mehr denken, konnte nicht wütend sein, sie konnte nichts anderes als den Moment zu genießen. Sie genoss die Aufmerksamkeit, die sich auf sie ergoss.

Wie hatte sie je an ihm zweifeln können?

„Ich habe mich in eine Frau verliebt. Eine Frau, die ich definitiv nicht verdient habe, doch wir Männer verdienen unsere Frauen eigentlich nie, oder?" Die Menge jubelte, und es roch nach Schweiß und Bier und Popcorn, während Alec sie an genau jenen Punkt führte, auf dem sie sich zum ersten Mal geliebt hatten.

„Du wirst jetzt nicht..." Sie konnte ihren Satz nicht beenden. Sie hatte Angst, dass das Mikrofon es übertragen und die ganze Welt es hören würde.

Er drückte ihre Hand. „Ich wollte Ruby für mich von dem Moment an, als ich sie zum ersten Mal gesehen habe", sagte Alec, seine Stimme klang nun nüchterner. „Ich habe sie auf der anderen Seite des Raums gesehen und gedacht: ‚Verdammt ... das ist sie.'" Das Stadion jubelte nur um so lauter. „Ich dachte, ich wäre verrückt, doch dann stellte ich fest, dass ich das nicht war. Ich hatte gerade die Frau kennengelernt, die für den Rest meines Lebens zu lieben meine Bestimmung war."

Ruby fing an zu weinen, weinte wirklich, und ihre Sicht schwand.

„Ich hatte keine Ahnung, wie sehr diese Liebe noch wachsen würde. Es wuchs und wuchs zu etwas heran, das größer ist als wir." Jeder am Rand starrte auf den Bildschirm, und Ruby dachte, sie sähe aus wie ein dickes, schwangeres Etwas auf diesem Großbildschirm, doch das war ihr egal.

Sie war schon bei mehr Bootleggers-Spielen gewesen als sie hätte zählen können. Bei einem war sie gewesen, als die Temperatur unter dem Gefrierpunkt war, und die Zuschauer konnten nur mit Handschuhen kaum hörbar klatschen. Bei einem anderen hatte das Team einundzwanzig Punkte zurückgelegen, und danach wurde es nicht besser. Verdammt, sie war schon in diesem

Stadion gewesen, als es leer und nur von ihrem Stöhnen erfüllt gewesen war.

Und doch konnte sie sich nicht erinnern, es jemals so still wie jetzt erlebt zu haben. Ehrfürchtig. Beinahe heilig. Die Fans fieberten mit. Ihr Herzklopfen erfüllte ihre Ohren.

„Schau!", sagte Alec.

Und plötzlich waren da, auf dem Bildschirm Videos von ihr zu sehen. Ruby am Spielfeldrand, wie sie mit einer anderen Agentin lachte. Die Kamera wechselte von ihr zu Alec, der sich zum Spiel aufstellte. Doch er achtete nicht auf den Ball, der gerade auf die Gedrängelinie gelegt wurde. Stattdessen starrte er wie ein abgelenkter Junge zu ihr. Nach den Spielen starrte er sie immer noch an. Um genau zu sein, sah er sie bei jeder einzelnen Aufnahme an.

Der eine Clip endete, und ein anderer begann. Wieder und wieder sah Ruby Alecs Ablenkung. Wieder und wieder zeigte die Kamera ihr lächelndes Gesicht. Ein Video nach dem anderen enthüllte Alecs Faszination für seine Agentin, dem rotbraunen Kopf in der Menge.

Ruby hatte das Gefühl, ihre Knie würden gleich nachgeben, und nicht wegen des Sprints durch das Stadion. Wie hatte sie nur nicht merken können, dass er sie die ganze Zeit angesehen hatte? Wie hatte sie nicht merken können, dass all seine Aufmerksamkeit ihr galt, nicht dem Football, nicht den Gegnern, nicht den Cheerleadern oder den Fans. Wie hatte sie ganze Zeit über denken können, dass er ein nichtsnutziger Playboy war, der sich für alles andere, aber nicht für sie interessierte?

Da war der Beweis.

Ruby wusste, dass Alex ein Experte darin war, die Sympathien anderer Menschen für sich zu gewinnen. Er war ein Charmeur, der wusste, wann er lächeln musste, wann er seinen unwiderstehlichen Hundeblick aufsetzen musste, wusste, was er tun musste, damit die Reporter ihn liebten. Doch sie hatte nicht gewusst, dass seine ausgelassenen Späße insbesondere ihr galten, um ihre Aufmerksamkeit und ihren Respekt zu bekommen, damit sie ihn ansah. Jetzt war es sonnenklar.

Ruby hatte nie darüber nachgedacht, dass seine Effekthascherei ihr galt.

Denn dort auf dem Bildschirm, größer als jeder Film, den sie je gesehen hatte, war genau der Mann zu sehen, den sie liebte. Doch statt des verschlagenen Lächelns, statt eines Tanzes in der Endzone oder eines anerkennenden Zwinkerns für Ruby, war da einfach nur Alec. Nichts mehr.

Nur ein verliebter Mann.

Ein weiterer Clip begann, diesmal von einem Interview nach einem Spiel. Es war wohl ein Sieg gewesen, denn er zeigte allen sein klassisches Lächeln, mit dem jeder ihn mochte. Die Reporterin stellte eine Frage, doch er war zu abgelenkt, und sein Gesicht wandte sich nach hinten.

Während sie so dastand und noch um Atem rang, nachdem sie die Treppen hinuntergelaufen war und ihn verloren hatte, als sie die Szenen vor ihren Augen sah, entdeckten Ruby und 70.000 Menschen im Stadion, was

Alecs Aufmerksamkeit auf sich gelenkt hatte. Im Video war Ruby an ihm vorbeigegangen. Seine Augen folgten ihr, bis die Reporterin ihre Frage zum fünften Mal wiederholte, und Alec sah sie nun an, als hätte er vollkommen vergessen, dass sie überhaupt da war. Die ganze Menge lachte. Im nächsten Clip wollte Alec ihr auf der Tribüne zuwinken und versuchte dann unbeholfen so zu tun, als hatte er nur sein Haar glattstreichen wollen. Ruby spürte die Tränen in ihren Augen. Sie runzelte verwirrt die Brauen, als ein weiterer Clip auf dem Bildschirm erschien. Eine Aufnahme der Draft. Sie erinnerte sich genau an jenen Tag. Die Kameras waren überall gewesen. Selbst in dem Clip, der nun gezeigt wurde, konnte sie noch mindestens fünfzehn andere zählen. Kein Ton, aber dieser Clip zeigte Alec in Großaufnahme, als er gerade von den Bootleggers ausgewählt worden war. Er hörte zu wie Ruby sprach und nickte in seinem neuen Trikot dazu. Ruby erinnerte sich, wie ihre Beine gezittert hatten, als sie zu ihm gegangen war, um ihn davon zu überzeugen, sie als seine Publicity Agentin zu engagieren.

Sie hatte gewusst, dass tausend andere es bereits versucht hatten, und sie dachte, die Chancen, dass er einen Neuling auswählte, von dem noch nie jemand gehört hatte, seien gering bis nicht existent. Doch sie war verdammt entschlossen gewesen es zu versuchen. Sie hatte zu ihm gesagt: „Hey. All die anderen kriechen Ihnen doch nur in den Hintern. Wenn Sie jemanden möchten, der Sie vorantreibt, Sie herausfordert, Sie dazu bringt, Ihr Bestes zu geben, dann nehmen Sie mich." Es war gewagt gewesen, so etwas zu sagen, doch sie war zu hundert Prozent ehrlich zu ihm gewesen.

Im Clip streckte sie ihm ihre Hand entgegen, und Alec lächelte und schüttelte sie, bevor Ruby sich umdrehte und ging. Sie erinnerte sich, dass sie danach direkt zur Toilette gelaufen war. Doch der Clip endete noch nicht. Alec drehte sich zu seiner Mutter, die ein paar Meter entfernt gesessen hatte, und sagte etwas. Ruby war überrascht, als nun nur Alecs Gesicht gezeigt wurde, der sich ganz offensichtlich in der Umkleide selbst filmte.

„Hey, Miss O'Brien", sagte er. „ich habe dieses Video gefunden von dem Tag, an dem wir uns kennengelernt haben, das wollte ich dir zeigen."

Ruby erstarrte.

„Am Ende, ich weiß, du konntest das nicht hören, und ich schätze, du kannst nicht von den Lippen lesen, aber wer weiß. Du bist ja voller Überraschungen. Aber vorsichtshalber sag ich es dir." Alec auf dem Bildschirm lächelte. „Ich habe gesagt, ‚Sie. Sie ist es.'"

Eine fallende Erdnussschale hätte in diesem Moment wie eine Explosion geklungen.

„Du hast mich gebeten, es dir zu beweisen, Ruby", sagte er. „Das war ich. Das bin ich. Ich habe dich immer gewollt. Werde es immer. Und jetzt frage ich dich..." Alec ging auf ein Knie hinunter, und Ruby legte ihre Hände auf den Mund. Sie ließ einen Schluchzer ertönen, als sie sah, wie Alec vor ihr auf ein Knie ging.

Oh, mein Gott...

Er zog eine kleine Schatulle aus seiner verschwitzten Footballhose. Sie hätte gelacht, wenn das nicht die wundervollste Sache gewesen wäre, die ihr je geschehen war. „Ruby, Red, Babe... Ich habe dich vom ersten Moment an geliebt. Ich liebe dich so sehr, dass es mich umbringt. Ich kann ohne dich nicht atmen oder leben. Heirate mich, Ruby. Heirate mich, und mach mich zum glücklichsten Mann auf Erden." Er sah ihr in die Augen und sagte: „Ruby O'Brien, ich liebe dich."

Sie weinte noch mehr, als er die kleine violette Schatulle öffnete und ihren Ring daraus hervorholte. Ein schöner, funkelnder großer Ring, den sie sich im Moment nicht von nahem ansehen konnte, da sie so heftig weinte. Sie wusste nur, dass das Funkeln des Rings durch ihre Tränen wie ein Strahlenkranz aussah.

„Ja, ich werde dich heiraten, Alec." Ruby schniefte, wischte sich die Tränen weg und lachte dann.

„SIE HAT JA GESAGT!", schrie Alec ins Mikrofon, schob ihr den Ring auf den Finger, dann hob er sie hoch in die Höhe. Er wirbelte sie herum und herum. Die Menge jubelte, Musik setzte ein, und Ruby konnte gar nicht aufhören zu lachen. Er warf dem Kameramann das Mikro zu und flüsterte in ihr Ohr: „Ich liebe dich, Red. Das Baby ist nur das Sahnehäubchen auf allem, aber, dass du dich nicht vertust, du bist meine köstliche Sahneschnitte." Er küsste sie.

Und das Leben war absolut perfekt.

KAPITEL ZWEIUNDZWANZIG

Alec seufzte, sah seine Frau bewundernd an. Ruby atmete tief ein, ihr vollen, geschwollenen Brüste drückten sich gegen das Oberteil. Draußen wurde es langsam kühl, und die Fenster zu seinem Zimmer standen offen, doch er hatte sich schon immer mit der Frau, die er liebte, unter die Decken kuscheln wollen, und das war jetzt seine Gelegenheit. Verlangen machte sich in seinem Bauch bemerkbar. Er wollte ihm gerne nachgeben, sich von der Woge davontragen lassen.

All seine Träume wurden gerade wahr. Ruby war die Mutter seines ungeborenen Kindes, sie war hier, in seinen Armen nach einem tollen Tag, und alles zwischen ihnen war gekittet. Er hatte alles richtig gemacht, wie er es angekündigt hatte. Als Ruby seinem Blick begegnete, ihn ansah, schien die Luft voller Elektrizität zu sein.

„Ich liebe dich, Red. Dich zu heiraten hat nichts mit Pflichtgefühl zu tun, sondern mit dem Bedürfnis, mein

Leben mit dir zu verbringen. Und ich werde dich nie belügen. Dich niemals manipulieren. Zweifle nie wieder daran", sagte er.

„Werde ich nicht."

„Ich habe dir einen Ring aufgesteckt, wie du weißt."

Sie lächelte. „Ich weiß."

Er schloss sie in sein Arme und küsste sie lang und tief. Sie stöhnte leise in ihrem Rachen, und er wusste, sie spürte die Verbindung zwischen ihnen so sehr wie er. Er küsste sie heftiger, schlang seine Arme um ihren Hals, drückte diese Wahnsinnstitten an sich. Er intensivierte den Kuss noch und streichelte ihr Kinn und ihre Wangen, bevor er eine Linie ihren Hals hinunter beschrieb.

Was für eine perfekte Frau. Und jetzt war sie die seine.

Doch nun war es an ihm zu stöhnen, als ihre Zunge seine Unterlippe berührte. Sie schmeckte wie Zuckerwatte und Flieder. Die Schwangerschaft hatte sie sogar noch süßer gemacht. Ein reifer Vollmond voll mütterlichem Potential, sie war erotischer denn je, obwohl er sich nicht sicher war, wie das möglich sein konnte. Träumte er? Doch dann spürte er wie weich ihr Busen an seiner Brust war und dass sein Schwanz steif wurde, bestätigte ihn, dass es kein Traum war. Es war wahr, und er würde sie niemals gehen lassen.

„Bleib heute Nacht bei mir", murmelte er.

Sie zögerte. Er nutzte die Gelegenheit und küsste sie erneut. Wenn es etwas gab, in dem er gut war, dann war es Verführung. Überzeugung. Er leckte den Rand ihrer

Lippen, reizte sie, sich zu öffnen, und sie kapitulierte ohne die geringste Gegenwehr. Er bekam nicht genug von ihrem Geschmack, und seine Hand wanderte über ihre Wirbelsäule, bis sie genau über ihrem Hintern liegen blieb.

„Bleib bei mir", wiederholte er.

Mit glasigen Augen und erröteten Wangen flüsterte sie: „Ja, Sir."

„Ohhhh… du tust es schon wieder. Maaaann!", stöhnte er.

Ihr Herz schwang sich in die Höhe. Er hob sie in seine Arme und trug sie vom Balkon zu seinem Bett. Ruby küsste und leckte weiter seinen Hals, sein Kinn, ihre Hände drückten sich an ihn wie eine um die Beine streifende Katze. Alec schaltete ein einziges Licht an, bevor er sie aufs Bett legte. Ihr Haar hatte sich aus den Nadeln gelöst und lag nun auf seinem Bett ausgebreitet wie brennende Ranken. Er liebte ihr Haar so sehr. Würde ihr Baby ihr Haar, ihre Augen haben? Er hoffte es so sehr. Er wünschte, das Baby hätte alles von Ruby.

Es durfte sein Lächeln haben. Das war's.

Ruby setzte sich auf und begann, ihre Bluse aufzuknöpfen. Er beobachtete sie, nahm sie in sich auf, und bei jedem Zentimeter ihrer cremigen Haut, den sie entblößte, bröckelte seine Selbstbeherrschung. Sie lächelte ihn an, genoss es offensichtlich, dass sie ihn quälte.

„Du bringst mich um. Mach schneller", knurrte er.

Sie schnalzte mit der Zunge. „Wer wird denn da so ungeduldig sein?"

„Hey! Es ist schon Wochen her, dass wir es getan

haben."

„Und jetzt darfst du eine schwangere Frau lieben." Sie kicherte.

„Das ist sogar noch erotischer." Sein Kommentar war nicht gedankenlos. Er meinte jedes einzelne Wort. Bei dem Anblick ihres schwellenden Bauches, der von seinem Samen schon ein wenig gerundet war, von seinem Fleisch und Blut, das in ihr wuchs, wollte er sie nur um so mehr.

Sie griff nach dem Verschluss ihres BHs auf ihrem Rücken, doch dann schien sie es sich noch einmal zu überlegen. „Nah, jetzt bist du dran." Shit, er würde sich innerhalb von fünf Sekunden komplett nackt machen, wenn er dafür Ruby nackt sehen durfte. Er warf sein Hemd weg, sprang aus seiner Jeans und wollte gerade schon seine Boxershorts ausziehen, als sie einen Lacher ausstieß. „Du solltest ein Teil ausziehen, dann ich, dann du–"

„Scheiß drauf." Er krabbelte auf sie. „Das ist mir egal." Er küsste sie und sie bog ihren Rücken unter ihm durch. Sie küssten und berührten einander, und endlich hatte Alec ihr diesen BH ausgezogen und stöhnte laut, als er ihre nackten Brüste sah. Voll und sahnig mit Nippel in der Farbe von Himbeeren, besser als in seiner Fantasie.

Er beugte sich hinab, um die Spitze einer Brust zu lecken, wirbelte seine Zunge um ihre Nippel, bis sie keuchte. Es gefiel ihm, wie schnell sie auf ihn reagierte, wie sie sich mit dem Kopf voran hineinstürzte ihn zu lieben, wie sie es bei allen anderen Dingen in ihrem Leben auch tat. Er spielte gefühlte Stunden mit ihren Brüsten und genoss jede einzelne Sekunde, bis sie ihn atemlos anflehte, weiter zu machen. Doch er würde nicht nachgeben. Er wollte sie feucht und bereit.

Er saugte und leckte und knabberte, er liebte ihren Geschmack und wie ihre Haut duftete. Er fragte sich, wie er sie am Morgen gehen lassen konnte. Sie war jetzt sein Ein und Alles. Und in sich trug sie all seine Hoffnungen und Träume. Seine Zukunft.

Ruby wand sich unter ihm und griff nach ihm und brachte ihn in einen lustvollen Rausch. Sie war niemals eine passive Partnerin, sie drängte ihn, und obwohl er das doppelte Gewicht an Muskeln hatte, ließ er sich von ihr auf den Rücken drücken. Sie saß nun rittlings auf ihm, ihr dunkelrotes Haar ergoss sich über ihre Schultern, und sie sah dabei aus wie eine Göttin. Er wusste nicht, ob sie gekommen war, ihn zu belohnen oder zu bestrafen, doch in diesem Moment war ihm das egal. Sie beherrschte ihn wie sie den Mond beherrschte.

„Jetzt habe ich dich, wo ich dich haben wollte." Sie lächelte, bevor sie sich hinabbeugte, um seine Brust zu küssen. Er ächzte vor Qual. „All diese Muskeln. Ich wollte dich berühren, seit ich dich zum ersten Mal gesehen habe", gestand sie.

„Wirklich?"

„Ja, wirklich. Und jetzt tu nicht so als wüsstest du nicht, dass du die Frauen verrückt machst. Läufst die ganz Zeit ohne Hemd rum, trägst diese Hose, die wirklich nichts der Fantasie überlässt…"

Er lachte. „Doch nur, weil ich dich verrückt machen wollte."

Sie küsste seine Brust. „Na, das hat funktioniert. Und jetzt wirst du dafür bezahlen müssen."

Alec musste schon zugeben, dass ihn diese Seite an Ruby reizte. Sie hatte immer so gefasst gewirkt, doch es gefiel ihm, wenn sie mal locker ließ. Wenn sie ihre Haare öffnete und sie im Bett voller Leidenschaft war, eine Frau, die manchmal gerne die Kontrolle übernahm und sich manchmal unterwarf. Damit konnte er gut leben.

Sein Lächeln wurde breiter und er grunzte, als ihre Nägel hinab über seinen Bauch fuhren.

Ihre heiße kleine Zunge folgte dem Weg ihrer Nägel. Wonneschauer zuckten durch Alecs Körper, und sein Schwanz drückte sich gegen seine Boxershorts, flehte darum, rausgelassen zu werden. Er wollte, dass sie seinen Schwanz herausholte, ihn streichelte, er musste sehen, wie diese Finger ihn packten, doch Ruby war wie eine verspielte Meerjungfrau, die sich weigerte, gezähmt zu werden, und frei umhertollte. Als er seine Hüfte hob, lächelte sie und küsste seinen Nabel. „Habe ich nicht gesagt, Geduld ist eine Tugend?", fragte sie atemlos.

„Du bringst mich um den Verstand. Nun fick mich doch endlich, Frau."

Sie lachte, trug noch ihre Hose, doch er spürte ihre Hitze durch den Stoff. Sie rieb ihre Pussy an seinem Schwanz, und beide stöhnten. Gott, wenn sie nicht damit aufhörte, würde er in seinen Boxershorts kommen wie ein Teenager. Alec biss sich auf die Zähne und zwang sich, nicht die Kontrolle zu verlieren. *Wie kann ich nur schon so erregt sein?,* dachte er verzweifelt.

„Ruby...", warnte er, als sie ihre Finger am Bündchen seiner Boxershorts entlang streichen ließ. „Du spielst mit dem Feuer.

„Ich spiele gerne mit dem Feuer."

Darauf warf er sie um aufs Bett und übernahm wieder die Führung. „Dann hast du dir genau den richtigen Mann ausgesucht", sagte er. „Und du wirst mir noch danken, wenn ich deine Pussy küsse und du meinen Namen schreist."

Sie wurde knallrot, passend zu ihrem Haar, und sie atmete schneller, tiefer. Ihre Nippel wurden unter seiner Berührung hart. Er würde sich seinem Versprechen nicht entziehen. Er küsste ihren Körper hinab, öffnete ihre Hose und schob sowohl sie als auch das Höschen ihren Körper hinunter, bis sie vollkommen nackt war. *Endlich.* Ihre weiche weiße Haut war mit Sommersprossen gesprenkelt, doch ihr Bauch und ihre Schenkel hatten nicht viel Sonne abbekommen und waren etwas blasser. Alec leckte ihre Hüfte, fuhr über die Mulde zwischen Hüfte und Schenkel, und Ruby atmete rasch ein.

Er roch ihre Erregung, was ihn nur noch mehr antörnte. Vorsichtig berührte er die Löckchen auf ihrem Hügel und küsste sie direkt über ihrer Pussy. Zu seiner Freude gefiel ihm die Anordnung ihrer Sommersprossen dort.

Unruhig bewegte sie sich auf dem Bett. Er senkte einen Finger zwischen ihre geschwollenen Lippen, drückte sie auseinander, wie er es bei einer Blüte tun würde. Sie war bereits feucht, und ihr Saft bedeckte seine Finger.

Alec konnte sich nicht zurückhalten und steckte seine Nase zwischen diese seidenen Blütenblätter.

„Alec", stöhnte sie.

Er machte es ihr mit der Zunge, schmeckte ihre Essenz, und sie stöhnte, laut und tief. Er liebte dieses Geräusch. Er schmeckte sie und spielte mit ihr, bis sie sich aufbäumte und schrie, dann stieß er seine Zunge in ihre zuckende Öffnung. Sie erbebte, und er wusste, dass sie bereits nahe am Höhepunkt war.

Doch er wollte in ihr sein, wenn das geschah. Er leckte sie ein letztes, lustvolles Mal, küsste ihre Löckchen, dann stieg er vom Bett und grinste, als er ihren erstaunten Ausdruck sah. Er nahm seinen Schwanz in die Hand, strich mit dem Daumen über die sensible Spitze. Ruby leckte ihre roten Lippen, dann kroch sie zur Bettkante, wo er stand. Sie legte ihre Hand auf seine, und sie streichelten seine Länge gemeinsam.

Als sie seinen Schwanz küsste, hatte Alec beinahe nicht die Willenskraft, sie fortzustoßen. Doch er würde auf ihren hübschen kleinen Fingern kommen, wenn er sie nicht zurückhielt. „Leg dich zurück, und spreize die Beine für mich."

Sie tat, worum er gebeten hatte, und spreizte schüchtern ihre Beine. „So?"

Er grinste. „Genau so. Zeig mir alles."

Woher nur war diese Sexgöttin gekommen? Wie hatte er solch ein Glück haben können? Seit Monaten hatte er von ihr geträumt, dann hatte er gedacht, er habe sie verloren, und jetzt war sie wieder hier. Mit ihm. Gab sich ihm ganz hin. Er konnte sie endlich so hart und schnell nehmen, wie er seit Wochen geträumt hatte, nur dieses Mal würde er es ein wenig sanfter angehen müssen.

Nun trug sie sein Kind, und er wollte sie, wie er nie zuvor jemanden gewollt hatte.

„Weißt du, dass immer, wenn wir Sex miteinander haben, dein Haar offen ist? Ich erinnere mich, wie ich so lange dein Haar offen habe sehen wollen. Aber weißt du noch etwas?"

„Du willst mich ficken, während ich einen Knoten habe?", riet sie.

„Woher wusstest du das?"

„Weil du du bist, Alec. Als würde ich dich nicht kennen!"

„Tja, als würdest du mich nicht kennen", sagte er lächelnd. Es gefiel ihm, dass sie diese neue Ebene in ihrer Beziehung erreicht hatten, auf der sie wusste, was er dachte. Er stieß langsam in sie hinein und beobachtete dabei ihr Gesicht. Sie nahm ihre Unterlippe zwischen die Zähne, und er musste sich beherrschen, nicht zu feste hineinzupumpen. Sich zwingen, langsam zu machen, das hier zu genießen. Sie langsam und süß zu lieben…

„Oh, Alec", schnurrte sie und wand sich unter ihm. „Du füllst mich so aus, mein Gott…"

Sie war von seinem Schwanz erfüllt, von seinem Sein und seiner Seele. Er wünschte, er hätte sie auf jede erdenkliche Weise besitzen können, sie vollständig zu der seinen machen, doch ihr ganzes Leben lag vor ihnen, das zu tun. Jetzt war er erst einmal begeistert, dass sie Ja gesagt hatte.

„So erfüllt von deinem Schwanz, Alec…"

Himmel, sie konnte nicht so weiterreden und erwarten, dass er seine Selbstkontrolle behielt. Er küsste sie, doch ihr Geschmack auf seiner Zunge machte alles nur schlimmer. Sein Schwanz pulsierte. Er zog ihn heraus und stieß ihn langsam wieder in ihre enge Öffnung hinein, dann begann er einen Rhythmus. Ruby schlang ihre Arme und Beine um ihn, und Alec biss sich auf die Zähne. Sie war so eng und feucht, es war kaum zu ertragen.

Wie sie ihn ansah, wie sie ihn berührte, wie sie sich um seinen Schwanz krampfte, jedes Mal, wenn er in ihren willigen und weichen Körper stieß, jede Bewegung brachte ihn weiter an seinen Höhepunkt, ließ seine Eier sich zusammenziehen, um sich auf die Erlösung vorzubereiten.

Ruby begann zu keuchen, Röte breitete sich von ihrer Brust zu ihren Wangen aus. Sie wusste, sie war nah dran, und er machte schneller. „Du kannst mich ruhig fester ficken, Alec", sagte sie, gab ihm die Erlaubnis, obwohl er sich zurückhielt, da er sie nicht verletzen wollte.

„Bist du dir sicher? Das Baby …"

„Mir geht es gut. Tu's einfach!"

Er rammte in sie hinein, und sie kreischte. Sie hob ihre Beine, um weiter offen für ihn zu sein, und er pumpte in sie hinein, streichelte ihren Körper mit seinem Schwanz. Er sah, wie sie ihren Kopf zurückwarf, ihren blassen Hals entblößte, und er leckte ihre Haut, als sie kam, er liebte den Geschmack ihrer Haut. Sie stöhnte laut, und als er mit dem Daumen über ihre Klitoris strich, schrie sie und explodierte in Wogen der Lust.

Endlich ließ er auch seinen Orgasmus zu. Er stieß ein letztes Mal zu, bevor sein Höhepunkt ihn traf wie ein Güterzug. Er ergoss sich in sie, ein Spritzer nach dem anderen, und er hatte nur gerade genug Kraft, nicht auf ihr zusammenzubrechen, um ihr nicht weh zu tun. Beide rangen für einige Momente um Atem. Der Raum roch nach Sex und Schweiß und Ruby, und Alec inhalierte den Duft, sog ihn in seine Lungen. Der schönste Duft des Planeten.

Er küsste ihren Hals. „Ich liebe dich so sehr", sagte er und spielte mit ihrem Haar, zog es aus dem Schweißglanz in ihrem Gesicht. „Ich liebe dich, ich liebe unser Baby, ich liebe unser Leben. Danke, Ruby!"

„Wofür denn, Baby?"

„Dafür, dass du mich gerettet hast. Ich habe lange, lange Zeit auf dich gewartet."

Sie lächelte an seiner Haut, fiel zufrieden in einen wunderbaren tiefen Schlaf, und als sie einschlummerte, küsste er ihre Brauen, seufzte und träumte von seiner Zukunft.

EPILOG

Als Rubys Fruchtblase platzte, war Alec ruhig geblieben. Ruby hatte zunächst gedacht, sie werde ihn trösten müssen, doch dann trafen sie diese Kontraktionen wie eine Tsunamiwelle nach der anderen, und, sagen wir es so, sie musste sich jetzt auf ihn verlassen. Dass er daran dachte, die Taschen fürs Krankenhaus zu bringen, die Papiere, den Geburtsplan, dass er ihre Eltern anrief…

Auf dem Weg ins Savannah General Hospital hatte Ruby seine Hand so fest gedrückt, dass sie dachte, sie würde einen Finger brechen, nicht dass er sich beschwerte. Und als sie ankamen, teilte ihr Arzt ihr mit, dass der Muttermund erst drei Zentimeter geöffnet war.

„Das wird eine Weile dauern", sagte Dr. Fincher. „Ich würde Ihnen empfehlen, es sich erst einmal bequem zu machen."

Ruby hatte keine Vorstellung, wie sie es sich bequem machen sollte, wenn ihr Körper Qualen litt. Die Wehen waren lang und heftig, und sie hatte Alec und seinen ganzen Familienstammbaum mehr als einmal verflucht. Alec musste zugute gehalten werden, dass er einen kühlen Kopf bewahrte, ihr kühle Waschlappen auf die Stirn legte, ihre Schultern massierte, den Rücken und die Füße, einfach da war, um sie zu unterstützen.

Er war großartig gewesen.

Und dafür liebte sie ihn nur noch mehr.

Ohne ihn hätte sie diese Geburt nicht überstanden. Und als der Muttermund endlich zehn Zentimeter weit war, hatte sie gepresst und geschrien und wieder geschrien, und Alec hatte ihr bei jeder Wehe Mut gemacht. Als sie spürte, dass sie nicht mehr konnte, als sie ausgelaugt war, in einem See aus Tränen und Schweiß, hatte Alec ihr Mut gemacht.

„Du schaffst das, Baby. Ich weiß, dass du das kannst", hatte er gesagt und ihre Hand gedrückt. „Nur noch einmal pressen."

Endlich, um 1.32 Uhr, am 5. Juli, war Daniel Alexander LeBrun auf die Welt gekommen, zwölf Stunden, nachdem sie im Krankenhaus angekommen waren. Er kam auf die Welt und verlor fast völlig seinen dunkel behaarten Kopf vor lauter Schreien. Mit seinen tiefbraunen Augen, wie die, die sie sah, wenn sie in Alecs Augen sah, hätte Ruby dennoch schwören können, dass er das gleiche Gesicht machte wie sie, wenn sie wütend auf ihren Vater war.

Früh am Morgen erwachte Ruby von einem erschöpften Schlaf zu dem Geräusch von Babygeschrei. Es war noch ein merkwürdiges Gefühl, zu wissen, dass sie nun einen Sohn mit Alec hatte. Als sie in den dunklen Raum hinein blinzelte, hörte sie eine Bewegung.

„Ich hole ihn", beeilte sich Alec zu sagen.

Obwohl Ruby Alec gesagt hatte, er könnte nach Hause gehen, um zu schlafen – den letzten Schlaf, den er in nächster Zeit bekäme – hatte er darauf bestanden, in ihrem Krankenhauszimmer zu übernachten. Nicht von ihrer Seite zu weichen. Ihr immer alles zu bringen, was sie brauchte. Die Geburt war glatt verlaufen, und obwohl es höllisch weh getan hatte, musste Ruby zugeben, dass es nicht so grausam gewesen waren, wie all diese Schreckensgeschichten einem weismachen wollten.

Aber vielleicht hatte sie auch nur verhältnismäßig Glück gehabt.

Sie konnte sich nicht zurückhalten, vor Stolz zu strahlen, das Lächeln einer zufriedenen Mutter, als Alec ihr ihren Sohn in die Arme legte. Daniel suchte, er war ganz klar hungrig, und Ruby legte ihn an ihre Brust, wie die Hebamme es ihr gezeigt hatte. Das Baby begann gleich mit Appetit zu essen, und sie und Alec lachten über die lustigen Gesichter und Geräusche, die der Kleine machte.

„Das ist mein Junge", sagte Alec stolz. Er berührte das seidige Haar auf dem Kopf des Jungen und lächelte Ruby an. „Habe ich dir eigentlich schon gesagt, dass ich dich liebe?"

Ihr Herz schwoll. „Nein." Sie lachte. Das war ihr kleines Spiel.

„Verdammt. Ich muss mich bessern." Er lächelte, sein

Herz voller Freude.

Sie zog ihn zu einem Kuss. „Du sagst es mir jeden einzelnen Tag."

„Hui!" Er lehnte seinen Kopf an ihre Schulter und sah zu wie sein Sohn gestillt wurde. „Ich liebe dich auch. Ich liebe unseren Sohn. Ich bin so glücklich, dass mein Herz explodieren könnte." Alec küsste sie leicht, als er bei ihr auf dem Krankenhausbett saß. Im Moment waren sie die einzigen drei Menschen auf der ganzen Welt.

Nichts anderes war wichtig.

Nichts anderes geschah.

Nur die Geburt ihrer perfekten kleinen Familie.

Als Daniel satt war, hob Ruby ihn hoch und klopfte ihm auf den Rücken. Er ließ ein lautes Bäuerchen hören, und beide Eltern meinten, dass sei das glorreichste Geräusch, das sie je gehört hatten. Sie lobten das Neugeborene, und ihr Lachen lullte Daniel in den Schlaf in den Armen seiner Mutter.

Alec und Ruby hatten eine Woche nach dem berühmten Heiratsantrag beim Bootleggers Spiel geheiratet. Es war eine kleine Zeremonie gewesen, nur enge Freunde und die Familie. Auch wenn Alec nicht begeistert war von der Idee hatte Ruby doch darauf bestanden, ihren Vater zumindest einzuladen. Der Gedanke, er könnte nicht bei ihrer Hochzeit sein, gefiel ihr gar nicht. Als sie ihn dann sah, war sie ihm in die offenen Arme gefallen.

Tränen hatten bei beiden in den Augen geglitzert. „Herzlichen Glückwunsch, mein Liebling", hatte Phil gesagt. Zwischen ihnen lief es nicht perfekt, aber ohne ihren Vater wäre es einfach nicht richtig gewesen. Schließlich liebte er sie ja doch. Vielleicht war die Entlassung genau der Druck gewesen, den sie gebraucht hatte, um ein neues Leben zu beginnen.

Jetzt war sie frei. Frei, neue Möglichkeiten zu erkunden, frei, allein zu arbeiten, und da sie jetzt bald zu Hause sein würde, um sich um das Neugeborene zu kümmern, war es vielleicht an der Zeit, ihr eigenes Unternehmen zu gründen. Irgendwann würde sie darüber nachdenken, doch im Moment war sie einfach nur glücklich, ihren Vater lächeln zu sehen.

Am Ende der kurzen Zeremonie war unter den Gästen kein Auge trocken geblieben. Alle freuten sich für sie – Heath, Kyle, Camille, Arabella, Rubys Familie und natürlich Carolyn, Alecs Mutter, die von Charleston aus hergefahren war, um den besonderen Moment zu erleben.

Die Erinnerungen prallten nun alle in ihrem Kopf zusammen, während Ruby ihren Sohn hielt. Ihren Sohn – sie hatte einen Sohn. Sie konnte es kaum glauben, selbst als sie das schlafende Kind in ihren Armen hielt. Sie hatte nie gedacht, dass sie jemanden so sehr lieben könnte wie nun Daniel und Alec, vor einem Jahr noch hatte sie gedacht, sie würde den Rest ihres Lebens allein sein.

Wie schnell die Dinge sich änderten.

„Du musst ein wenig schlafen", murmelte Alec. „Ich lege ihn zurück ins Bett."

Ruby hätte ihm beinahe Nein gesagt, doch dann gähnte sie. „Okay."

Alec nahm das Baby, drehte sich zu Ruby um und sagte. „Pass mal auf, Red. Footballhaltung."

Ruby lachte. Wenn sie zu sehr lachte, tat es noch weh. Sie musste schon zugeben, dass es ihr gefiel, den großen Footballspieler dabei zu sehen, wie er das winzige Neugeborene hielt. Der Kontrast war erschreckend, aber Alec hielt seinen Sohn wie das wertvollste Wesen auf der ganzen Welt. Ruby konnte die Tränen nicht zurückhalten. Sie war nun schon seit Monaten der reinste Wasserpott. Dumme Hormone.

Nachdem er seinen Sohn hingelegt hatte, kam Alec zu ihr aufs Krankenhausbett. Er passte nicht wirklich hinein, aber er hatte ihre Wärme vermisst. „Danke!", sagte er und küsste ihre Stirn. „Für unseren Sohn."

Sie lächelte schläfrig. „Sehr gerne."

Während er ihr liebevolle Worte ins Ohr murmelte, schlief sie in seinen Armen ein.

Ruby sah vom Laptop auf und lächelte, während Alec in ihr Schlafzimmer getaumelt kam und mit dem Gesicht nach unten aufs Bett fiel.

„Hast du ihn endlich ins Bett bekommen?", fragte sie und nahm eine Hand von ihrer Tastatur, um ihm durchs zerzauste Haar zu fahren. Der arme Kerl hatte nicht viel geschlafen in den letzten vier Monaten seit Daniel auf die Welt gekommen war. Der kleine Sauger wollte alles mitbekommen, wenn Ruby oder Alec ihn trugen, ihm vorsangen, ihn sogar anflehten, doch endlich zu schlafen.

„Ich glaube, er wird mal ein Coach", sagte Alec. „Denn Gott ist mein Zeuge, der zeigt's mir. Kommandiert mich jetzt schon herum wie ein kleiner Feldwebel."

Ruby kicherte und schlug ihm auf den Arm. „Sprich nicht so von unserem Baby. Noch letzte Woche hast du geschworen, er würde mal ein Wide Tight End werden, wie sein Daddy. Und die Woche davor war er ein Kicker", sagte Ruby lachend.

Alec hob seinen Kopf vom Bett. „Na ja, das war aber, bevor ich gehört habe, was für Lungen er hat. Als würde ich nicht schon genug Geschrei vom Coach zu hören bekommen." Ruby streichelte die Wange ihres Mannes, und er kam ihr entgegen.

„Wie ich uns so kenne", sagte sie, „wird er gar nicht beim Football enden. Er wird komplett darauf bestehen, sein eigenes Ding zu machen."

„Und ich werde ihn dabei zu hundertneunundfünfzig Prozent unterstützen."

Alec drückte einen süßen Kuss auf Rubys Hand.

„Oh!", grinste sie. „Dann bekommt er von mir hundertsechzig Prozent."

„Die Frau macht aus allem einen Wettbewerb." Er packte sich ihre Beine und zog sie übers Bett, dann hob er sie in ihre Arme, und sie kreischte. „Also gut, meine Dame, Zeit sich fertig zu machen. In zwanzig Minuten haben wir Gäste."

Ach ja, das Barbecue. Alec hatte seit der Geburt des Jungen eins machen wollen, doch sie hatte warten wollen, bis sie wieder auf dem Damm war. Jetzt war es frisch draußen, und die Feuchtigkeit von Savannah war verbrannt, jetzt war die perfekte Zeit.

„Was soll ich denn anziehen?", fragte Ruby, stand auf und öffnete ihren Kleiderschrank.

„Nichts. Geh bitte einfach nackt. Nur Schulterpolster und Kniestrümpfe." Er zwinkerte ihr zu, und sie streckte ihm ihren Hintern entgegen. Sie spielte gerne mit ihm, war froh, dass Alec diese freche, spielerische Seite an ihr hervorgelockt hatte, war froh, dass sie sich bei ihm wie sie selbst fühlen konnte.

„Ich glaube nicht, dass den Gästen das gefallen würde", sagte sie.

„Oh doch. Na ja, zumindest den Männern."

Als sie angezogen waren und das ganze Essen nach draußen gebracht hatten, darunter den Getränkekühler, und alles aufgebaut hatten, um ein Footballspiel zu sehen, denn in dieser Woche spielten sie nicht, fingen sie an, die Tür zu öffnen, immer wieder, und begrüßten ihre Freunde und Familie. Nach nur einer Stunde wachte Daniel auf und schrie durch das Babyphon, bis Ruby ging und ihn holte. Sie brachte ihn in eine Decke gewickelt in den Garten, damit ihn alle begrüßen konnten.

„Hier ist er!" Ruby kündigte ihn an, als wäre er die Hauptspeise. Scheiß auf Barbecue-Rippchen. Nichts war leckerer als ihr kleiner Zwerg.

„Ach, er ist so süß!", quietschte Arabella, Kyles Freundin. „Möchtest du da nicht auch gerne ein Baby, Kyle?"

„Ja, Kyle, möchtest du nicht auch ein Baby?", mischte

Heath sich ein und klopfte ihm auf die Schulter, als er an ihm vorbeiging, um sich ein Bier aus dem Kühler zu holen.

„Prinzessin, wir haben doch gerade erst geheiratet", sagte Kyle.

„So? Weißt du, für die Prinzessin von Salasia sind Erben enorm wichtig."

„Dahin kommen wir ja auch noch. Im Moment genieße ich es, dich für mich allein zu haben. Verdammt, ich muss dich ja jetzt schon mit dem ganzen Land teilen."

„Und du machst das bewundernswert", sagte Arabella und hauchte Kyle einen Luftkuss zu, bevor sie für Daniel Grimassen schnitt.

Ruby klopfte Kyle auf die Schulter und ging zu Camille, die in einem der Schaukelstühle saß.

Camille war ungefähr im sechsten Monat, ihr Babybauch schon recht rund und beneidenswert. Sie und Heath hatten erfahren, dass es ein Junge würde, und hatten sich auch schon einen Namen überlegt – Peyton Andrew. Emma konnte ihre Aufregung kaum bändigen, dass sie einen Bruder bekommen würde, und hatte mit vollem Herzen zugestimmt zu dem Namen. Sie meinte, das wäre genau der richtige Name für einen angehenden Footballspieler.

Ruby freute sich auf Peyton Andrew und war sich sicher, dass er und Daniel im Garten miteinander spielen würden, während Ruby und Camille im Fernsehen ihre Männer spielen sahen.

Camille, Arabella und Ruby bewunderten alle Daniels

süßes Lächeln, während Heath, Kyle und Alec mit Bier in der Hand zusahen und Männerwitze rissen, in Wirklichkeit aber die Familien bewunderten, die sie gegründet hatten.

Ruby hörte Heath sagen: „Ich kann mich nicht beklagen, Mann. Das Leben ist schon verdammt erstaunlich, weißt du? Immer wenn ich Camille und Emma sehe, Camille schwanger mit meinem Baby..." Er konnte seinen Gedanken nicht zu Ende führen. „Es ist einfach der Wahnsinn!"

Alec nickte und starrte Ruby lächelnd an. „Japp. Ich weiß, was du meinst."

„Ich auch", sagte Kyle, sein Blick auf seiner Prinzessin. Dann blinzelte er und schüttelte den Kopf. „Aber hört bitte auf, mich schlecht dastehen zu lassen. Ich werde der glücklichste Mensch auf Erden sein, wenn Bella schwanger ist, aber das kann ruhig noch ein oder zwei Jahre dauern."

Heath und Alec grinsten nur.

„Manchmal muss man den Segen einfach annehmen", sagte Alec. „Man kann nicht alles planen, und ich würde es anders gar nicht haben wollen."

Alec zwinkerte Ruby zu.

Er hatte sein Vatersein ohne Zögern akzeptiert. In dem Moment, in dem Daniel in seine Welt gekommen war, hatte er sich Hals über Kopf in ihn verliebt und in Ruby umso mehr.

Auch seiner Karriere ging es gut. Die Werbespots für Sports Armour waren gedreht und würden zum Start der neuen Saison ausgestrahlt werden. Außerdem hatte Sports

Armour eine neue Werbekampagne geplant, mit neuen Angeboten von Nike und Reebok. Alecs Image hatte sich komplett gewandelt. Ihre Heirat war nicht lange geheim geblieben – obwohl er und Ruby wirklich alles daran gesetzt hatten – doch als die Katze aus dem Sack war, hatte Ruby gemeint, sie sollten es zu ihrem Vorteil nutzen.

Sie wurde seine Vollzeit-Freelance-Agentin.

Ihrem Vater hatte das zunächst gar nicht gefallen, doch er konnte nichts dagegen tun.

Die Öffentlichkeit verschlang geradezu ihre Liebesgeschichte, und als sie erfuhren, dass er und Ruby ein Kind erwarteten? Da war er plötzlich auf jedem Cover gewesen, und täglich erschienen Fotos von den beiden auf Instagram. Das hatte Alec zunächst Sorgen bereitet, das Eindringen in ihre Privatsphäre, und sie verstand seine Sorge, dass manche vielleicht denken könnten, das zeigte, dass es ihm mehr um seine Karriere als um seine Familie ging. Doch sie hatte ihn Tag um Tag beschwichtigt und hatte ihm versichert, dass, solange gewisse Grenzen nicht überschritten wurden, es in Ordnung wäre, wenn sie die Öffentlichkeit an ihrem Leben, ihrem Glück teilhaben ließen. Er musste sich keine Sorgen machen, dass Ruby seine Handlungen jemals wieder als Pflicht oder Angabe oder als manipulativ bewerten würde – sie wusste, was sie an ihm hatte. Einen guten Mann.

Den besten Mann. Den heißesten, attraktivsten, väterlichsten Mann auf Erden.

„Fühlt es sich irgendwann mal nicht mehr so ... überwältigend an?", fragte Kyle in die Runde. Ruby warf ihm einen Blick zu und sah, wie er wieder zu Arabella hinübersah. Gott, der Kerl war verknallt. „Als wäre alles einfach zu perfekt? Habt ihr nicht auch das Gefühl, dass es beinahe unfair ist, es so gut zu haben?"

Heath zuckte die Schultern. „Vielleicht ein bisschen, aber es wird nur noch besser werden, und das genießen wir. Cheers, Kumpel." Er stieß mit seiner Bierflasche mit Kyle und Alec an. „Auf das Leben."

„Auf unser unvorstellbares Wahnsinnsleben", korrigierte Alec und starrte Ruby an.

Die Freunde genossen den gemeinsamen Abend, bis Camille und Heath gehen mussten, um Emma von ihrem Vater abzuholen. Kyle und Arabella gingen kurze Zeit später und ließen Alec und Ruby mit ihrem Baby allein.

Wie er so am Feuer in den Arm seines Vaters gekuschelt dalag war Daniel ein anbetungswürdiges, süßes, verschlafenes Bündel. Ruby war sich sicher, dass er in Nullkommanichts groß sein würde, wenn er seine Milch weiter so trank. Als sie im Wohnzimmer saßen und Ruby an ihrem Laptop arbeitete, musste niemand etwas sagen. Alec beugte sich immer mal wieder zu ihr hinüber, küsste Rubys Haar, ihren Hals, ihre Wange.

Dann schloss sie ihre Augen und fragte sich, wie sie so viel Glück haben konnte.

„Weißt du, ich bin ganz schön froh, dass du ein Mal bereit warst, die Regeln zu brechen", sagte er, nach einigen stillen Momenten. „Sonst würden wir heute Abend hier nicht so beisammen sitzen."

Sie lächelte ihn an. „Und ich bin froh, dass du mal auf

mich gehört und nach den Regeln gespielt hast, sonst würden wir garantiert heute Abend hier nicht so beisammen sitzen."

Daniels Wimpern zuckten, und als er sie öffnete, verzog er sein Gesicht, als wollte er jeden Moment zu weinen anfangen. Ruby nahm ihn in die Arme und wiegte ihn mit sanfter und beruhigender Stimme. Daniel schlief schließlich wieder ein. „Lass uns ins Bett gehen. Wir wecken ihn mit unserem Gerede nur auf."

„Lass uns ins Bett gehen, und ich werde deine Welt erschüttern."

„Du bist ja so sanft. Oder auch nicht." Ruby lachte und führte ihren Mann in Daniels tolles Zootierzimmer. Aber, ja, es wäre schon schön, jetzt mit ihrem Mann unter die Decke zu schlüpfen. Vielleicht würden sie sogar stundenlang Sex miteinander haben wie vor Daniels Geburt.

Sie brachten ihren Sohn gemeinsam ins Bett und beobachteten, wie Daniel sich ein wenig wand und dann eine bequeme Position fand. Sie küssten beide seine kleine Stirn und seine Wangen, dann zog Ruby das Seitenteil des Bettchens hoch und deckte ihn mit einer leichten Decke zu. „Gute Nacht, mein kleiner Footballspieler", sagte sie.

„Gute Nacht, mein kleiner Freelance-Agent."

Ruby schnaubte und stieß Alec mit ihrem Ellbogen an. „Gute Nacht, unsere große Spielwende."

„Wahrere Worte wurden nie gesprochen." Alec hob seine Frau hoch und trug sie in ihr Schlafzimmer, während Ruby an seinem Hals lachte. Gemeinsam krabbelten sie ins

Bett, ihr Mann schlang seine Arme um sie, und sie streckten sich und gähnten zum dritten Mal in fünf Minuten.

„Wow! Vielleicht müssen wir die Welterschütterung auf morgen früh verschieben", lachte sie und kuschelte sich an seine Brust. Es gefiel ihr ohnehin am besten, ihn morgens zu lieben, bevor das Baby aufwachte.

„Ist für mich in Ordnung…" Alec küsste ihre Stirn. Und noch bevor er seinen Gedanken zu Ende gedacht hatte, war er schon fest eingeschlafen, seine große Brust hob und senkte sich mit seinem Atem.

Ruby löste sich aus seinen Armen, schaltete das Licht aus und kuschelte sich dann wieder an ihren Mann. „Gute Nacht, Alec. Ich liebe dich." Nur das Geräusch seines leisen Schnarchens war die Antwort. Doch sie wusste, dass auch er sie liebte. Er hatte es ihr gesagt. Und er hatte nicht einmal aufgehört, es ihr zu zeigen.

* * *

Vielen Dank, dass Sie *Ganz Tief Drin* gelesen haben. Wenn Ihnen die Figuren gefallen haben, dann lesen Sie unbedingt auch Buch 1, Gelbe Karte für die Liebe, Buch 2, Blaues Blut und Tiefe Pässe und Virnas andere moderne, erotische Liebesromane!

MIT DEM VATER DES BABYS IM BETT (Band 9 der Serie Mit den Junggesellen im Bett). Im Folgenden finden Sie einen Auszug zum reinschnuppern. Viel Spass!

Und haben Sie eigentlich schon mit den O'Neill-Brüdern Quinn, Conor, Brady, Riley und Sean Bekanntschaft gemacht?

Fünf sexy Brüder ziehen in die kalifornische Idylle.
Finde Dein nächstes Lieblingsbuch!
Die Serie, Heimkehr nach Green Valley

Ein Newsletter speziell für meine deutschen LeserInnen. Erfahren Sie alles über Neuerscheinungen und Geschenkaktionen!
http://virnadepaul.com/deutsch-newsletter/

Schließen Sie sich unserer Facebookgruppe "Deutscher Buch-Harem" in der wir über Bücher und die Charaktere darin diskutieren. Außerdem gibt es tolle Geschenke!

BÜCHER VON VIRNA DEPAUL

HART WIE STAHL-REIHE
Band 1: Harte Zeiten für Schwere Jungs
Band 2: Harte Fälle für Toughe Anwälte
Band 3: Harte Entscheidungen, Sanfte Liebe
Band 4: Harte Jungs - Zwischen Hammer und Amboss
Band 5: Harte Schale, Weicher Kern**

DIE SERIE, ROCK'N'ROLL CANDY
Die Rock'n'Roll Candy Serie handelt von einer Gruppe von Freunden, Schauspieler Bad-Boys und sexy Rock Stars Anfang 20, die jeweils der Frau ihrer Träume begegnen.

Band 1: Sexy wie Rock'n'Roll
Band 2: Stark wie Rock'n'Roll
Band 3: Süß wie Rock'n'Roll
Band 4: Crazy wie Rock'n'Roll
Band 5: Wild wie Rock'n'Roll**
Band 6: Frei wie Rock'n'Roll**

DIE SERIE ‚MIT DEN JUNGGESELLEN IM BETT'
UMFASST

Band 1: Mit dem falschen Bruder im Bett (Rhys)
Band 2: Mit dem schlimmen Zwilling im Bett (Max)
Band 3: Mit dem Milliardär im Bett (Jamie)
Band 4:Mit dem besten Freund im Bett (Ryan)
Band 5: Mit dem Biker von nebenan im Bett (Cole)
Band 6: Mit dem Bodyguard im Bett (Luke)
Band 7: Mit dem Trauzeugen im Bett (Gabe)
Band 8: Mit dem Chef im Bett (Eric)**

DIE SERIE, HEIMKEHR NACH GREEN VALLEY

Band 1: Wozu Liebe in der Lage ist
Band 2: Wohin die Liebe führt
Band 3: Ich will Dich lieben
Band 4: Das Beste meiner Liebe
Band 4.5: Denn du liebst mich

Verrückt nach dem verkehrten Kerl

Einem Werwolfkämpfer verfallen

**erscheint in Kürz

MIT DEM VATER DES BABYS IM BETT

(Band 9 der Serie Mit den Junggesellen im Bett)

INHALTSBESCHREIBUNG

Der wohlhabende Dante Callaghan hat seinen Playboy-Ruf sicherlich verdient. Doch jetzt muss er sich um seine jüngere Schwester kümmern, und er hat bereitwillig Nachtclubs und One-Night-Stands eingetauscht gegen Disneyfilme und Spieltreffen. Außerdem ist er zum ersten Mal in seinem Leben daran interessiert, sich auf eine einzige, besondere Frau einzulassen. Dummerweise möchte Aurora LeMonde nichts mit ihm zu tun haben – bis sie ihre Einstellung eines Abends unerklärlich ändert.

Auch wenn sie sich unleugbar zu Dante hingezogen fühlt, ist Aurora dennoch davon überzeugt, dass ihr zukünftiges Glück von einem anderen Mann abhängt. Als sich das als falsch erweist, fehlt Aurora die Kraft, den Trost, den Dantes Arme ihr bieten, abzulehnen. Doch sobald Dante sie berührt, kann sie an nichts anderes mehr denken, und bald schon muss sie einsehen, dass er der einzige ist, der ihr Herz jemals wirklich berührt hat.

Kann Aurora, als sie feststellt, dass sie Dantes Baby unter dem Herzen trägt, darauf vertrauen, dass der Vater ihres Kindes auch der Mann ihrer Träume ist? Und wird Dante sich nicht weiter auf nur eine ihrer Seiten beschränken und sie ganz für sich beanspruchen, ihren Körper und ihre Seele.

KAPITEL EINS

Aurora LeMonde lächelte heiter jeden Gast an, der an ihr vorbeiging. Sie war fest entschlossen, bei der jüngsten Wohltätigkeitsgala ihrer Firma Selbstvertrauen und Ruhe auszustrahlen, obwohl sie sich eher fühlte als hätte sie Rasierklingen verschluckt. Sie ermahnte sich selbst, das nicht zu tun. Sich nicht selbst zu quälen. Ihn nicht anzusehen – *sie* nicht noch einmal anzusehen. Leider war Auroras Selbstkontrolle, wie so oft, wenn es um ihren Boss, Giovanni Esposito, ging, gleich null. Innerhalb von Sekunden hatte sie ihn ausgemacht, ihn durch den ganzen Raum hindurch erspäht, ihn, der aussah, wie die personifizierte italienische Sünde in maßgeschneidertem Anzug. Er sah überhaupt nicht in ihre Richtung, seine ganze Aufmerksamkeit galt dem Rotschopf an seiner Seite.

Ob er es nun wusste oder nicht, Gio blickte auf die Liebe seines Lebens hinab.

Auroras Augen drohten überzulaufen, ihre Kehle

schnürte sich zu und hinter ihren Brauen verdichtete sich alles. Doch sie war ja ein Profi, atmete einmal tief durch und schluckte ihre Gefühle hinunter.

Sie arbeitete nun schon seit fünf Jahren für Gio. Lebte und atmete ihn. Liebte ihn heftig und still. Irgendwann, so war sie überzeugt, würden die kosmischen Puzzlestücke des Universums an ihren Platz finden, dann würde Gio an ihrem Büro vorbeikommen, sie im genau richtigen Bleistiftrock im genau richtigen Licht mit genau der richtigen Menge Haar, die über ihre Schulter fiel, sehen, und ganz plötzlich würde er sie einfach ... belohnen.

Doch sie hatte ihre Gelegenheit verpasst. Oder vielleicht hatte sie überhaupt nie eine Chance gehabt. Denn die ganze Zeit über hatte eine hübsche rothaarige Frau gelebt und geatmet, und jetzt sah Gio sie auch noch *so* an. Als existiere er erst durch ihr Erscheinen.

Also hatte Aurora tatsächlich nie eine Chance gehabt. Nicht, was sein Herz anging. Denn dieser Ausdruck in seinem Gesicht? Der Blick sah nach Vorsehung aus.

Einem Impuls nachgebend schnappte Aurora sich ein Champagnerglas von einem vorbeigehenden Kellner und kippte die Flüssigkeit in sich hinein. Vielleicht hatte sie keine Chance auf sein Herz gehabt, aber es wäre verdammt noch mal ganz nett gewesen, ein- oder zweimal mit ihm zu schlafen. Da hätte sie wenigstens etwas gehabt, an das sie sich erinnern konnte im Altersheim, wo sie unweigerlich allein sterben würde.

Nicht dass sie verbittert oder sonst etwas war.

Sie schaute sich die Leute in ihrer Nähe an. Die

meisten kannte sie, es waren Gios Klienten, Geschäftspartner oder Freunde. Da gingen sie hin, lächelnd und freundlich, einige schauten sie mit warmer Vertrautheit an, doch keiner kannte sie wirklich. Keiner wusste, dass sie innerlich ihre Knie umklammert hielt und in einer Ecke vor sich hin schaukelte. Oder dass sie von hier fortgehen und allein in ihr Bett kriechen würde, wie sie es immer tat. Sie hatte seit Jahren keine Verabredung gehabt. Selbst wenn sie nur mit einem Mann flirtete, kam sie sich Gio gegenüber untreu vor.

Bei dem Gedanken konnte sie es sich nicht verkneifen, freudlos in ihren Champagner zu schmunzeln.

Sie war einem Mann treu gewesen, der sie als eine Schwester, eine Freundin, eine Kollegin betrachtete.

Treu einem Mann, der sie zwar berührt, aber nie *berührt* hatte. Sie hatte aus einem Tippen auf die Schulter hier und da viel zu viel gemacht, oder der Hand, die ihr ins Taxi half oder aus einigen wenigen, wahrlich glorreichen Momenten, in denen er sie triumphierend umarmt hatte, wenn in der Firma etwas richtig gut gelaufen war.

Ach, wie besessen hatten sich diese Momente in ihr Gehirn gebrannt.

Aurora nahm noch einen Schluck von ihrem Champagner und sagte sich dann, dass sie nur noch zwanzig weitere Minuten hier investieren musste, dann konnte sie sich davonmachen. Es handelte sich um eine Wohltätigkeitsveranstaltung gegen Lungenkrebs, viele ihrer Klienten hatten großzügig dafür gespendet. Einige einflussreiche Persönlichkeiten waren anwesend, darunter die Milliardäre Jamie Whitcomb und Eric Davenport aus Los Angeles, der von Montana aus, seinem selbst gewählten Exil, hergeflogen war, nur für diesen Anlass. Sie musste gute Miene machen und sich unters Volk mischen, selbst wenn ihr Herz dabei brach.

Sie stellte ihr leeres Champagnerglas auf einen Abstelltisch und drehte sich zur Musik um. Leider stand sie nun direkt vor George Mills Junior, dem Sohn ihres ältesten Klienten. George war einer der schleimigsten Menschen, denen zu begegnen Aurora je das Pech hatte, und schon seit Jahren musste sie seine lästigen Annäherungsversuche ertragen. Obwohl sie ihm ihr mangelndes Interesse ziemlich klar zu verstehen gegeben hatte, hatte er keine Anstalten gemacht, seine Nachstellungen aufzugeben.

Seine Beharrlichkeit konkurrierte allein mit der eines anderen Mannes, einem Geschäftskollegen, der ebenfalls sein Interesse überaus deutlich bekundet hatte. Nur *der* Mann war alles andere als schleimig.

Ein ewiger, unverbesserlicher Verehrer.

So selbstbewusst, dass es einen wütend machte.

Übermäßig gutaussehend.

Überirdisch sexy.

Ja, Dante Callaghan war all das.

Doch Aurora war an dem notorischen Playboy nicht interessiert gewesen, als sie ihn vor vier Jahren kennenlernte. Und obwohl er es mehr als einmal geschafft hatte, sich in ihre Träume zu schleichen, hatte sie auch jetzt noch kein Interesse. Soweit es sie betraf war Gio der

Mann für sie. Jetzt musste sie wohl akzeptieren, dass sie nicht füreinander bestimmt waren, aber, ach, wie sehr wünschte sie sich, sie hätte das nicht in der Gegenwart von George Junior tun müssen.

„Noch einen kleinen Refill, Ms. LeMonde?", fragte er und schob ihr ein Champagnerglas in die Hand, bevor sie überhaupt Gelegenheit bekam zu antworten.

Sie nahm es, aber nichts in der Welt hätte sie dazu bringen können, etwas zu trinken, das George Jr. ihr gegeben hatte.

Er warf ihr einen anzüglichen Blick zu, seine Augen reichten kaum höher als bis zu ihrem Halsausschnitt. Aurora war groß, und mit ihren 1,78m hatte sie den perfekten Blick auf den fleischfarbenen Kreis oben auf George Jr.s Kopf.

Endlich schafften seine Knopfaugen es hinauf zu ihrem Gesicht. „Amüsieren Sie sich?"

Welche Antwort erwartete er? Schließlich war es ihre Firma, die diese Wohltätigkeitsveranstaltung schmiss.

„Aber natürlich", antwortete sie ruhig. „Ist doch ein ganz wundervolles Ereignis. Ist Ihr Vater auch hier? Ich würde mich freuen, ihn zu sehen."

Das stimmte. George Senior war ein vertrauenswürdiger Klient. Ehrlich, fair, eine echte Persönlichkeit. Es war Aurora ein vollkommenes Rätsel, wie er jemanden wie George Jr. hatte hervorbringen können. Sie schielte einen Moment nachdenklich auf den kleinen Mann hinab.

Er stürzte sich gleich auf ihre augenblickliche

Aufmerksamkeit wie ein Mann, der versuchte, mit bloßen Händen einen Lachs aus dem Fluss zu ziehen. „Leider hatte er heute Abend anderweitige Pläne. Haben Sie sich Gedanken über mein Angebot gemacht?"

Auf der anderen Seite des Raums warf die Frau an Gios Seite ihren Kopf in den Nacken und lachte über etwas, das er ihr ins Ohr flüsterte. Auroras Magen zog sich zusammen. Oh, Gott. Sie hatte noch nie gesehen, dass Gio jemandem etwas ins Ohr flüsterte. Gott. Herrgott Sakrament. Aurora spürte, wie sie für einen Augenblick jegliches Gefühl für Zeit und Raum verlor. Und das war auch noch ein echtes Lachen gewesen. Nichts Affektiertes oder Künstliches. So sehr sie es auch hasste es zuzugeben, Aurora fing an zu glauben, dass sie Gios Frau unter anderen Umständen vielleicht sogar gemocht hätte. Bei dem Gedanken verkrampfte sich ihr Magen nur umso mehr.

Aurora versuchte, sich auf George Jr.s verkniffenes kleines Gesicht zu konzentrieren. In der Sekunde, in der er merkte, dass sie ihn wieder ansah, sprangen seine Augen von ihrer Brust hinauf.

Aurora verkniff sich ihre Wut. Das passierte ihr nun schon seit sie fünfzehn war. Männer waren in so vielen Punkten einfach eine schlicht und vorhersehbare Spezies. „Entschuldigen Sie, was haben Sie gesagt, Mr. Mills?"

Etwas flammte in George Jr.s Augen auf, als sie ihn so förmlich anredete, und Aurora hätte sich am liebsten übergeben. Nicht in einer Million Jahre hätte sie wissen wollen, welcher Gedanke für diesen lüsternen

Gesichtsausdruck verantwortlich war.

„Ich habe gefragt, ob Sie noch einmal über mein Angebot nachgedacht haben. Erinnern Sie sich? Ich habe mit Ihnen darüber gesprochen, als wir uns an Silvester begegnet sind. Mein Strandhaus?"

Ah, ja. Das Strandhaus. Die kleine Knalltüte hatte doch tatsächlich den Nerv gehabt, sie einzuladen, eiskalt, zu einem privaten Wochenende in seinem Strandhaus in Malibu. Nur sie beide.

„Lustig", Aurora konnte eine scharfe Erwiderung kaum zurückhalten. „Ich hatte das für einen Annäherungsversuch gehalten, kein Angebot."

George Jr.s Wangen wurden augenblicklich knallrot. „Ich wollte bloß–"

„Sehen, ob Ms. LeMonde sich vom Geld Ihres Daddys verführen lässt?"

Die tiefe Stimme kam von hinten, ebenso wie die große, warme Hand, die sich jetzt auf ihr Kreuz legte. Auroras gesamter Körper verkrampfte sich.

Großartig. Genau das hatte ihr jetzt noch gefehlt.

Dante *Fucking* Callaghan. Sie war sowas von überhaupt nicht in der Stimmung für seine Gegenwart, die einem die Luft nahm. Trotzdem musste sie sich beherrschen, sich nicht umzudrehen, um sein sicherlich umwerfendes Aussehen anzuhimmeln. Sein hellbraunes Haar war kurz, doch immer sah es irgendwie etwas zerzaust aus, und immer war sein scharfes Gesicht etwas verschattet, immer leuchteten seine blauen Augen durch ein inneres Feuer, das sie wärmte, wenn sie zu lange in sie hinein schaute. Dante war nicht laut oder aufdringlich, doch er war beeindruckend und souverän. Er füllte jeden Raum mit seinen breiten Schultern, seinen alles sehenden Augen und seinem ständig halb amüsierten Grinsen. George Jr. fing an zu haspeln und wurde nur noch roter. Dante stand immer noch direkt hinter ihr, doch sie konnte sein kaum zurückzuhaltendes Amüsement spüren. Sie schaute auf ihre Hände, als eine seiner großen Pranken ihren unberührten Champagner wegnahm und durch einen frischen ersetzte.

Endlich trat er vor sie, und Aurora wurde im selben Moment von dem unendlichen Nachthimmel seiner dunkelblauen Augen verschlungen. Diese verdammt umwerfenden Augen. Die mussten natürlich auch noch an dem ärgerlicherweise attraktivsten Mann der Geschichte angebracht sein.

„Ich wollte nichts in der Art andeuten, Aurora!", beharrte George jr., der sich wie ein Ballon aufblähte. „Wenn Sie es unbedingt wissen müssen, Mr. Callaghan, ich wollte nur–"

„Tun Sie sich selbst einen Gefallen, Junior, und verschwinden Sie, bevor Sie sich noch tiefer reinreiten", meinte Dante und nippte beiläufig an seinem Getränk, während er sich näher an Aurora stellte.

Aurora hätte sich beinahe an dem Champagner, den sie gerade trinken wollte, verschluckt. Sie hatte immer gewusst, dass Dante respektlos war, doch George Mills jr. war der Sohn eines der einflussreichsten Männer der Stadt. Als einer der besten Analysten im Geschäft, arbeitete

Dante oft mit Gio zusammen an Projekten, das war auch der Grund, weshalb Aurora ihn so oft sah.

Zu oft für ihren Geschmack.

George Jr., der sich offensichtlich dazu entschlossen hatte, klein beizugeben, zumindest dieses Mal, nickte steif in Auroras Richtung und drehte sich auf dem Absatz um.

Sie schaffte es irgendwie, ein dankbares Lächeln zu unterdrücken. „Also ehrlich, Dante", sagte Aurora und sah ihn vorwurfsvoll an.

„Was denn?" In einer geradezu kindlichen Geste hob er seine Hände. „Er hat sich wie ein Sackgesicht aufgeführt, also habe ich dafür gesorgt, dass er sich wie ein Sackgesicht fühlt. Was ist daran so schlimm?"

Aurora verdrehte die Augen und vergrößerte den Abstand zwischen ihnen beiden um ein paar Zentimeter. „Was daran so schlimm ist, ist, dass er der Sohn unseres größten Klienten ist."

Weil sie plötzlich das Gefühl hatte, das nicht eine Minute länger ertragen zu können – verdammte berufliche Verpflichtungen – stellte Aurora ihr Glas ab und wollte weggehen.

„Ach, komm schon, LeMonde, du weißt, dass Mills nirgendwo anders hingehen wird, egal wie oft Juniors Gefühle verletzt werden. Er schwört auf dich und Gio."

„Das mag ja sein", erwiderte sie gleich, die Worte brannten auf ihrer Zunge und wollten überraschend leicht hinaus. Nachdem sie gefühlt ihr ganzes Leben lang Dinge zurückgehalten hatte, die sie im gleichen Moment hatte loswerden wollen, war es ganz angenehm, mal ein wenig schärfer mit jemandem sprechen zu können. „Aber warum soll man es drauf ankommen lassen? Das ist wieder ganz typisch für dich, dass du handelst, ohne vorher nachzudenken, und dann einfach verschwindest, denn derjenige, der hinterher die Scherben aufsammeln muss, ist dir scheißegal!"

„Welche Scherben?", wollte er wissen, stellte sich vor sie und unterbrach ihren Ausbruch. „Und wer ist derjenige?"

Aurora riss sich kurz zusammen und hätte am liebsten die Fäuste in die Hüften gestemmt. Doch sie wusste nur zu gut, wie das aussehen würde. Zwei Menschen, die am Rand einer Firmenparty miteinander stritten. Bei dem Gedanken faltete sie ihre Hände vorsichtig vor sich ineinander und biss ihre Zähne zu einem, wie sie hoffte, für alle von weitem sichtbaren höflichen Lächeln zusammen.

„George Juniors verletztes kleines Ego sind die Scherben, die ich meine. Und *ich* bin diejenige, die es beim nächsten Mal, wenn er ins Büro kommt, pflegen darf. Und dann muss ich die ganze Zeit ausweichen vor ..." Wovor? Seinen Händen? Augen? Seinem Atem? Jede Option war für Aurora gleich abstoßend, und sie gab die Wahl auf. „...allem!"

Dantes Kiefer verkrampfte sich, bevor er sich wieder entspannte und seufzte. „Du hast recht", sagte er und nahm ihren Ellbogen in die Hand, als sie versuchte, an ihm vorbeizugehen. „Ich hätte mich nicht so einmischen sollen. Ich wollte nur, dass er seine verdammten Augen in seinen

Kopf zurückholte, wo sie hingehören."

„Damit sind wir schon zu zweit", räumte Aurora ein. Sie sah ihn misstrauisch an. Warum war er nur so nett? So ... menschlich. Normalerweise hätte er sie, wenn sie schon so lange miteinander sprachen, mindestens bereits zweimal gefragt, ob sie mit ihm ausgehen würde. Stattdessen stand er hier und sah ihr tatsächlich in die Augen, behandelte sie, als verstünde er ihre Probleme.

Und dann wanderte sein Blick auf ihren Busen.

„Er hat ganz schön Glück gehabt, dass ich ihm die Augen nicht zugetackert habe dafür, dass er dich so angesehen hat, Jessica."

Auroras Kinnlade fiel herunter. Uuund das Arschloch war zurück. Er begutachtete doch tatsächlich ihren ganzen Körper mit diesen tiefblauen Augen und nannte sie auch noch beim falschen Namen.

„Soll das ein verdammter Scherz sein, Callaghan?" Ihre professionelle Fassade verbrannte auf Chipgröße, als ihre Gereiztheit ihren Höhepunkt erreichte. Sie ging einen Schritt vor in seinen Nahbereich und legte einen Finger auf seine breite Brust. Aurora war mit ihren Absätzen groß, an die 1,83 Meter, doch er überragte sie immer noch. Sein sündiger Mund verzog sich zu einem Grinsen, und sein dunkles Haar fiel ihm über die Braue. „Wir arbeiten nun schon seit vier Jahren zusammen, die *ganze* Zeit über baggerst du mich an wie so ein dämlicher Lackaffe, und du bekommst nicht einmal meinen Namen hin? Gott! Was bin ich eigentlich? Ein Magnet für Fuckboys?"

Sie warf ihre Hände in die Luft als richtete sie diese

Frage an das Universum selbst, und Dante schnappte sich mit Leichtigkeit eine ihrer Hände aus der Luft und verflocht seine Finger mit ihren.

„Ich kenne deinen Namen, Aurora, vertrau mir. Ich habe ihn schon oft genug nach Geschäftstreffen in mein Kissen gestöhnt."

Aurora zwang sich einen neutralen Gesichtsausdruck auf, da sie ihm nicht die Befriedigung gönnte, dass sie schockiert war. „Du bist so ein Schwein, Callaghan."

„Nein", korrigierte er sie und hielt ihre Hand ganz fest, als sie versuchte, sie ihm zu entziehen, und beschrieb mit seinem Daumen einen Kreis auf ihrem Handgelenk. „Ich bin ein Mann. Und du bist die schönste Frau im Raum, egal in welchem Raum."

Einen Moment lang sorgten seine Worte dafür, dass Freude sie durchfuhr, doch sie sagte sich, dass das alles war: hübsche Worte eines Meisters der Verführung. Sie schmunzelte und zog erneut an ihrer Hand. „Und doch kannst du dich scheinbar nicht an meinen Namen erinnern."

„Ich habe dich nur deshalb Jessica genannt, weil du in deinem Kleid aussiehst wie Jessica Rabbit."

Aurora bereute gleich das überraschte Lachen, dass aus ihr hervorsprudelte. Sie biss es weg, ignorierte den zufriedenen Ausdruck auf seinem Gesicht. Aurora schaute auf ihr rotes, bodenlanges Abendkleid hinunter. Es war verdammt sexy, nahm sie an. Doch es ging eindeutig eher in Richtung klassisch als in Richtung Sexbombe. „Tue ich nicht."

„Und ob. Glaub mir, als ich dich von der anderen Seite des Raums aus gesehen habe, hab ich Stielaugen wie im Comic bekommen." Mit seinen Händen machte er ihr vor, wie seine Augen aus dem Kopf vortraten.

Aurora verbiss sich eine weitere Lachsalve, verschränkte ihre Arme und brachte ihre Hände aus seiner Reichweite. „Nun, hört sich an als wäre das dein Problem, nicht meins. Wenn du mich jetzt bitte entschuldigen würdest, da sind ein paar Klienten, mit denen ich noch sprechen muss."

Sie wusste, dass sie sich gerade sehr hochnäsig verhielt. Und die Esposito-Gruppe arbeitete *tatsächlich* häufig mit Dantes Firma an größeren Projekten, aber mal ehrlich, sollte ihr Benehmen dazu führen, dass sie diese Partnerschaft verloren, dann würde ein Teil in ihr sich freuen, dass sie nicht mehr so viel mit ihm zu tun hätte. Er war einfach nur nervtötend. So groß und direkt. So frustrierend umwerfend und verführerisch, selbst wenn alles für ihn nur ein Spiel war.

Gott sei Dank schaffte sie es davon zu kommen, ohne dass Dante versuchte, sie aufzuhalten. Sie redete sich ein, dass sie das nicht enttäuschte. Und in Wahrheit war sie auch nicht sehr überrascht. Dante flirtete nun mal gern, und er hatte schon bei mehr als einer Gelegenheit klargemacht, wie sehr er sie wollte, zumindest körperlich. Doch er war nie zu weit gegangen. Darüber hinaus war er immer, in jedem ihrer Meetings, gewissenhaft professionell.

Sie hatte gar nichts gegen die Aufmerksamkeit, die er

ihr schenkte. Genauso, wie sie auch nichts dagegen hatte, dass sein Blick auf ihrem Arsch klebte, als sie davon ging. Sie konnte ihm nur nicht nachgeben – selbst wenn das Wissen, dass Gio jetzt, in eben diesem Moment mit der rothaarigen Frau seiner Träume zusammen war, sie am Boden zerstörte.

Aurora verschmolz mit der Menge und ließ sich gleich in eine Unterhaltung hineinziehen. Noch zehn Minuten, dann wäre sie hier weg.

Mit nichts als einem Wochenende voller Eis und Gedanken an Gio. Oh, welch Freude!

Sie wollte sich gerade von der Party davon schleichen, denn ihre zeitlichen Verpflichtungen hatte sie komplett erfüllt, als eine Hand ihr auf die Schulter tippte.

Aurora zwang sich zu einem freundlichen Gesichtsausdruck und drehte sich zu Gios Brust um.

„Du gehst schon so früh?", fragte er ganz freundlich, ohne die Spur eines Vorwurfs.

Er sah glücklich aus, wie Aurora sowohl mit einem niederschlagenden als auch einem erhebenden Gefühl in der Magengegend feststellte. Sie wollte ja, dass er glücklich war. Sie war nur immer noch verunsichert darüber, dass er mit einer anderen Frau glücklich war.

„Kopfschmerzen", sagte sie, und ihr war nur zu gut bewusst, dass sie sich gerade wie ein Feigling verhielt.

Besorgt verengten sich Gios Augen augenblicklich. „Bist du krank?"

„Nein, nein", beeilte sie sich zu sagen und fühlte sich schlecht, weil sie ihn angelogen hatte. „Bin nur etwas müde, das ist alles."

„Nun, meinst du, du bekommst noch fünf weitere Minuten Smalltalk hin? Da ist jemand, den ich dir gerne vorstellen wollte."

„Klar", sagte Aurora schwach, denn sie wusste sehr wohl, wen er ihr vorstellen wollte. Ihre Brust zog sich zusammen, und ihr Puls begann zu toben, wie ein Sturm draußen auf dem Meer. Wie in Trance folgte sie Gio durch die Menschenmenge.

Und da war sie, die hübsche Rothaarige. Sie stand genau da. Sie sah perfekt und zierlich aus und sagte etwas zu Aurora, das sie bei dem lauten Dröhnen in ihren Ohren kaum hören konnte.

Aurora schüttelte ihr die Hand, nickte und lachte höflich an den richtigen Stellen. Und dann, drei Minuten später, nachdem sie einander noch einen schönen Abend gewünscht hatten, entfernte sie sich von ihnen.

Im hinteren Gang bei der Garderobe starrte sie einen leeren Punkt in der Luft an und kam wieder zu sich. Was zum Teufel war gerade geschehen? Sie hatte gerade die Frau kennengelernt, die Gio nun mit nach Haus nehmen, und mit der er schlafen würde. Darüber hinaus hatte sie gerade Gios zukünftige Frau kennengelernt. Sie wusste es einfach. Sie fühlte es in den Knochen. Sie war keine Hellseherin, nicht wie ihre Mutter, das hieß aber nicht, dass sie nicht über eine überdurchschnittliche Intuition verfügte.

Aurora spürte, wie eine Übelkeit erregende Panik sie durchfuhr. Gios Frau war so hübsch. Süß und nett. Rose.

Die hübscheste Blume, die es gab.

„Aurora?"

Sie biss die Zähne zusammen bei dem Klang der kiesigen Stimme, die ihr einen Schauer den Rücken hinunter jagte.

„Was ist?" Sie konnte es sich nicht verkneifen, zu blaffen, während sie sich umdrehte und Dante im schummrigen Licht des hinteren Gangs gegenüber stand. Er hob seine Hände, als wollte er sich ergeben. „Ich bin nicht gekommen, um dich wütend zu machen. Geht es dir gut? Du siehst aus, als hättest du gerade einen Geist gesehen."

Aurora betrachtete ihn in dem bläulichen Licht, ihre verschwommene Sicht wurde auf einmal schmerzhaft klar. Der Partylärm wurde leiser, als Schatten über sein Gesicht zogen, die sein scharfes Kinn betonten, sein unendlich tiefen blauen Augen und die dunklen Brauen. Er war so groß, dass er verdammt noch mal beinahe den ganzen Gang einnahm. Er war tatsächlich sogar so groß, dass Aurora sich in seiner Nähe klein fühlte. Und das wollte schon etwas heißen, denn sie war nie klein oder zierlich gewesen, nicht einmal, als sie noch ein Kind gewesen war.

Sein Duft – Seife und Waschmittel und Whiskey – wehte in dem kleinen Raum zu ihr herüber, und ihr Puls begann zu rasen. In diesem Moment, zum allerersten Mal überhaupt, öffnete sie sich dem Hingezogensein, das sie zu ihm spürte, und dachte über die Möglichkeiten nach ...

Sie neigte ihren Kopf, musterte ihn, und seine Brauen zogen sich zusammen, als versuchte er, aus ihrer

Stimmung schlau zu werden.

Ein Gedanke machte sich in ihr breit. Ein gefährlicher Gedanke. Und dennoch ein interessanter. Warum sollte Gio der einzige sein, der heute Nacht beschäftigt war? Sie konnte eine gute, altmodische, schweißtreibende Sünde jetzt nur allzugut gebrauchen. Es war schon lange genug her.

Vielleicht würde es helfen. Doch nur, wenn es heiß war. Sie brauchte etwas, das heiß genug war, um ihr diese Gefühle der Eifersucht und des Verlustes auszubrennen.

Also war die Frage nun, ob Dante Callaghan es so kurz vor der Ziellinie noch vermasseln würde, oder ob er es ihr so richtig besorgen würde. Ihr Blick senkte sich auf seine großen Hände, die er halb in seine Hosentaschen geschoben hatte. Sie passten zu der beeindruckenden Breite seiner Schultern. Und schließlich fokussierten sie die unübersehbare Wölbung hinter seinem Reißverschluss.

Sie hob die Brauen. Naja, selbst wenn er schrecklich im Bett wäre, damit konnte sie was anfangen.

„War das alles nur Gerede?", fragte sie ihn, ihre Stimme klang selbst in ihren Ohren rau und verführerisch.

Er runzelte die Stirn und hob eine Braue. „Bitte?"

Sie ging einen Schritt auf ihn zu. „All diese hübschen Worte, die du in all den Jahren immer für mich übrig hattest. War das nur Gerede? Hattest du vor, jemals etwas daraus zu machen?"

Dantes Augen verengten sich gleich, als er verstand, während er ansonsten vollkommen ruhig blieb. „Möchtest du, dass ich etwas daraus mache?"

327

Aurora zuckte langsam mit einer Schulter und spürte, wie der Stoff ihres Kleides über ihrem Busen spannte. Sie fühlte sich waghalsig und notgeil und als würde ihre Seele vertrocknen, wenn sie ihr heute Nacht nicht etwas zu naschen gab. Und was sie ihr in genau diesem Moment zu naschen geben wollte war Dante Callaghan.

„Aus irgendeinem Grund ja. Das möchte ich. Also, was sagst du?"

KAPITEL ZWEI

Dante war kurz davor, auf die Knie niederzusinken und dem gütigen Universum dafür zu danken, dass er sich doch hatte überwinden können, heute Abend zu dieser Party zu gehen. Selbst noch auf dem Weg hierher hatte er gewusst, dass das mal wieder vergebliche Liebesmüh sein würde. Er würde Aurora sehen können, mit ihr so lange flirten, wie sie seine Anwesenheit ertragen konnte, und dann eben wieder fahren. Mittlerweile wusste er, wie es lief. Er machte das ja nun schon seit vier Jahren.

Sie war die eine Frau, die er einfach nicht aus dem Kopf bekommen konnte. Sie hatte ihn fortwährend zurückgewiesen, ihre Rüstung war kein kleines bisschen gebröckelt, und der Grund war nicht schwierig zu erraten. Es war nicht, dass sie sich nicht zu ihm hingezogen gefühlt hätte – er konnte das lodernde Verlangen in ihren Augen sehen, auch wenn sie versuchte, es zu verbergen. Und es war auch nicht, dass sie ihn für unsympathisch oder langweilig hielt – was sie auch nicht gut verbergen konnte, war das Lächeln, das sie manchmal kaum zurückhalten konnte. Er hatte den Verdacht, dass Auroras Weigerung, auch nur den Gedanken an die Möglichkeit mit Dante auszugehen zuzulassen, mit seinem Ruf zusammenhing, ein Ladykiller zu sein. Und Gott wusste, dass er den verdient hatte. Doch das meiste davon lag lange zurück. Als seine kleine Schwester Michelle bei ihm eingezogen war, hatte er so nicht weitermachen können. Und in Wahrheit hatte dieser Lebensstil ihn auch schon zu langweilen begonnen. Jetzt gab es mehr als genügend Abende, an denen Dante sich einfach nur entspannte, während er zu Hause mit einem kleinen Mädchen Alles steht Kopf schaute. Oder an denen er es sich manchmal leider mit ihr im Krankenhaus ansehen musste, denn Michelle hatte eine seltene Blutkrankheit, das Von-Willebrand-Jürgens-Syndrom, dessentwegen sie ziemlich oft zum Arzt musste, und manchmal musste sogar eine Krankenschwester bei ihnen wohnen. Er fand eine Frau, wenn er eine brauchte, doch das kam nicht sehr häufig vor. Sein Leben war nun weit entfernt von den Clubs und Bars, die er früher frequentiert hatte.

Doch er vermisste sein altes Leben nicht sehr.

Was er jedoch vermisste war Aurora, wenn er nicht in ihrer Nähe sein konnte. Und genau das war sein Pech.

Er schmachtete nicht nach ihr, war nicht verliebt. Er kannte sie gar nicht gut genug, um sie zu lieben. Doch er wusste, dass sie gut zusammen passen würden, wenn sie ihm nur eine Chance gäbe. Als seine Tante Michelle eingeladen hatte, heute bei ihr zu übernachten, hatte er sich gedacht: Verdammt, warum soll ich nicht losziehen und mir mal wieder eine Abfuhr bei Aurora holen?

Schon lustig, dass er es als reizvoller empfand, von ihr abgewiesen zu werden als mit irgendeiner anderen Frau auszugehen.

Und jetzt stand Aurora hier vor ihm, das schwache Licht des Flurs wie eine Decke um sie gelegt, ihre großen, umwerfend haselnussbraunen Augen zwinkerten ihm in der Dunkelheit zu, und das rote Seidenkleid, das sie trug, ließ Dante schwören, dass sie sicher wie Kirschen schmeckte.

Alles Blut in seinem Körper rauschte in genau dem Moment gen Süden, als sein Atem seine Brust verließ. Er fühlte sich als stünde er am Rand einer Klippe, als beobachtete er die Wellenbewegung des Ozeans, damit er nicht auf dem Fels aufschlug, wenn er den Sprung seines Lebens wagte.

Sein Körper schrie danach, auch die letzte Distanz zwischen ihnen zu überschreiten. Es wären zwei Schritte gewesen. Schon oft in seinem Leben hatten sie zwei Schritte voneinander entfernt gestanden. Doch heute waren es aus irgendeinem Grund zwei Schritte mit dem Wissen, dass sie ihn wollte *und* endlich weiter gehen wollte.

Er merkte, wie er sich bereits in ihre Richtung vorneigte, doch dann schlang sein Hirn ein Lasso um seinen Schwanz und zog ihn zurück. Die Wendung *aus irgendeinem Grund* hallte in seinem Kopf wider, als er seine Arme vor der Brust verschränkte und Aurora musterte. Er hatte nicht gelogen, als er ihr gesagt hatte, sie sei die schönste Frau in jedem Raum, den sie betrat. Dante bekam häufig Herzrasen und seine Hände schwitzten, wenn er ihr bei geschäftlichen Meetings gegenüber saß.

Und jetzt war sie hier, diese umwerfenden, vollen Lippen leicht geöffnet, nur die Spitze ihrer perlweißen Zähne zu sehen. Ihre Augen sahen zu ihm auf, als wollte sie sagen, *berühr mich*. Doch da war auch noch etwas anderes.

Aus irgendeinem Grund, hatte sie gesagt. Aus irgendeinem Grund dachte sie darüber nach, mit ihm zusammen zu sein.

„Was dagegen, wenn ich frage, was zum Teufel zu diesem Sinneswandel geführt hat, nachdem du mich schlappe vier Jahre lang hast abblitzen lassen?" Er hörte, wie die Worte aus seinem Mund kamen, und konnte es selbst kaum glauben. Heilige Scheiße, warum fragte er sie das?

Auroras Ausdruck verflachte sich sofort. Sie stellte ihre Hand auf ihre üppige Hüfte und warf die Mähne glänzenden goldenen Haares über eine Schulter. „Hör zu, Callaghan. Entweder willst du mich oder nicht. Dieses Angebot gilt noch ungefähr fünf Sekunden lang."

Schluck. Er hatte es immerhin versucht. Und wenn sie es *so* formulierte ...

Dantes Körper entriss seinem Hirn die Zügel und schloss die Distanz zwischen ihnen mit einem einzigen riesigen Schritt. Er drückte sie mit dem Rücken an die Wand, ihre Augen waren geweitet und in nichtmal zwei Sekunden hatte er ihre Hände über sie an die Wand gedrückt.

Die Hitze, die von ihrer Haut ausstrahlte, war der Wahnsinn. Beinahe fiebrig. Selbst durch die Kleidung hindurch verbrannte sie ihn. Er umfasste ihre Handgelenke mit einer Hand, die andere wanderte außen an einem ihrer nach oben gestreckten Arme hinab. Als er sie an ihre Seite hinab führte, begann seine Hand zu zittern. Gott. Ihre Haut war tatsächlich noch weicher als die Seide ihres Kleides.

Dante beugte sich vor, rückte ihr auf die Pelle. Er war tief zufrieden, dass er Hitze in ihren Augen aufflammen sah, zu spüren wie ihr keuchender Atem über ihn strich. Seine Augen wanderten zu ihren Lippen, und dann beugte er sich vor, er wollte nichts mehr als an dieser Unterlippe saugen, die ihn schon eine halbe Dekade lang verfolgte.

Aurora drehte rasch ihren Kopf zur Seite, so dass er an ihren langen, schlanken Hals kam, doch seinem Mund wich sie aus.

Dante entging das nicht. So hatte sie sich das also gedacht, wie? Keine Gefühle? Nicht einmal Küssen. Okay, damit kam er klar. Er würde alles nehmen, was er bekommen konnte. Das war ja sowieso die Geschichte seines Lebens. Und er sah keinen Grund, warum es heute Nacht anders sein sollte.

Er fuhr mit seiner Nase von ihrem Schlüsselbein zu ihrem Ohr. Ihr Duft war ganz natürlich, nackt. Nichts Künstliches, Aufgesprühtes. Sie war einfach eine Frau, irdisch, roh, irgendwie zart, wie ein Blatt, das sich in den ersten Maiwochen entfaltete.

Er konnte das Stöhnen nicht unterdrücken, das ihr

Duft aus seiner Kehle entlockte. Es hörte sich beinahe verzweifelt an, selbst in seinen Ohren. Zeit, die Dinge voranzutreiben. Er trat einen Schritt von ihr zurück, und ihre Augen flatterten überrascht auf.

„Mein Auto steht vorne."

Er wollte sie zur Garderobe führen, doch sie stolperte hinter ihm her und zog an seiner Hand.

„Warte", sagte sie und zog dann diese verdammte Lippe zwischen ihre weißen Zähne. „Gleich hier ist ein perfekter Garderobenraum."

Sie warf ihm von unten einen Blick durch ihre dichten Wimpern zu, ihre dunklen Augen wie ein schwarzes Loch, das ihn einsaugte. Dante dachte gerade einmal zwei Sekunden lang über diese Möglichkeit nach, bevor er sie beiseite schob.

„Ich werde dich nicht in einem dreißig Meter Umkreis von diesem verfickten George Junior ficken."

Aurora lachte, offensichtlich überraschte sie seine Wortwahl. Er drehte sich gerade rechtzeitig um, um noch zu sehen, wie der Humor ihr Gesicht hell aufleuchten ließ. Seine Brust zog sich zusammen bei dem Anblick.

„Abgesehen davon", fuhr er fort. „Garderobenräume sind für einen schnellen Fick in Kleidung. Wenn ich das hier tue, Aurora, werde ich mich nicht von irgend jemandem unterbrechen lassen, der nach seinem zweiten Handschuh sucht. Fuck, nein." Er trat zurück und nahm ihr Kinn in seine Hand, sah ihr direkt in die Augen. „Wenn wir das hier tun, wird es nicht irgendein verschämtes Schließ-die-Augen-und-denk-an-England. Wenn wir das hier tun, dann wird es absolut unanständig. Du und ich. Wir werden einander vernichten. Verstanden?"

Eine schreckliche Sekunde lang meinte er, seine Worte seien zu viel gewesen. Dass er sie jetzt verloren hätte. Doch dann lugte ihre Zunge hervor, um ihre Lippe zu befeuchten, und sie nickte.

„Mein Mantel ist der da", flüsterte sie und zeigte.

Dante griff nach hinten und riss ihn vom Haken. Er hielt ihn hoch, damit sie hineinschlüpfen konnte, und zum ersten Mal in seiner gesamten Erinnerung, stöhnte er nicht innerlich, weil er ihren Mantel mit einem Mantel bedeckte. Denn da er wusste, dass er den Rest von ihr sehen würde, hätte er am liebsten gehabt, sie wäre von Kopf bis Fuß zugeknöpft. Heute Abend durfte sie kein anderer Mann ansehen. Heute Abend gehörte sie ganz ihm.

Sie knöpfte ihren Mantel rasch zu und sah ihn an. „Hol dein Auto. Ich treff dich dann draußen."

Etwas verkrampfte sich in seinem Magen; sie wollte nicht mit ihm beim Gehen gesehen werden. Aus irgendeinem Grund stank ihm das gewaltig. Normalerweise war er eher der Typ, der dachte: leben und leben lassen. Was immer einer Frau gut tat, er war dabei. Heutzutage war sein Problem genau das Gegenteil: Er war daran gewöhnt, dass Frauen überall mit ihm gesehen werden wollten.

Er dachte daran, dass er im Grunde seit vier Jahren darum gefleht hatte, deshalb wollte Dante jetzt keine Fragen stellen oder sie zu sehr drängen. Und doch ... Er konnte auch nicht einfach so gehen. Der dünne Faden, der sie beide heute Abend gemeinsam zog, würde sicherlich reißen, wenn er jetzt von ihrer Seite wich.

Deswegen stellte Dante sich noch einmal vor sie und nahm ihr Kinn in seine Hand. Mit seinem Daumen hielt er sie, während seine anderen Finger sanft an ihrem Kiefer entlang strichen. „Schön. Aber du sprichst mit niemand anderem. Du siehst nicht auf dein Handy. Du wirst nichts weiter tun, als dir vorzustellen, du spürtest mich fünfundzwanzig Zentimeter tief in dir drin. Hörst du?"

Ihre Augen weiteten sich, und er hätte schwören können, dass sie unter ihrem Kleid ihre Beine aneinander presste. Es war Zeit für den letzten Sargnagel. „Und wenn du nicht in vier Minuten draußen bist, werde ich wieder hier herein kommen und dich über meine Schulter geworfen nach draußen tragen. So dass jeder einzelne es sehen kann. Hast du verstanden?"

Aurora nickte, und sie wirkte so ernst, so ehrlich, so unglaublich angetörnt, dass Dante erneut spürte, wie sich seine Brust zusammenzog. Er wandte sich von ihr ab und rannte zu seinem Auto. Es war ihm egal, ob das vielleicht übereifrig aussah. Es war ihm scheißegal. Er wollte nur von dieser Party wegkommen und eine Sekunde mit ihr allein haben.

In zwei Minuten hatte er seinen Mercedes um die Kurve vorgefahren und war sehr zufrieden, als sie sofort heraus kam. Wenn er sich nicht irrte, sah sie ein wenig nervös aus, ein wenig angetörnt und ein wenig traurig. Merkwürdige Kombination. Dante wollte nichts mehr, als ihr diese Nacht um einiges erleichtern. Er wollte, dass sie sich verdammt gut fühlte.

Die leichte Frühlingsbrise spielte mit den Spitzen ihres goldenen Haars, und es juckte in Dantes Fingern, das gleiche zu tun. Sie rutschte auf den Beifahrersitz, als er sanft vorfuhr.

„Rihanna?", fragte sie, ein leichtes Lächeln umspielte ihre vollen Lippen.

„Girl's got pipes", sagte Dante und öffnete die Fenster etwas. Er wollte, dass ihr Haar sie umwehte.

Sie lachte, nur ein kleiner, rauer Ton. Doch er sorgte dafür, dass Dante steinhart gegen seinen Reißverschluss wurde. Er hatte sie heute Abend zweimal zum Lachen gebracht, und das stellte etwas mit ihm an. Er hatte sie zuvor nie lachen gehört. Sie war immer so ernst, professionell, perfekt. Er freute sich wirklich sehr darauf, sie ins Chaos zu stürzen.

„Kann ich dich etwas fragen?"

Sofort schlossen sich ihre Augen. „Vielleicht."

Dante räusperte sich und wandte sich ihr zu, um zu sehen, wie sie im roten Licht der Ampelanlage badete. Er wollte ihre Reaktion nicht verpassen. „Was ist ein Fuckboy?"

Er wurde nicht enttäuscht. Aurora warf ihren Kopf in den Nacken und lachte herzhaft. „Bitte?"

Er grinste sie an. „Du hast gesagt, du seiest ein Magnet für Fuckboys. Was hast du damit gemeint?"

„Ach, das ist einfach nur etwas, das man in meiner Generation so sagt."

„Sehr charmant. So viel älter als du kann ich doch

wohl nicht sein."

„Wie alt bist du denn? Vierzig?"

„Autsch. Achtunddreißig."

„Du bist ein Jahrzehnt älter als ich."

Sie war jünger als er gedacht hatte, doch als er sie jetzt so ansah, den Anflug eines Lächelns auf ihren Lippen, die vollen Brüste, die gegen ihren dünnen Mantel drückten, war es Dante schnurzpiepsegal wie alt sie war, solange sie nicht minderjährig war. Er zuckte die Schultern. „Also, was hast du damit gemeint?"

Aurora neigte ihren Kopf und dachte darüber nach. „Naja, das hat mehrere Bedeutungen. Aber es ist jemand, der nur ficken möchte. Der alles Erdenkliche tun würde, um das zu schaffen. Und dann verschwindet er einfach. Aber in der Zwischenzeit verdreht er dir auch noch den Kopf."

Wow! Himmel! „Du hast mich einen Fuckboy genannt, als du dachtest, ich hätte dich, Jessica' genannt."

Sie zuckte die Schultern. „Hm, vielleicht bist du ein Fuckman."

Mit einer Hand am Lenkrad sah er sie an. „Denkst du immer noch, dass ich ein Fuckboy bin?"

Aurora drehte sich auf ihrem Sitz, um ihn zu mustern. Er hatte das merkwürdige Gefühl, dass sie direkt in ihn hineinsah, auf einen Punkt in ihm, von dem er selbst nicht einmal wusste, und das ließ das Blut gleich in seinen Schwanz wallen, während er auf ihre Antwort wartete.

„Nein, ich glaube nicht, dass du irgend etwas mit meinem Kopf anstellen wirst."

„Tue ich nicht", antwortete er augenblicklich. „Werde ich nicht."

Sie zuckte die Achseln, bevor sie wieder vor sich auf die Straße sah.

„Wohnst du weit von hier?", fragte Aurora, und aus irgendeinem Grund röteten sich ihre Wangen ein wenig, und sie senkte den Blick. „Ähm, ich meine, ist es weit bis dahin, wohin auch immer wir gerade fahren?"

Dachte sie, er brachte sie in ein Hotel? Absolut nicht, verdammt. „Ich wohne nur fünf Minuten von hier. Und von da an sind es circa zwanzig Sekunden bis zu meinem Bett."

Sie sah zu ihm auf, und er meinte, er habe Erleichterung in ihrem Blick gesehen.

„In Ordnung."

Die Intensität zwischen ihnen, die er im Flur vorhin gespürt hatte, war etwas abgeklungen. Jetzt konnte Dante ihre Nervosität spüren, ihr vages Unbehagen. Ach, scheiß drauf. Das einzige, was sie heute Nacht spüren würde, wäre gut, wenn er es in die Hand nahm. Da er sie von den Gedanken, die sie scheinbar heimsuchten, ablenken wollte, nahm Dante ihre Hand und führte sie an seinen Mund.

Beinahe geistesabwesend küsste er ihre Innenfläche, bevor er sich den Weg zu ihrem Handgelenk hinunter knabberte. Seine Augen waren auf die Straße gerichtet, also konnte er nur auf das süße kleine Nachluftschnappen lauschen, das sie ausstieß.

„Aurora, Liebes, wenn dir viel an diesem Kleid liegt, dann solltest du besser langsam seinen Reißverschluss öffnen, denn ich werde nicht lange warten können, sobald wir durch meine Haustür sind."

Erneut schnappte sie nach Luft, und er musste das Lenkrad fester packen, damit er nicht von der Straße abkam.

Sie zog ihr Handgelenk aus seinem Griff, und Dante dankte dem Herrn für die rote Ampel, derentwegen er sich nun umdrehen und zusehen konnte, wie sie einen Knopf nach dem anderen ihres Mantels öffnete. Ihre Haut war golden, selbst in dem schwachen Licht des Autos, und das Rot ihres Kleides hatte sich nun in ein tiefes Blutrot verwandelt.

Ihr Mantel fiel beiseite, und in hypnotisierter Zeitlupe sah er zu, wie ihre Hände an die Seite ihres Kleides griffen.

Dante fluchte, als das Auto hinter ihnen hupte. Er drückte aufs Gas und bog in eine Seitenstraße. Wenn sie sich jetzt auszog, wollte er nicht, dass irgendein Teenager, auf dem Heimweg von seinem Job an der Tankstelle, einen Blick hineinwerfen und alles sehen konnte. Er bog in eine weitere und noch eine Seitenstraße, nahm zugegebenermaßen den langen Nachhauseweg, doch das war ihm jetzt egal. Die Straßenlaternen endeten, und statt der Häuser waren nun Bäume zu sehen. Auf der Straße gab es keine Scheinwerfer außer ihren.

Dantes Herz machte sich daran, seinen Hals hinaufzukriechen, als er beobachtete, wie sie den Reißverschluss an der Seite ihres Kleides hinabzog. Er spürte ihren Blick auf seinem Gesicht, doch er schaute nur auf ihren Busen, als sie den oberen Teil ihres Kleides hinabsinken ließ und ihr roter Seiden-BH sichtbar wurde.

Heilige Scheiße, sie brachte ihn um. Er spürte, wie sein Blutdruck stieg, und benetzte seine Lippen. Ihre Brüste, groß und golden und über die Säume ihres BHs quillend, hoben und senkten sich mit ihrem Atem.

Er streckte eine Hand aus, konnte sein Verlangen danach sie zu berühren nicht unterdrücken, doch im selben Moment bewegte sie sich, und er streifte nur ihre warme Schulter mit seinem Handrücken. Dante hätte sich beschwert, wenn sie sich nicht in seine Richtung bewegt hätte. Sie dehnte ihren Gurt und beugte sich über die Mittelkonsole. Er spürte ihren Atem in seinem Nacken und dann diese weichen, vollen Lippen an seinem Hals. Nur ein äußerst süßer kleiner Druck.

Dabei drückten sich ihre Brüste gegen seinen Arm, und Dante packte das Lenkrad noch fester. Er würde sie heute Nacht nicht berühren können, wenn er jetzt einen Unfall baute. Deswegen stellte er seine Augen auf laserscharfen Fokus und atmete tief ein. Dann öffnete sie ihren Mund, nur ein winziges bisschen, und er spürte, wie ihre Zunge über ihn strich.

Sie kostete ihn?

Oh ja. Das Fahren hatte genau jetzt ein Ende. Dante hielt am Straßenrand an.

Verwirrt löste Aurora sich gleich von ihm. Doch er hatte jetzt genug. Er konnte es keine Sekunde länger ertragen. Er schob seinen Sitz komplett nach hinten, schnallte sich ab und dann sie, dann ergriff er ihre Taille und zog sie auf seinen Schoß.

Sie schnappte nach Atem und klammerte sich an seinen Hals, um ihre Position zu verbessern. Dante musste sich einfach zurücklehnen und sie ansehen. Ihr Kleid breitete sich um ihre Hüfte, so dass er ihr Höschen nicht sehen konnte, das konnte er nicht ertragen. Vorsichtig zog er den weichen Stoff hoch und über ihren Kopf, dann warf er das Kleid auf den Beifahrersitz.

Gott! Da war sie. Sie saß rittlings auf ihm, auf ihren Knien, ihr Haar ergoss sich über ihre Schultern. Hingesunken bewunderte er ihren duftenden Körper wie einen Juwel. Ihr Spitzen-BH passte zu dem roten Spitzenhöschen, und Dantes Mund wurde staubtrocken.

„Grundgütiger", murmelte er und fuhr mit seinen Händen über ihre perfekte, schmale, kleine Taille. Über ihren Rippen, unter ihren üppigen Brüsten hielt er kurz inne. Gott, wo sollte er nur anfangen? Er beugte sich vor, um sie zu küssen, doch sie drehte sich erneut weg, milderte ihre Ablehnung aber dadurch, dass sie ihm ihren Hals bot.

Er verspürte die gleiche Frustration wie vorhin. Doch er durfte das den Moment nicht ruinieren lassen. Er senkte seinen Kopf zu ihrer Halsschlagader und küsste sie, wie er ihren Mund geküsst hätte.

Auroras Körper versteifte sich und schmolz zugleich dahin. Er grinste an ihrer Haut, als sie stöhnte, tief in ihrer Kehle. Er strich mit seiner Hand über ihren Rücken, fest und selbstsicher, geradewegs zu ihrem Hintern. Dann zog er sie hinab auf seinen Schoß. Ihre Hitze landete auf dem

Reißverschluss seiner Hose, und sie stieß einen hilflosen, verzweifelten Laut aus.

Dante löste sich von ihrem Hals und legte seine Stirn auf ihr Schlüsselbein. Er starrte auf ihre Brüste hinab, während eine seiner Hände an ihrem Hintern mit dem Saum ihres Höschens spielte.

„Verdammt, Aurora, deinetwegen bin ich jetzt verdorben, was rote Spitze angeht", murmelte er.

„Was?"

„Ich stehe total auf rote Spitze. Doch keine Frau kann jemals wieder so gut in roter Spitze aussehen. Das hat mich jetzt verdorben."

Aurora begann zu kichern, doch es endete in einem weiteren Stöhnen, als seine Zunge über die Wölbung ihrer Brust leckte und sich tief unter die Spitze ihres BHs schob.

Die Hitze ihrer Pussi verbrannte ihn, selbst durch ihre Kleidung hindurch, und Dante konnte sich nicht zurückhalten, sondern stieß nach oben.

Aurora stöhnte und legte ihren Kopf in den Nacken. Dante spürte, dass die Spitzen ihres Haars seine Knie kitzelten. Wie sie so bereit für ihn dalag konnte er sich nicht beherrschen, erneut stieß er seine Hüfte nach oben und seinen harten Schwanz gegen sie.

„Ich hätte nie gedacht, dass ich dich in einem Auto ficken würde", murmelte er, legte seine Hände auf ihre Hüfte und stieß noch einmal nach oben. Seine Finger gruben sich in ihren Hintern, während er sie auf sich hinabdrückte. Einer seiner Daumen tauchte unter die Spitze ihres Höschens und arbeitete sich zu ihrem sensibelsten Punkt vor.

„Wo hattest du es dir denn vorgestellt?", fragte Aurora atemlos, hob ihren Kopf und sah ihn mit diesen dunklen Augen an.

„Überall. Gott. Ich hatte gehofft, es wäre in deinem Büro. Auf deinem Schreibtisch. Du vornübergebeugt. Einer deiner kurzen Röcke hoch über deine Hüfte geschoben. Es wäre mir sogar egal gewesen, wenn diese verdammte Tür offen gestanden hätte."

Aurora stöhnte und drückte wieder ihre Hüfte vor. Das gefiel ihr. Naja, das war ja einfach. Das könnte er die ganze Nacht lang tun.

Jetzt schob er seine ganze Hand in ihr Höschen, zog Kreise auf der weichen Haut, direkt oberhalb ihrer Pussi.

„Ich habe mir auch vorgestellt, dich hinten im Club zu ficken, wo wir uns letztes Jahr begegnet sind. Erinnerst du dich? Der dunkle Raum, die blitzenden Lichter. Du hattest dieses enganliegende kurze Kleid an." Sie nickte, zeigte ihm, dass auch sie sich erinnerte. Er beackerte sie weiter. „Dieser idiotische Barkeeper hat die ganze Zeit mit dir gesprochen, und ich hätte ihm am liebsten seinen Schädel auf die Theke geknallt, dich geschnappt und dich in den Waschraum gezerrt. Ich hätte deine Hände auf den Waschtisch gelegt und dich im Spiegel zusehen lassen, wie ich dich ficke."

„Oh ja", stöhnte sie und beugte ihre Hüfte, offenbar wollte sie, dass seine Finger an den richtigen Ort rutschten. Doch er zog weiter seine quälenden Kreise.

„Doch eine meiner Lieblingsvorstellungen ist dein

Haus."

„Bitte?" Ihre Augen öffneten sich ein wenig, während sie ihn durch einen Lustschleier hindurch ansah.

„Ich habe davon geträumt, dich in deinem Haus zu ficken."

„Aber da bist du doch noch nie gewesen."

„Aber ich kann es mir vorstellen. Ich stelle mir vor, wie ich an deine Tür klopfe. Du trägst einen Pyjama. Ich frage nicht. Ich komme einfach herein und hebe dich hoch. Knalle die Tür zu und trage dich in dein Schlafzimmer. Dein Zimmer ist sauber und mädchenhaft und duftet nach dir. Alles duftet wie du. In deinem Zimmer bin ich komplett von dir umgeben. Dein Bett hat rosa Laken. Hast du rosa Laken, Aurora?"

Sie konnte nicht antworten, nur stöhnen, ergriff seine Schultern und rieb sich an ihm. Sein Daumen neckte ihren Kitzler, nur ganz kurz, und sie versteifte sich sofort, bäumte sich über ihm auf und verdrehte die Augen.

Als er seinen Daumen wieder fortnahm, stöhnte sie enttäuscht. Doch er beugte sich vor, um direkt in ihr Ohr zu flüstern.

„Ich ficke dich auf diesem rosa Laken. So oft, dass wir beide nicht mehr können. Die Laken riechen jetzt nach mir, als ich gehe, so dass du von mir umgeben bist, auch wenn ich nicht mehr da bin."

Und dann glitt ein dicker Finger direkt in sie hinein.

„Mann, bist du feucht. Und so eng. Gott!" Dante ließ seinen Kopf auf ihre Schulter sinken und schloss seine Augen ganz fest. Himmel! Sie konnte ihn vielleicht nicht aufnehmen. Es gab einen enormen Größenunterschied zwischen ihnen beiden. Doch sie schob sich gierig seiner Hand entgegen.

Aurora war wie eine besessene Frau, und er hatte nie zuvor etwas Schöneres gesehen, etwas Erregenderes. Ihre weichen Finger knöpften geschickt sein Hemd auf und zogen es grob aus seiner Hose. Frustriert ächzte sie, als sie sah, dass er ein Unterhemd trug. Da veränderte er die Bewegung seiner Finger in ihr und traf einen Punkt, durch den sie anscheinend nicht mehr multitaskingfähig war.

Aurora lehnte sich an das Lenkrad, ihre Augen verdrehten sich, und sie stieß eine Hand an die Decke des Autos, während die andere sich in Dantes Haar vergrub.

Ja. Einfach nur ja! Sie lag auf seinem Schoß ausgebreitet da, ihre Brüste gefangen in ihrem BH, und Dante konnte es nicht mehr aushalten.

Mit seiner freien Hand zog er ihren BH hinunter und ihre Brüste sprangen frei. Seinen Lungen ging der Atem aus. Sie war das schönste Wesen, das er je gesehen hatte.

„Verdammt", stöhnte er. „Du bist verdammt noch mal Aphrodite."

Dann gab es keine Zeit mehr für Worte, denn er beugte sich vor und verbarg sein Gesicht zwischen ihren Brüsten. Er saugte, zog, leckte und knabberte. Er konnte nicht mehr gestoppt werden. Er stöhnte an ihrem weichen, duftenden Fleisch und brannte jede Sekunde in sein Hirn. Irgendwo, ganz schwach, war ihm klar, dass sie ihn für mehr als nur rote Spitze verdarb, sie verdarb ihn für andere Frauen. Doch wie konnte er dem Gedanken länger nachhängen, während sie sich auf seinen Fingern wand, während ihr feuchter Kanal sich langsam verkrampfte, sich ihre Hände in seine Schulter krallten?

Er hob seinen Kopf von ihren Brüsten, wollte, musste ihr Gesicht sehen, während sie zum ersten Mal für ihn kam. Er hatte keine Wahl.

Ihr Gesicht war so schön, dass es beinahe wehtat. Glückselig, angestrengt und so sehr lusterfüllt.

Dante brachte sie durch ihren Orgasmus, die eine Hand zirkelte und streichelte sie von innen, die andere packte grob ihre Brüste.

Aurora vibrierte, verkrampfte sich und schrie. Ihr Körper zuckte wie unter Strom. Dann schmolz sie an ihn. Sie wurde schwach und schmiegsam, fiel nach vorne auf ihn und verbarg ihr Gesicht an seiner Halsbeuge.

Unweigerlich legte er seinen freien Arm um sie, hielt sie ganz nah. Er zog einen festen, sicheren Kreis über ihren weichen Rücken und versuchte verzweifelt sich zu erinnern, wie man Englisch sprach.

Er würde sie wieder anschnallen und sie zu seinem Haus fahren. Er konnte so lange warten. Er war ja kein Tier.

Und dann schoss ihre Zunge aus ihrem Mund, und sie schmeckte ihn erneut. Die Kuhle unten an seinem Hals. Er hatte gedacht, sie wäre jetzt befriedigt, erschöpft, bräuchte einen Moment Pause. Doch plötzlich war sie wieder über ihm und tastete nach seinem Hosenknopf. Ihr Atem kam stoßweise, ihr Mund vor Begierde offen. Ihre Augen dunkel vor Lust. Auf ihn.

Er verschwendete keine Zeit. Er hob seine Hüfte, half ihr, seine Hose zu öffnen und schob sie hinunter. Sein Schwanz sprang heraus, und Aurora bekam große Augen.

„Du – du hast das ernst gemeint." Ihre Stimme war atemlos und hatte einen Unterton, den er nicht ganz deuten konnte.

„Was?" Im Moment konnte er kaum zwei und zwei zusammenzählen.

Ihre Augen verließen kurz seinen Schwanz, wanderten dann aber wieder zu ihm hinab. „Das mit den fünfundzwanzig Zentimetern."

„Ach", Dante grinste. „Ja, habe ich." Er streichelte sie mit einer Hand von oben nach unten. „Wir werden es ganz langsam angehen, Liebes."

Erneut verkrampfte sich ihr Körper, obwohl sie einander kaum berührten. Sie keuchte und hob ihm ihre Hüfte entgegen. „Ich glaube, ich kann nicht."

Sie war besorgt wegen des Größenunterschiedes. Das konnte er verstehen. Sie wäre nicht die erste Frau, die auf sein Paket gestarrt und nervös geworden wäre. Er fuhr mit seinen Fingern durch ihr Haar. Er beugte sich vor, küsste ihren Hals entlang, wünschte, sie würde zulassen, dass er diesen hübschen Mund küsste. Und auch, wenn die Worte ihn umbrachten, presste er sie hervor. „Wir müssen auch nicht ficken, Baby. Es gibt eine Menge anderer Dinge, die wir tun können, wenn du Angst hast, ihn nicht aufnehmen zu können."

„Nein", sie zog sich von ihm los, ein verschlagener Ausdruck auf ihrem Gesicht. „Nein, ich meinte, ich glaube nicht, dass ich die Sache langsam angehen kann."

Sie zog diese saftige Lippe zwischen ihre Zähne und stieß gegen ihn. Er blinzelte zweimal, verarbeitete ihre Worte, bevor er ein Fach in der Mittelkonsole öffnete, ein Kondom herausholte und es überzog.

Aurora lächelte atemlos. „Da ist aber jemand eifrig."

„Ich habe vier Jahre gewartet", knurrte er und zog ihr Höschen an ihren Beinen hinab. Er half ihr, es auszuziehen, stopfte es in seine Hosentasche und setzte sie dann wieder auf seinen Schoß.

Dante wischte mit einem Daumen durch ihre Hitze und konnte nicht widerstehen, den süßen Saft abzulecken. Funken flogen in seinem Blick, als er sie endlich schmeckte. Er fluchte, dass er nicht hatte warten können, bis er sie in seinem Bett hatte, denn in diesem Auto war es zu eng, um sich nach unten vorzuarbeiten. Doch das Bedauern verschwand, als sie sich auf ihm positionierte und die Spitze seines Schwanzes in sich gleiten ließ.

Sie hielt inne, konnte kaum mehr als zwei Zentimeter aufnehmen. Sie stieß einen gierigen, verzweifelten Laut aus, als sie versuchte, tiefer auf ihn zu sinken und es nicht schaffte.

Dantes Daumen war sogleich auf ihrer Klitoris, während sich seine andere Hand in ihren Nacken legte und sie nach vorne zog. Er hielt seine Hüfte vollkommen ruhig, während er sie streichelte und seine Lippen direkt unter ihr Ohr legte.

„Braves Mädchen. Genau so", redete er ihr zu. Sie stöhnte und schob ihre Klitoris seiner Bewegung entgegen, eine Bewegung, mit der sie weitere zwei Zentimeter gewann. „Einfach immer weiter nach unten, du umwerfende Göttin. Gut so."

Wieder stöhnte sie, und er spürte, wie ihre Feuchtigkeit den ganzen Weg an ihm hinablief. Er musste sich anstrengen, still zu halten, weigerte sich, nach oben zu stoßen, bis sie bereit war, doch das war womöglich die schwierigste Sache, die er je getan hatte. Dante biss die Zähne zusammen und flüsterte ihr weiter schmutzige Dinge ins Ohr. Aurora kam immer tiefer, nahm ihn Zentimeter um quälenden Zentimeter.

Und dann war sie komplett auf ihm. Hatte seine ganze Länge aufgenommen. Dante hoffte, dass er irgendwann sein Sehvermögen zurückbekäme. Doch im Moment konnte er nur fühlen. Seine Zähne zusammenbeißen gegen diese schmerzhafte, fiebrige Lustwoge ihrer Pussi. Sie quetschte ihn wie eine Faust.

Ein kleines Geräusch ganz hinten aus ihrer Kehle ließ ihn die Augen öffnen, und was er da sah, erstaunte ihn. Er hatte nie einen erotischeren Gesichtsausdruck bei einer Frau gesehen. Sie leckte ihre Unterlippe und Dante musste seine Hüfte einfach nach oben stoßen.

Er war bereits so tief in ihr wie es nur ging, doch bei dem zusätzlichen Druck warf sie ihren Kopf in den Nacken.

„Oh Gott", flüsterte sie, als sie auf ihre Knie ging und sich beinahe ganz von ihm löste, bevor sie wieder nach unten drückte und ihn ganz aufnahm.

„Fuck", knurrte er. Wenn sie das noch einmal machte,

wäre die Show schnell vorbei. Er nahm ihre üppige Hüfte in beide Hände, hob sie hoch und stieß sie wieder hinab. Er beschleunigte das Tempo. Hart und glatt und alles, was er seit Jahren gewollt hatte.

Ihr Duft erfüllte das Auto, und Dantes stoßweiser Atem versuchte, alles aufzusaugen. Er wollte, dass sie seine Lungen füllte. Er konnte sie noch auf seiner Zunge schmecken, das war das einzige, was ihn davon zurückhielt, seine Zunge an ihrem Hals hinunter gleiten zu lassen.

Er bewegte sie auf sich, während sie stöhnte und sich erneut verkrampfte. Sie ließ es zu, dass er das Tempo bestimmte, doch ihre Hüfte bewegte sich eigenständig. Ihre Bewegungen waren geschmeidig und zugleich grob. Gott, sie war wirklich eine Göttin. Dazu da, verehrt und verwöhnt zu werden.

„Ich werde–" Sie schnappte nach Luft. „Ich werde–"

„Gut", knurrte er. „Lass dich gehen, meine Schöne. Gib es mir. Nur für mich."

Ihr Blick senkte sich auf seinen Körper, als ihr Körper sich erneut verkrampfte. Als er in sie hineinstieß, entfleuchte ein hilfloses Nachatemringen ihren Lippen. Sein Körper fühlte sich von ihrem wie von einem Magnet angezogen. Er konnte sich nicht zurückhalten. Dante beugte sich zu ihr vor und zog blitzschnell ihre Unterlippe zwischen seine Zähne.

Es war kein richtiger Kuss. Einen Moment lang meinte er, sie würde sich losreißen. Doch dann wütete der Orgasmus durch sie hindurch, verengte ihre Pussi um seinen Schaft und verkrampfte ihre Finger an seinen Schultern. Er zog diese Lippe in seinen Mund, während sie erleichtert schrie.

Dann war sie wieder ganz schlaff, lehnte sich an ihn und konnte nicht mehr tun, als seine raschen Stöße aufzunehmen. „Dieses verdammte Auto", ächzte er, als seine Füße versuchten, einen Halt zu bekommen. Er hatte Aurora LeMonde in seinen Armen, verflucht noch mal, und auf seinem Schwanz, und er konnte sie nicht einmal so ficken wie er gerne wollte. Ohne einen weiteren Gedanken daran zu verschwenden, legte er einen Arm um ihre Taille, riss die Tür auf und stieg mit ihr aus.

Die Abendluft war kühl, und ihre Nippel wurden sofort hart. Sie hob den Kopf von seiner Schulter, sah sich um, war verwirrt darüber, was gerade geschah. Doch er konnte nicht länger warten, nicht länger zögern. Er nahm seinen Mantel vom Sitz und ging, während er noch mit seiner ganzen Länge in ihr war, zur Kühlerhaube. Er legte den Mantel darauf, bevor er sie darauf platzierte.

Er lehnte sich zurück und brannte das Bild in sein Hirn ein. Das Mondlicht auf ihrer Haut, die Schatten der Blätter, die über ihr Gesicht tanzten, ihre Brüste, die fest waren und nach ihm riefen. Wenn jetzt irgendwer vorbeiführe, würde er genau sehen, was gerade passierte. Ein glücklicher Hurensohn, der gerade eine umwerfend tolle Frau auf der Kühlerhaube seines Autos fickte. Doch Dante konnte sich nicht dazu durchringen, sich deswegen Sorgen zu machen. Er war fern jeder Logik.

Er stieß in sie hinein, sein Körper schrie förmlich danach, in dieser neuen Position endlich erlöst zu werden.

„Ja", flüsterte sie, sie bog ihren Rücken durch, und ihr Haar lag ausgebreitet um sie.

Eine größere Ermunterung brauchte er nicht. Dante legte ihre Beine um seine Taille und legte seine Hände links und rechts neben ihren Kopf. Dann fickte er sie wie ein Tier. Wie ein wahres Monster. Er nahm ihren Körper wahr, der seinem entgegen kam. Er hörte sie Gott schreien. Und dann, besonders schön, wie sie um mehr flehte.

Er gab es ihr und sich. Nichts war je richtiger gewesen. Heißer oder enger oder feuchter. Als das Feuer seine Wirbelsäule hinaufschoss und er wusste, dass er kurz davor war, fiel Dante auf sie. Seine Hände glitten unter ihren Rücken, packten sie bei den Schultern und hielten sie fest, während er sich in ihr verlor. Auch sie packte ihn, genauso fest, als die hellste, dunkelste, Zeitlupen-Turboexplosion sich aus ihm direkt in sie hinein ausbreitete.

ÜBER DIE AUTORIN

Virna DePaul ist eine *New York Times* Bestsellerautorin und steht auch auf der Bestselling-Liste von *USA Today* für erregende, spannungsvolle Erzählliteratur. Ob es um Vampire, eine Spezialeinheit für paranormale Phänomene, heiße Polizisten oder umwerfende identische Zwillingsbrüder geht, ihre fiktiven Geschichten handeln immer von komplexen Individuen, die gewillt sind, auch die unglaublichsten Schwierigkeiten zu überwinden, um der Liebe den Weg zu bahnen.

Um weitere Informationen zu erhalten und den kostenlosen Newsletter zu abonnieren, besuchen Sie mich bitte auf:www.virnadepaul.com

Website: www.virnadepaul.com
Facebook: www.facebook.com/booksthatrock
Twitter: twitter.com/virnadepaul

www.ingramcontent.com/pod-product-compliance
Lightning Source LLC
Chambersburg PA
CBHW070636180626
46817CB00006B/2144